현대드라마로 읽는

아폴로 사회와 디오니소스 제의

유진 오닐 / 로레인 한스베리 / 해롤드 핀터 를 중심으로

도서출판 동인

유진 오닐

로레인 한스베리

해롤드 핀터

현대드라마로 읽는

아폴로 사회와 디오니소스 제의

—유진 오닐/로레인 한스베리/해롤드 핀터를 중심으로—

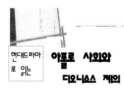

목 차

　영문학을 전공하다가 드라마에 흥미를 느끼게 된 계기는 학부시절에 친구가 참여하는 영어연극을 관람한 순간이었다. 『지평선 너머』의 로버트 역을 하는 친구의 낭만적 연기에 매혹되어 나도 모르게 유진 오닐의 작품에 빠져들게 되었다. 그러나 오닐의 극을 읽고 볼수록 그가 지향하는 연극이 인생에 대한 진지한 고뇌에 뿌리를 두고 있다는 것을 깨닫게 되었다. 사회적 이데올로기가 풍미하던 시절에 나의 깨달음은 사회문제와 개인의 문제가 불가분의 관계에 있다고 하더라도 완전한 필요충분조건은 아니라는 것이었다. 인간의 존재의 의미가 사회가 보여주는 대우주(macrocosm)에서 못지않게 소우주(microcosm)적 내면세계에서 더 깊이가 있다는 자각이라고 볼 수 있겠다.

　오닐은 초기의 사실주의 연극들이 표방하는 진실성이 현대인의 본질적인 문제를 해결할 수 없다고 진단하였다. 표피적인 현상의 문제나 사회문제가 인간의 본질인 심리적이거나 영적인 영역을 포함할 수 없다는 오닐의 판단은 오늘날 인류가 상실한 종교성에 대한 대안이 과학문명이 될 수 없다는 깨달음으로 가능한 것이다. 르네상스인들이 중세적 세계관 이후의 대안을 희랍이나 로마문명에서 찾았듯이 인간이 고래로 자신의 구원을 위해 매일 반복해 온 종교적 제의를 규명하지 않고서 인간의 정신적 문제의 핵심에 접근할 수 없다. 물론 연극이 신에 대한 제의를 기초로 하고 세속화되면서 예술적인 요소들이 첨가되었다는 것은 주지의 사실이다. 그러나 오닐은 제의의 형식적 요소를 빌어오는데 만족한 것이 아니었다.

　그가 현대문명의 메카라고 하는 뉴욕의 맨해탄을 거니는 사람들이나 교회에서 나오는 기독교인들에게서 마네킹이나 로봇 같은 느낌을 받았다면 얼마나 섬뜩하였겠는가. 육지에 있는 사람은 그들의 본향을 갈 수 없는 먼 바다를 향해 추구하고 항해하는 사람은 안개나 얼음으로 둘러싸인 채 향수병에 걸려 절망에 싸

여 있다면 그들의 구원은 요원하리라. 오늘의 눈에는 모든 사람들의 가슴이 텅 빈 황무지로 보이거나 사랑과 증오, 영과 육, 중심과 주변이 분열된 채 파편화되어 있는 것이다. 디오니소스 제전에 찢겨진 자식들의 육신들을 주어 모아 온전한 몸으로 재생시키고자 하는 도취된 모성들처럼 오늘은 현대인들의 찢겨진 마음들을 꿰매고자 하는 진지성에서 자신의 비극관을 창조하였다.

이런 자각은 필자에게 현대극작가들, 특히 베케트, 핀터, 올비, 한스베리의 작품 속에 잠재해 있는 제의정신이 각자의 개성에 따라 어떻게 각양각색의 형태로 녹아있는가에 대해서 탐구하도록 하는 계기가 되었다. 물론 이 책에서는 핀터와 한스베리를 다루고자 한다. 한스베리의『태양 속의 건포도』에서 성인식(Initiation Rite)의 구조를 다루면서 미국흑인들이 물질화된 미국사회 속에서도 무의식에 흐르는 아프리카적 제의가 살아 숨쉬고 있다는 것을 발견하였다. 포스트모던 시대에 인류학적 접근의 작품분석이 시대에 뒤떨어졌다는 비판이 나올 수 있을지 모르겠다. 필자가 제의적 해석을 새삼스럽게 현대작가에게 적용하고자 하는 것은 그들의 표피에 포스트모던적 문양을 각자의 개성으로 새기고 인간은 파편화된 존재일 뿐이라는 현대적 선언에도 불구하고 월터나 베니사처럼 자신의 뿌리를 자각함으로써 구원에 이르게 된다는 생각에서 기인하였다. 이런 문맥에서 오늘이 추구하는 드라마의 진지한 사원의 기능이 한스베리에서도 되살아나고 있는 것이다.

핀터의『생일파티』는 80년대 중반에 학부생들에게 영어연극을 지도하면서 흥미를 느끼게 되었었다. 모성적 메그의 스탠리에 대한 추근덕거리는 접근, 스탠리에게 주술처럼 퍼부어지는 골드버그와 맥캔의 대사는 풍요여신의 무도덕적 자세나 세뇌나 최면으로 이끄는 주술사의 제의가 아니고서는 이해하기 힘들었다.『관리인』이나『귀향』에서도 성인식을 전복시킨 형태나 현대판 가정 안에서 풍요제적 형태를 도입함으로써 독특한 핀터레스크 스타일을 창조할 수 있었다. 알 수 없는 조직에 의해서 쫓기는 스탠리가 매우 정치적인 배경을 암시하고 있듯이 사회적 관례처럼 이루어지는 사회의 모든 제의는 개인적인 차원에서 머무르지 않고 사회적 또는 국가적 차원으로 확대된다. 즉 무대 위에서 움직이는 등장인물들은 개체의 문제를 다루지만 사회적 또는 정치적 배경에서 하나의 상징적 코드로 이해되어야 한다. 루스의 부도덕적 행위를 바라보면서 성적 추문이라고 고개를 돌리기 보다는 사회적으로 성의 불균형적인 분배가 이루어졌을 때 불모화된 가정에서 왜곡되는 인간성을 깨달아야 한다. 이를 치유하기 위해서는 억눌린 성을 되살리기 위한 풍요제적 과정이 필수적이다. 절제되고 금욕적인 가정에서는 루스의 흐트러진 모습이야말로 인간적인 모습을 찾기 위한 필수적인 요소가 될 수 있다.

마지막으로 이 작업이 필자에게는 이 책으로 마무리되었다기 보다는 첫 걸음에 불과하다는 점을 밝혀둔다. 평생동안 진행하면서 이해하지 못한 부분이 보완하리라고 스스로에게 다짐할 수 밖에 없기에 미진한 부분에 대해서는 따뜻한 충고를 주시기 바란다. 이 작업은 인류학적 사실을 밝히는 것이 아니라 그 시각에서 나의 문학적. 연극적 상상력에 의한 나 나름의 해석이라는 점을 분명히 말씀드리며 논문을 쓰면서 도와주신 송옥 선생님, 키스터 신부님, 선후배들에게, 그리고 가정에 등한시하여 외로워 한 아내에게 감사의 뜻을 전한다.

2000년 4월 26일 도봉동 서재에서
박 정 근

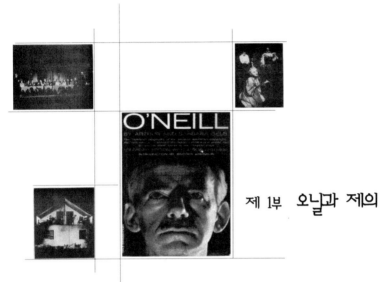

제 1부 오닐과 제의

1장 분열로 인한 통합의 파괴

현대인에 대한 오닐의 비극적 관점은 인간이 속해 있다고 믿었던 영적인 안식처를 상실하고 인간이 정신적 본향에서 소외되어 있음을 인식하는데서 출발하고 있다. 인간에게 정신적 안식을 주었던 서구의 기독교 신앙이 쇠퇴하고 있음에도 불구하고 새로운 대단을 발견하지 못한 심리적 딜렘마는 현대인에게 심한 정신적 상실감을 주고 있다. 인간에게 가장 기초적인 소속감을 제공하는 것은 '가정'이며 오닐은 현대인의 정신적 상실감을 가정의 상실에서 기인하는 소외감에 비유한다. 또한 그는 자연이나 사회로부터의 소외, 가족 사이의 소외, 남성과 여성 사이의 소외 등으로 그의 분열에 대한 비극적 관점을 확대시키고 있다. 소외에 대한 오닐의 예리한 직관은 "1920년대 전후 시대의 위기로 인해 전통적인 가치나 믿음의 신성함에 대한 현대인의 신념이 혼란에 빠졌다"는 점에 이른다. 이러한 현상은 "오닐이 인간 소외의 비극을 표현할 수 있는 통용어를 찾아내는 것이 필요하게 만들었다."(Bhagawat S. Goyal 9) 또한 현대인은 전통적인 가치를 상실함으로써 자신이나 타인의 진정한 모습을 볼 수 있는 확실한 가치기준을 가지지 못하고 사실과 다르거나 기만적인 환상을 가진다. 결국 그들의 내면세계는 참된 자아와 거짓 자아로 분열을 일으킨다. 현실에서 오는 고통을 대면하고 감내하는 능력을 상실한 자들은 자신이나 타인을 미화하거나 영광스러운 모습으로 탈바꿈시킴으로써만 비로소 존재할 수 있다. 니체는 이러한 환상을 "아폴로적인 것"으로 정의하고 환상의 막을 찢고 실체와 통합하려는 "디오니소스적인 것"과 대조시키고 있다. "아폴로적 환상"으로 인해 궁극적인 실체와 분리되어있는 자는 환상이나 허상에 매달려 있는 것이다.

> 아폴로는 휘황찬란한 태양의 신이며 모든 광휘의 상징이고 모든 외형, 개체의 형체를 나타내는 모든 조형의 에너지이다. 아폴로적인 것은 개체성, 아름다움, 그리고 환상의 영역이다. 아폴로는 또한 치유의 신이나 . . . 아폴로적인 영상이 더 높은 진리를 제공하는 양 보이지만 그것들은 단지 겉모습일 뿐이고 그것으로 남아있을 뿐이다. (Silk & Stern 64)

결국 기만적인 환상을 가지는 오닐의 인물들은 자신이나 타인의 궁극적인 실체를 만날 수 없기 때문에 상호간의 또는 진정한 자아와의 분열을 필연적으로 일으키게 된다. 그 연유는 아폴로적인 환상의 속성상 험한 외부의 위협을 차단하려고 쇼펜하우어적인 마야의 베일로 자신을 감싸고 그 안에서 안락을 취하고자 하기 때문이다. 폭풍이 일고 있는 바다에서 사방에서 산 같은 파도가 일어났다 떨어지며 으르렁거리는데 선원은 보오트에 앉아서 허약하기 짝이 없는 배만 믿고 있다. 이처럼 고통의 세계의 한 가운데서 개체적 인간은 조용히 앉아서 개체화의 원칙만을 의지하고 믿고 있는 것이다(Nietzsche, *The Birth of Tragedy* 35). 니체가 언급하고 있는 개별화의 원리는 혼돈에 휘말려있는 전체성에서 의미와 조형적 형태를 구하려는 개체의 행위에 비유할 수 있다. 그는 윤곽을 제공하는 조형예술처럼 무형의 전체 속에서 나름대로의 주관적인 형태를 창조함으로써 자신의 정체성을 확보하고 이를 통해 구원을 얻으려는 시도를 하는 것이다. 가치의 중심을 상실한 현대인에게 『들오리 *The Wild Duck*』에서 제시되는 환상이 불가피할지라도 오닐은 이로 인해 파생되는 분열의 양상을 부정적으로 지적하고 있다.

1. 소외현상

인간이 가장 심각하게 소외감을 느끼는 때는 자기 존재의 뿌리가 박혀있는 본향을 상실하는 시점이다. 더욱이 가고 싶은 욕망이 가득 차 있는데도 불구하고 외적 제약에 의해 불가능하게 될 때 향수병과 같은 매우 심각한 정신적 질환을 겪게 된다. 자신의 본향을 잃어버린 자는 거대한 우주 속에 홀로 던져진 고독한 존재로서 실존적 소외를 당하지 않을 수 없다. 즉 자신을 둘러싸고 있는 주위환경이나 사회, 자연 등이 그가 살아가는 형태와 조화를 이루지 못하고 낯선 세력으로 부각되기 때문에 개별자는 통합성을 상징하는 본향, 자연성, 사회, 가족, 연인과 소외관계를 이루게 된다.

오닐은 『머나먼 고향으로 가는 항해 *The Long Voyage Home*』에서 현대인의 극심한 소외상황을 항해하는 선원을 통해 그리고 있다. 올손(Olson)은 부유하는 선원의 삶에 염증을 느끼고 항상 농장을 경영할 수 있는 고향으로 돌아갈 기회를 찾고자 한다. 그래서 선원으로 오랜 세월을 방랑자나 이방인으로 지내온 삶을 청산하고 소속(belonging)이나 공동생활(togetherness)의 꿈을 실현할 수 있는 가정을 추구하는 것이다. 그러나 귀향의 소망은 하나의 환상으로 존재할 뿐 실현할 수 있는 길은 요원하게 보인다. 왜냐하면 그가 그리던 육지에 도착하면 선원의 습관적인 폭음으로 농장을 살 수 있는 돈을 모두 잃어버리고 또다시 끝없는 항해를 계속해야 하기 때문이다. 물론 육지를 안식처로 보고자 하는 그의 믿음은 육지생활이 실체를 제대로 파악하지 못한데서 오는 허상에 불과하다. 트라비스 보가드(Travis Bogard)는 육지의 이중성과 바다의 순수성을 대비하여 언급한다.

> 모든 선원들에게 육지란 낯선 세계이며 그들은 그 은밀한 이중성을 다룰 수 없다. 동료 관계가 마음의 천연적인 순수성으로 묶어주는 바다에서와는 달리 육지에서는 악과 대면한다. . . . 올손만이 변절의 상태에서 그것의 희생물이 된다. (Travis Bogard 84)

올손이 추구하고 있는 본향으로서 육지는 존재하지 않으며 위험과 고통이 지속되는 선원생활이 인간의 실존적 상황이다. 올손은 『카디프를 향하여 *Bound for Cardiff*』의 양크(Yank)처럼 자신의 삶의 터전이요 그의 정체성을 이루고 있는 바다를 증오하고 다다를 수 없는 육지를 구원의 대상으로 선택함으로써 스스로 소외현상을 가속화시킨다고 볼 수 있다. 바다는 선원의 삶을 장악하고 있는 거대한 세력으로 여기에서 벗어나려고 하는 인간의 노력은 무력할 수 밖에 없다. 올손은 바다 생활의 고통을 치유하기 위하여 육지의 본향에 대한 환상을 설정하고 반복적인 탈출의 게임을 벌린다. 그러나 그 게임은 패배할 수 밖에 없는 운명적인 움직임에 불과하다.

> 모든 편지에서 우리 어머니께서 말씀하시기를 곧장 집으로 와야한다는 거야. 우리 형도 같은 이야기를 하고 있어 . . . 난 항상 곧 가겠다고 답장을 하지. 그리고 항해가 끝나면 늘 집에 돌아가려고하거든. 그러나 육지에 오면 한 잔을 마시고 여러 잔 마시고 취해버리거든. 모든 돈을 써버리고 또 다른 항해를 향해서 배를 탈 수밖에 없어.

그는 여급인 프레다(Freda)에게 자신이 술을 절제하지 않으면 돈을 잃어버린다는 사실을 알려주면서도 만취되어 돈을 탈취당할 때까지 계속 마셔댄다. 결국 그가 돌아가야 할 곳은 바다 밖에 없는 것이다. 오히려 바다는 그를 속여 모든 것을 탈취하고 버리는 육지에서 벗어나 최소한의 생존 수단을 제공하는 생명의 터전이 되어준다. 아마도 바다는 그들의 생명이며 운명이며 선원들을 낳기도 하고 파괴하기도 한다. 중심인물인 올손은 바다에 생명과 죽음이 묶여있는 인간의 상징이다. 그의 동료 선원들 역시 같은 운명에 묶여있다(Sinha 110). 결국 올손은 자신의 본향으로부터 운명적으로 소외되어 있는 자이며 그의 삶에 대한 부정을 통해서 생명의 근간을 이루고 있는 바다와도 소원한 관계를 이루고 만다.

올손의 실존적 소외가 바다와 육지에 의해 본향의 추구가 차단된데서 비롯되었다면 『짚풀 Straw』의 경우는 불가항력적인 결핵이라는 질병에 의해서 인간에게 가해지는 소외를 다루고 있다. 에이린(Eileen)

이라는 십팔 세의 아일랜드계 처녀와 기자 출신인 스티븐(Stephen) 사이의 사랑을 줄거리로 담고 있지만 극의 뒷면에 흐르는 주제는 인간사회에 도사리고 있는 무관심과 이로 인해 파생되는 무서운 소외현상이라고 볼 수 있다. 또한 오닐의 자전적인 맥락에서 스티픈은 작가 자신의 분신으로 "자신의 이기주의에 의해서 자신과 타인으로부터 차단된" 창조적 예술가를 대표한다(Doris Falk 48). 그는 자신의 예술적인 성공이라는 이기적 욕구에 의해서 작가로 인정받도록 정신적인 도움을 준 에이린의 사랑을 진지하게 받아드리지 못하기 때문이다.

에이린의 소외는 인간의 의지로 제어할 수 없는 결핵이라는 질병에 의해서 시작된다. 그녀가 병든 어머니를 부양하고 힘든 가사일일 처리하느라 자신의 건강을 돌보지 못했다는 점도 지적할 수 있겠으나 그것 또한 사회적인 소외로 생긴 경제적 궁핍이 남긴 결과로 보아야할 것이다. 질병에 의한 인간적인 소외가 악화되는 현상을 프레드(Fred)의 배신에서 확실히 발견할 수 있다. 그는 에이린의 병을 알고 그녀에게 무관심해지기 시작하자 그녀는 자신이 절대적으로 혼자라는 것을 인식한다(Bhagwat 63). 그러나 그녀는 요양소에 들어와 만난 스티븐과 교제함에 따라 옛 상처는 아물어가고 새로운 인생의 의미를 찾을 수 있는 기회를 맞게 된다. 그녀는 스티븐으로 하여금 유망한 작가로 발돋움할 수 있는 용기를 주고 관심을 보여준다. 두 사람의 소망대로 스티븐은 작가로 등단할 수 있는 길이 열렸으나 에이린에게는 극단적인 외로움으로 빠져들게 되는 계기가 되고 만다. 스티븐은 병이 완치되어 요양소를 떠나게 될 때 에이린의 사랑의 고백보다는 작가로서 화려한 성공이라는 이기적인 욕망에 사로잡히기 때문이다. 인간의 소외란 자신의 최소한의 안식처를 상실했을 때 심화된다. 그래서 에이린의 마지막 구원의 끈인 스티븐에의 사랑이 개인적인 야망으로 놓치게 되자 그녀는 삶의 의욕을 상실하고 죽음의 길을 자초하고 만다. 그녀의 삶의 유일한 목적은 스티븐이었던 것이다. 그가 그녀를 나중에 만나러 왔을 때 더 이상 사랑하지 않았으며 그녀는 용기를 상실한 상태이다(Barret H. Clark 69).

오닐의 소외라는 주제가 자연성에 관련되어있는 작품은 『샘 Fountain』과 『지평선 너머 Beyond the Horizon』을 들 수 있다. 두 작품은 모두 선천적인 적성과 다른 길을 걸어가는 인물의 비극적인 결말을 다루고 있다는 점에서 공통점을 다루고 있다. 전자는 시인기질을 가진 스페인 귀족이며 기사인 돈 주앙(Don Juan)이 주인공이다. 아름다움을 사랑하는 시인적 기질은 정복을 추구하는 기사로서의 페르소나에 의해서 억눌려서 본심과는 완전히 다른 길을 걷게 된다. 후자는 루스(Ruth)의 오도된 사랑에 의해서 자신의 본성과는 다른 길을 가게되는 앤드류(Andrew)와 로버트(Robert) 형제를 다루고 있다. 앤드류는 루스를 사랑하지만 동생 로버트와 가까운 것을 알고 농부의 직업을 버리고 오히려 로버트의 꿈인 방랑의 길을 가게 된다. 두 형제는 일시적인 판단의 오류로 인하여 자신들의 적성과는 정반대의 길을 나아가게 되는 것이다. 두 작품에서 나타난 자연성으로부터의 소외는 당사자로 하여금 일시적인 만족감을 준다. 하지만 시간이 지나면서 적성에 맞지 않는 생활에 환멸을 느끼게 하고 자신이 걸어온 길과 역행시키려는 내적 욕구와 부딪치게 된다.

자연성의 소외에서 비롯되는 돈 주앙의 환멸은 자신의 페르소나를 유지하기 위한 기사로서의 행위로부터 온다. 조국을 위해 정복의 길을 나섰던 그가 오히려 동료 스페인 사람에게서 부정적인 면들을 발견하고 자신의 진정한 기질과의 부조화를 발견하게 된다. 즉 사랑과 아름다움을 추구하는 돈 주앙의 내면세계가 정복의 과정에서 일어나는 살육과 탈취 같은 필연적인 결과에 대해 거부반응을 보인다. 소외감의 고뇌가 심화되는 것은 주앙이 앞에서 언급한 내적 부조화에 대한 인식이라고 볼 수 있다(Engel 96). 돈 주앙은 마리아의 사랑의 고백을 물리치고 전쟁이 끝나고 평화를 찾은 조국을 떠나 애국심이란 대의명분을 걸고 다른 형태의 착취적인 전쟁인 정복을 떠났던 길이 결코 진정한 자아의 선택이 아니었다는 것을 깨닫는다. 콜롬부스(Columbus)가 동양의 보물을 탈취하여 십자군을 지원하기 위해 교황을 지원하겠다는 선언이 그에게는 일종의 광증으로 받아들여진다. 또한 그는 나노가 말해 준 신비의 젊음의 샘에 대한 신화를 믿으며 미지의 샘을 통해서 헛된 야망을 채우려고 낭비해버린 젊음을 되찾고자 하는 것이다. 그는 자신의 자연성에 어긋나게 살아온 과거의 삶에 대해 한탄하며 새로운 삶에 대한 갈망으로 고통을 겪는다. 그는 "젊음에 대해 노래하라구! 그들의 수수께끼에 대한 답은 무엇인가? 나는 시인이 아냐. 난 손에 움켜쥘 수 있는 것을 향해 노력해왔어. 죽음이 손을 무력하게 하면 무엇이 남는 것인가?"(224)라고 후회한다.

이런 동기에서 젊음의 샘의 추구는 베아트리츠(Beatriz)의 아름다움을 흠모한다는 점에서 자신의 시인기질과 조화를 이루지만 인간이 세월에 따라 나이가 들게 되는 자연의 순리에 역행한다. 자신의 오류로 낭비한 젊음의 시절을 회복하려는 주앙의 의지가 강할수록 피할 수 없는 자연적 한계를 가진 존재로서 그의 현실과의 소외의식은 불가피하다. 그의 친구인 루이스(Luis)가 젊음의 샘이 아무런 신빙성이 없는 인디언 신화일 뿐이라고 일축하고 안내자인 나노마저 샘에 대해 속이지만 정작 주앙만은 자신의 환상에 몰입하여 소외현상을 이해하지 못한다. 그러나 주앙이 "사랑이 없는 신은 없고-젊음이 없는 천국은 없다"(208)라고 고백하는 것은 환상이 기만적인 세속성을 넘어서는 종교적 초월성을 지니고 있기 때문에, 세속적 환경으로부터의 소외현상과 지속적인 긴장관계를 보여주며 현상적인 상실에 대한 정신적 보상의 가능성을 암시해준다.

클라크(Clark)는 주앙이 실제의 '젊음의 샘'을 추구하며 그의 삶은 그 임무에 헌신한다. 비양심적이고 잔인한 그는 그 추구가 집착증이 될 때까지 무지개를 따른다. 그러나 어느 미몽가도 다른 것을 발견하든지 그들이 한때 원했던 것을 무가치한 것으로 포기하는 것으로 보상될지 모르지만 원래 추구하려고 시작했던 것을 발견하지는 못한다(Clark 101).

돈 주앙의 시인적 기질은 『지평선 너머』의 로버트가 지평선 너머의 이국적인 곳을 꿈꾸며 갈망하는 심리와 같은 맥락에서 비교할 수 있다. 그래서 돈 주앙이 자신의 본성에 맞는 삶을 살지 못하고 소외된 채 보냈듯이 로버트도 자신의 모험의 꿈을 배반하고 루스의 비이성적인 사랑의 고백에 현혹되어 농장의 안정된 삶을 선택하고 만다. 그의 잘못된 선택은 자신의 인생의 방향을 어긋나게 하는데 그치지 않고 그의 형인 앤드류의 삶의 궤도를 탈선하도록 만든다. 앤드류의 소망은 루스와 결혼하여 농장을 일구고 추수하며 살아가는 것이지만 로버트가 루스와의 결혼을 선언하자 그의 꿈은 깨어지고 본성에 맞는 농장생활을 청산하고 마는 결정적인 동기가 된다. 두 형제의 본성과의 소외는 자기파괴적인 결과를 가져오는 많은 오닐의 극중인물들과 맥을 같이 한다. 오닐의 인물들은 자신의 본성과는 완전히 반대된 방법으로 행복을 추구한다. 그리고 그들의 사랑과 행복의 비젼은 그들을 탕진하거나 파괴하는 환상이나 신기루 또는 비이성적인 힘의 기만으로 판명된다(Leonard Chabrowe 118).

　그러나 로버트의 잘못된 선택에 의해서 기인한 앤드류의 도피는 인생에 대한 자신의 주체적 판단이 결핍되어 있으며 농장이 상징하는 자연 속의 삶에서 떠나가는 것을 의미한다. 그는 "농장에서 농부일 때는 창조적일 수 있지만 투기적인 돈벌이를 하면 영적으로 실패할" 수 밖에 없다(Skinner 56). 지평선 너머의 동적인 삶을 사랑하여 언덕을 즐겨 오르내리던 로버트에게 결혼 후의 농장의 삶은 정체감을 주고 삶의 의욕을 빼앗고 만다. 결혼생활을 견실하게 유지시켜줄 실용성이 결핍된 로버트는 아내에게 무능력한 남편일 뿐 아니라 그의 사랑도 무의미하게 되어버린다. 힘든 농장 일에는 로버트의 환상적인 꿈이 존재할 여유가 없으며 농장에서 소외된 그에게 남겨진 보상은 불치의 병일 뿐이다. 그의 육체적 질병은 자연성으로부터 소외됨으로써 오는 정신적 고갈의 상징적 현상이라고 하겠다. 앤드류 또한 적성에 맞지 않는 방랑생활에서 환멸을 느낀 채 아무런 결실없이 돌아온다. 농장을 경영하는 실용적인 삶의 태도가 목표없이 방랑하는 바다생활에 적합할 수 없으며 정신적인 무력감만 증대시키는 결과를 낳았을 뿐이다. 두 형제의 실패는 자연적 본성과 유리되어 생기는 결과이며 탈선된 삶을 회복함으로써 구원될 수 있는 것이다. 그러므로 그들의 실패를 로버트의 비현실성이나 앤드류의 물질주의로만 치부해서는 안 되며 자신의 진정한 자아를 인식하지 못한 실수라고 진단해야 한다(Carpenter 88).

　『샘』과 『지평선 너머』에서 나타나는 자연성으로부터의 소외가 등장인물의 삶의 방향에 대한 잘못된 선택에서 기인되었다면 『상복이 어울리는 엘렉트라 *Mourning Become Electra*』와 『느릅나무 아래 욕망

Desire under the Elms』에서는 비인간적인 청교주의에 의해서 인간 본연의 삶과 멀어지는 현상을 발견할 수 있다. 후자의 두 작품은 청교주의를 신봉하는 남성 가장에 의해서 자연적 삶을 추구하는 여성들이 왜곡된 길을 걷지 않으면 안 되는 문제를 부각시킨다. 에즈라(Ezra)와 카보트(Cabot)는 모두 남성 가장으로서 전횡적인 가장의 모습을 지니며 다산상과 자연적인 삶을 추구하는 크리스틴(Christine)과 에비(Abbie)를 위시한 전처들을 억누르고 자신의 청주주의적 절제를 강요한다.

마농가의 전통적인 가부장적 권위주의와 이에 바탕을 둔 극단적인 청교주의의 상징은 큰 저택 안에 괴기하게 걸려있는 초상화들이다. 사랑과 자연성에 대한 절제나 금욕은 이 기만 안에 존재하는 구성원들의 삶을 구속하고 생의 활력을 메마르게 하는 운명적인 교리라는 것을 초상화가 암시하고 있다. 이러한 전통을 상징적으로 말해주는 사건이 아담(Adam)의 아버지 데이비드(David)와 마리 브랑톰(Marie Brantome)의 비참한 사랑의 결말이라고 보아야 한다. 이 두 연인들은 가문의 전통인 청교주의에서 벗어나서 사랑을 구가한다. 그들의 사랑의 추구는 신분이나 종교 이전의 자연적인 감정의 발로이지만 가부장인 에이브(Abe)에 의해서 집안에서 쫓겨나고 가문의 일원으로의 자격을 박탈당하는 가혹한 형벌을 받게 된다. 이런 전횡적인 가부장의 행위는 명분상 청교주의에 입각한 것이지만 가족들로 하여금 자연성에서 스스로 소외되도록 하는 역할을 한다.

> 가부장적 질서는 청교도적 삶의 방식에 연루되어있다 . . . 그리고 자기중심적인 자만심의 극단적인 현시로서 제시된다. 죄가 없고 비자기의식적인 기쁨의 상징인 마리 브랑톰을 추방하고 자만하는 마농가들은 사랑과 생명의 폐허 위에 증오와 죽음의 사원을 세웠다. 가

「상복이 어울리는 엘렉트라」 연극 중에서 (NewYork, 1931)

족의 초상화는 . . . 살아있는 자들에 대해 말이 없지만 독재적인 권위를 행사하고 모든 생명으로 하여금 죽은 조상들에 대한 메마르고 정열이 없는 행위로 보이게 한다. (Raghacharyulu 106-7)

독단적인 가부장 에이브의 전통을 이어받은 에즈라는 남해섬의 자유와 풍요를 갈망하는 크리스틴의 자연적 본성을 이해할 수 없으며 그녀의 사랑의 대상자가 될 수 없다. 그래서 오이디프스 콤플렉스의 성향을 보이며 모계지향적인 아들 오린(Orin)을 대체자로서 사랑의 욕구를 충족시키고자 한다. 그러나 에즈라는 마치 클라이템테스트라(Clytemnestra)의 간청에도 불구하고 사랑하는 딸 이피게니아(Iphigenia)를 전쟁의 제물로 삼아버린 아가멤논(Agamemnon)처럼 전쟁터로 오린(Orin)을 보내버린다. 이런 행위는 크리스틴의 의사를 무시하는 것이며 그녀에게서 생명과 같은 사랑을 빼앗아버리는 것이다. 그녀의 삶의 본질인 사랑이라는 자연성에서 소외되는 결과를 가져오기 때문에 에즈라에게 복수를 기도하는 것은 당연하다. 무의식적 본능을 순화시키고 자연스럽게 표현하지 않으면 흉폭해지고 비정상적인 모습으로 변화된다는 융의 이론에 근거하면 크리스틴의 복수심은 아담과의 부정으로 이어지고 전쟁에서 돌아온 에즈라를 살해하는 잔인한 행위로 귀결되는 것이다. 그러나 클라이템네스라가 딸의 희생에 대해서 복수하기 위해서 정부인 에기스투스(Aegistheus)와 결탁하여 아가멤논을 살해하는 앙갚음을 하지만 자식들인 엘렉트라와 오레스테스의 또 다른 복수를 불러오듯이 크리스틴의 살인은 라비니아(Lavinia)와 오린의 복수를 받는다(Raghavacharyulu 104). 결국 에즈라의 청교주의를 바탕으로 하는 가부장적 독단은 크리스틴, 오린, 그리고 라비니아의 남해섬에 대한 추구로 초점이 모아지는 모계의 자연성을 본성으로부터 소외시킨 것이다. 또한 아이러닉하게도 사랑을 추구하던 그들이 살인과 복수를 추종하는 세력으로 그로테스크하게 왜곡되고 만다.

심리적 현상으로서 언급되는 오이디프스 콤플렉스와 엘렉트라 콤플렉스가 오린과 라비니아에게 적용되는 것도 정상적인 사랑의 관계가 왜곡되는데서 기인한다. 오이디프스 콤플렉스에 빠진 오린은 아버지 에즈라를 미워하고 어머니 크리스틴을 사랑한다. 전쟁에서 죽인 적의 얼굴이 에즈라로 변하는 것은 에즈라에 대한 간접적인 살인욕구로 해석될 수 있다. 또한 이 욕구는 전장으로 끌려와 크리스틴에 대한 사랑이 좌절되는 것에 대해 반발하는 심리이기도 하다. 그러므로 그의 오이디프스 콤플렉스는 엄한 아버지에 의해서 금지된 자연적 감정의 발로가 비뚤어져 나온 부정적 결과라고 볼 수 있다. 엘렉트라 콤플렉스를 보이고 있는 라비니아의 에즈라에 대한 애착도 사실은 자연적 감정의 왜곡현상일 뿐이다. 에즈라는 자신의 무의식에 존재하는 크리스틴에 대한 사랑을 청교주의에 눌리어 자연스럽게 표현할 수 없다. 그의 사랑에 대한 무의식적 욕구는 어릴 때 마리에게 애착을 보였던 일이나 어머니의 머리카락을 닮은 크리스틴을 좋아하는 것에서 유추할 수 있다. 크리스틴이 그를 싫어하고 혐오하여도 그의 사랑을 멈출 수 없다. 그 이유는 그의 감정이 무의식 속의 원천에서 솟아나기 때문이다(Leonard Chabrowe 149). 그러나 그는 자신의 사랑의 욕구를 청교주의가 주는 죽음의 가면으로 억압하여 아내와의 정상적인 애정을 나누지 못한다. 또한 딸인 라비니아에게 해소되지 못한 사랑의 욕구를 표현하여 자연적 순리에 벗어난 엘렉트라 콤플렉스 현상이 야기되는 것이다. 즉 부녀간의 애착은 "에즈라가 크리스틴에게서 얻을 수 없는 사랑을 라비니아에게 방향을 돌림"으로써 가능하다고 보며 이는 자연성에서 소외된 인간성의 부작용

임에 틀림이 없다(Charbrowe 151).

　가부장으로서의 에즈라의 전횡적 행위는 『느릅나무 아래 욕망 *Desire under the Elms*』의 카보트에게서도 거의 동일한 형태로 나타난다. 청교주의 신앙의 형태에서 흔히 발견될 수 있는 성향은 자신이 독선적으로 정한 도덕률로 타인들을 구속하려드는 일이다. 그래서 자신을 자연성이나 사회공동체로부터 소외시키는 결과를 낳는다. 카보트는 자신의 신앙을 유연성이나 융통성이 전혀 없는 돌담으로 비유한다. 그는

"타인들과 동떨어져 있으며 그들의 생활방식을 받아들이지 않고 그들의 도덕성을 경멸할 뿐 아니라 그들의 이상을 약골이나 겁쟁이의 시시한 꿈"으로 여긴다(Sophus Keith Winther 328). 엄격하게 말하면 그의 신앙은 표면적으로 내세우는 건전한 영적 세계로 이루어지기 보다는 미국의 청교도가 자본주의와 결탁하여 부의 추구를 미덕으로 삼았던 것처럼 오히려 물질욕과 소유욕으로 가득 차 있다. 카보트는 자신이 세운 소유욕과 경직성의 장벽을 허물을 수가 없는 것이다(Bhagwat Goyal 46).

자연성을 억압하는 것에 복수하는 형태는 크리스틴과 에즈라의 경우처럼 여성의 풍요를 상징하는 느릅나무가 생명력을 잃어가는 농장 가옥을 휘감아 옭아매는 상징적인 이미지로 표현되는데, 이것은 죽은 에벤의 어머니의 복수로 나타난다. 카보트는 여성의 성적 본능을 청교주의에서 정욕이라는 이름으로 죄악시하듯이 억누르고 경멸해야 할 대상으로 여긴다. 그는 죽은 아내들을 일하는 도구로 생각할 뿐 사랑과 풍요를 추구하는 자연적 본능을 충족해야하는 인간적 존재로 인식하지 못한다. 또한 자신의 독단적 교리의 편협한 시각으로만 아내와 자식들을 바라봄으로써 스스로를 유리시키고 외로움을 자초한다. 사실 에비의 사랑과 그녀에게서 태어난 아기는 육체적으로 노쇠한 카보트보다 젊은 에벤에게 더 어울린다는 사실은 축하 잔치에 모인 동네사람들이 "이 집에 무슨 일이 일어났는가는 당신 얼굴에 확실히 쓰여있어!"(330)라고 반응하는데서 명백하게 알 수 있다. 그러나 카보트는 자연의 순리를 받아들이지 않고 자신의 위선적인 신앙을 고집한다. 그는 사람에게서 받아야 할 이해와 사랑을 외양간의 소에게서 구하는 기형적인 모습을 보인다. 자연성을 지향하는 잔치 분위기에 어울리지 못하는 카보트는 억눌려 있는 생명력의 상징인 느릅나무가 내품는 복수의 힘이 집안에 가득하다는 것을 깨닫는다.

> 음악조차 그것을 쫓아낼 수 없어 - 무언가 - 그것이 느릅나무로부터 떨어지는 것을 느낄 수 있다구. 지붕을 기어올라가서 굴뚝을 살며시 타고 내려와 구석마다 파고들었거든 . . . 집 안에는 평화가 없어, 사람들과 어울려 있어도 안식할 수가 없단 말이야 . . . 헛간에 가서 잠시 쉬어야지. (331)

카보트의 외로움을 물질욕과 편협한 교리에 사로잡힌 현대인의 전형적인 현상으로 이해한다면 자연성으로부터의 분열상은 현대인에 대한 비극적 관점이 될 수 있다. 온전한 인간성이란 현대인이 보여주는 물질만능주의나 어떠한 극단적 독단에 의해서 획득될 수 없다. 카보트는 여성을 물질을 추구하기 위한 도구로 보거나 성적 본능을 불순한 정욕으로 죄악시한다. 그의 부정적 관점은 인간성의 자연적 흐름을 막고 그로 인해 기형화되고 흉폭해져서 더 큰 불행의 도화선이 되게 한다. 도리스 포크는 카보트의 청교주의가 인간성에 대해 부정적인 결과를 가져온다고 지적한다.

> 성을 추하고 죄악에 찬 필연성으로 생각하는 늙은 에프레임의 청교적 관념은 모든 성적인 것을 다른 탐욕처럼 독선적이고 탐욕적인 사나운 정욕으로 오해시킨다. 그러나 느릅나무에 의해서 상징화된 뿌리깊은 모성은 자연적이고 아름다우며 비이기적이고 무도덕적인 생명력인데 억압에 의해서 강한 복수정신으로 왜곡된 것이다. (Doris Falk 97-8)

오닐은 에비와 에벤의 사랑을 근친상간이라는 윤리적인 죄악으로 보지않고 억압된 자연성의 회복의 측면에서 다루어 카보트의 자연성으로부터의 소외를 부각시키고 현대인의 당면한 문제를 다루고 있는 것이다.

　오닐의 초기극 중에서 소외의 주제를 다루고 있는 『카리비의 달 *The Moon of the Caribees*』와 『카디프를 향해서 *Bound for the Cardiff*』는 사회가 아닌 글렌케른호라는 배 위의 선원들의 작은 공동체를 배경으로 하고 있다. 선원들이 타고 있는 배는 그 자체가 소우주이지만 육지와 연결되어야 부족함을 채우고 또 다른 항해를 계속할 수 있는 불완전한 세계로 나타난다. 그래서 선원들은 운명적으로 바다에 묶여 있으면서도 육지를 그리워하고 소외감을 감추지 못하는 것이다. 또한 배 위의 공동체적 삶은 조화를 이루기보다 술이나 여자, 그리고 무관심과 판에 박힌 생활로 이루어지고 있다. 모든 것을 망각하고 사는 자들이나 실존적 소외를 이기지 못하고 고통스러워 하는 자들은 상호간의 극심한 분열상을 보인다. 그들은 실존적 외로움과 공동체로부터의 소외가 가중되어서 심한 갈등과 생에 대한 환멸을 나타내지 않을 수 없다.

　『카리비의 달』은 분위기의 대조로서 소외의 주제를 강화시키는 수법을 사용하고 있다. 서인도제도의 어느 섬에서 약간 떨어져 정박하고 있는 부정기 화물선의 선원들은 섬에서 들려오는 흑인들의 우울한 찬송가에 의해서 외로움에 시달린다. 그들은 이 분위기를 견디지 못하고 원주민 여인들로 하여금 술을 몰래 들여와 무료함을 떨쳐버릴 계획을 하게 된다. 선원들이 선장의 금지에도 불구하고 술을 마시며 외로움을 달래는 것은 배가 정박하고 있는 장소의 영향이 크다. 그들은 항상 육지를 고대하며 험한 바다와 싸우며 극심한 소외감을 견디어 왔지만 현재는 섬을 직전에 두고 대기하는 상황 속에서 육지에 대한 갈증이 더욱 심각하다. 그래서 외로움에 대한 반작용으로 소란을 피우고 원주민 여인들과 난잡한 춤을 추며 자신들의 참담한 처지를 이겨내려고 발악한다. 하지만 소란이 심할수록 내면 속의 공허감은 비례적으로 커지는 것을 피할 수 없다. 흑인영가의 우울함이 그들의 비극적 운명과 존재의 고통의 실체를 환기시켜주며, 인생의 거친 면을 발견하고 술과 여자들에게 안식처를 찾으려 하는 것이다(Bhagwat Goyal 44-5).

선원들의 디오니소스적인 도취의 형태는 술과 노래, 춤이 동원된다는 점에서 제의적 형태를 취하고 있으나 현실에서의 도피가 아니라 궁극적인 실체와 결합을 추구하지 못하고 있기 때문에 디오니소스적 제의의 본질과는 거리가 있다. 하지만 그들의 의도가 소외와 고독을 극복하고자 하는 점에서는 디오니소스 정신과 연결시킬 수 있다. 그러나 공동체 의식을 신장시키고 통합성의 확장 속에서 고통스러운 현실을 대처하기보다는 술과 여자라는 말초적인 진정제에 의해서 일시적인 망각을 취하려는 점에서 디오니소스 정신의 왜곡현상을 발견할 수 있다. 술과 여자란 휴식 없는 향수병, 실존적 좌절 그리고 끈덕진 소외감과는 반대되는 삶의 유일한 쾌락일 뿐이다(Sinha 107). 결국 그들은 화해보다는 칼부림의 싸움 속으로 빠져들고 만다.

선원들의 술과 매춘부의 잔치가 소란을 더해가고 최고조에 달할수록 스미티(Smitty)의 소외는 더욱 심해진다. 오히려 스미티는 흑인들의 우울한 영가의 분위기에 휩쓸려있다. 그는 선원들이 "성과 술 등의 육체적 활동을 통하여 탈출하려는 무의미하고 발광적인 시도"는 그들의 "본질적인 외로움"을 달래줄 수 없고 본향에의 향수를 해결할 수 없다는 것을 인식하기 때문이다. 싸움과 소란이 지나간 갑판은 다시 정적만 남게 되고 스미티의 고립된 모습은 이전보다 더욱 심화되어 부각된다.

섬 저편에서 들려오는 흑인영가가 상징하는 본향이나 영적 안식처와는 거리가 멀고 혼란스럽고 들뜬 선실의 분위기에 속할 수 없는 스미티의 소외감은 공통체에서 벗어난 현대인의 고립을 상징한다.

> 배 위에 잠시 절대적인 정적이 흐른다. 흑인들의 침울한 노래는 물 위로 낮게 중얼거리며 흘러간다. 스미티는 잠시 주의 깊게 듣다가 거의 흐느낌에 가까운 한숨을 무겁게 쉰다. (28)

글렌케른 삼부작 중에서 소외의 주제가 가장 두드러지는 작품은 『카디프를 향하여』라고 볼 수 있다. 배의 계단에서 떨어져 치명상을 입은 양크는 카디프로 가야만 치료를 받을 희망이 있는데 짙은 안개에 묶여 외형적으로 고립되어 있는 상태에 놓여있다. 즉 자연의 힘에 의해서 인간사회의 도움을 받을 수 있는 육지와 절연되어있는 것이다. 배 위의 다른 동료들은 그의 상황을 걱정하고 동정한다. 그러나 죽음으로 가는 고통을 안타까워할 뿐 그를 구원할 방법을 찾을 수 없다. 이 작품은 인간의 고통을 완화시키는데 있어서 인간적 힘의 불충분성과 죽음과의 외롭고 무서운 대면을 할 수 밖에 없는 인간의 운명을 주제로 다루고 있다(Bhagwat Goyal 46).

양크의 소외감은 자신이 끝없이 바다를 떠나서 안락한 농장생활을 하고 싶은 환상을 가지기 때문에 더욱 깊어진다. 본향의 이미지를 담은 육지에 대한 그리움은 『머나먼 고향으로 가는 항해』의 올손의 경우와 유사하다. 그가 자신의 소망과는 반대로 바다에서 벗어날 수 없는 운명을 지녔듯이 양크도 육지에 묻히고 싶은 작은 꿈마저 이룰 수 없는 상황이다. 그가 죽음에 이르게 된 것도 바다생활에 염증을 느끼고 흥미를 가지지 못한데서 치명적인 사고가 유발되었음을 추측할 수 있다. 양크는 비웃음을 당할 것을 걱정하여 숨겨두었던 농장에 대한 소망을 드리스콜(Driscoll)에게 털어놓는다.

> 항해는 젊었을 때는 괜찮고 관계없어. 하지만 닭고기는 더 이상 먹
> 을 수 없지. 어쨌든 작년에는 썩은 것 같았어, 그만 두고 싶은 예감
> 이 들었어 — 물론 자네와 함께 말이야 — 그리고 돈을 아껴서 캐나다
> 나 아르헨티나 또는 다른 어떤 곳에 가서 작은 농장을 사서 말이야,
> 단지 먹고 살 정도지. 자네가 비웃을까봐, 이걸 자네에게 말한 적은
> 없었지. (46-7)

　그의 소박한 꿈은 임박한 죽음에 의해서 실현될 수 있는 가능성이 희미해지기 때문에 땅에 묻히고자 하는 가장 작은 소망이 실현될 수 없다는 것을 알자 한탄할 수 밖에 없다. 이러한 개체적 고뇌와 무관한 외부세계의 지속성은 그에게 심한 고립감을 느끼게 한다. 그는 "왜 저 빌어먹을 휘파람소리와 사방에서 사람들이 코를 고는 이렇게 지겨운 밤이 되어야하지?"(49)라고 짜증스럽게 소외감을 나타낸다.
　죽음을 목전에 두고 있는 양크는 자신의 생명에 대해서 연연하지 않는다. 그는 죽음에 대해서 대담한 태도를 견지하여 오히려 비극의 주인공처럼 기품을 잃지 않는 것을 발견할 수 있다. 그는 고통스러운 현실이 죽음보다 낳을 게 없다고 체념하고 죽음으로부터 오는 고통을 긍정적으로 수용하고자 한다. 양크는 이전에 고통을 겪은 용감한 자처럼 고독과 무지의 공포를 긍정적으로 받아들이고 고통 그 자체가 그것을 견디어낼 능력의 원천이라고 막연하게 인식한다(Doris Falk 21). 그러나 그를 끝까지 괴롭히는 것은 공동체로부터의 소외감이며 실존적인 외로움이다. 특히 친구인 드리스콜과 이별하여 죽음의 먼 여행을 해야한다

는 사실이 안타까울 뿐이다. 죽음 직전에 그는 "나 혼자 가야하는 이 항해의 배를 타는 것이 힘들구먼!"(50)이라고 외치며 육체적인 고통보다도 죽음 앞에 홀로 서있는 인간의 실존적 고독을 호소한다. 이 순간의 양크는 친구와의 이별이라는 공동체적 소외의식에서 생물학적 한계를 지니고 있는 인간으로서 피할 수 없는 실존적 고독으로의 전이과정을 보여준다.

오닐에게 소외감을 심어준 가장 직접적인 동기는 가족과 이성에 대한 쓰라린 체험에서 왔다는 사실은 이미 전기 속에서 확인한 바 있다. 청교주의와 비교되는 카톨릭 신앙을 겉으로 내세우지만 내심으로는 물질의 축적에 관심이 더 많았던 제임스 오닐(James O'Neill)에 대한 깊은 통찰이 가부장으로서 허구적 권위를 내세우는 『밤으로의 긴 여로』의 타이론, 『느릅나무 아래의 욕망』의 카보트, 『상복이 어울리는 엘렉트라』의 에즈라 그리고 『발전기』의 라이트 목사를 창조할 수 있었다. 이 인물들은 모두 권위적인 가부장이라는 페르소나적 가면을 씀으로써 다른 가족을 자신의 도그마로 억누르는 역할을 하고 있다. 그래서 가족들의 본성과 성향을 존중함으로써 가능해지는 믿음과 사랑의 관계가 금이 가고 분열과 소외의 관계를 낳게 되는 것이다. 특히 타이론은 오닐의 부친인 제임스 오닐을 나타내며 작가의 불행했던 가족사가 부친의 독단적이고 이기적인 가족 운영에 의하여 파생되었음을 보여준다. 카로타(Calotta)는 『밤으로의 긴 여로』에 대해 언급하면서 소외로 일관되었던 가족관계가 그의 비극관에 절대적인 영향을 미쳤고 평생 해결하기에 벅찬 난제이었음을 밝힌 바 있다. 그는 그것이 자신을 괴롭히고 가족과 자신을 용서하지 않으면 안 되는 일이었기 때문에 글을 써야만 했다는

「밤으로의 긴 여로」 중 (NewYork, 1956)

것이다(Gelb 7). 또한 그의 이야기는 눈물과 피에서 나온 것이고 인생과 예술에서 오닐의 비극적 전망을 여는 열쇠였던 것이다(Gelb 8).

이성관계에서 분열과 결별을 반복하며 화해와 조화를 추구해온 오 닐에게 가족 못지않게 관심을 기울인 것은 남녀 간의 소외 문제였다. 이미 오닐의 비극관에 대한 융의 영향을 지적했듯이 남성적인 면과 여 성적인 면의 조화로운 공존을 통해서만 온전한 인간성과 그를 바탕으로 한 창조성을 획득할 수 있다. 오닐은 남녀 사이의 소외를 통해 남성이 나 여성이 상대방의 고유한 영역과 본래적인 본성을 무시하거나 자기 소유물로 전락시켜 자신의 욕망을 충족시키려함으로써 화해가 깨지고 더 나아가 상대방을 파괴하는 부정적 측면을 작품 속에 그리고 있다. 『지평선 너머』의 루스, 『이상한 막간극』의 니나, 『원시인』의 커티스, 그리고 『고래기름』의 키니선장은 이성에 대한 지배욕이나 소유욕이 비 정상적으로 발달된 인물로 상대방과 소외관계를 형성하고 있으며 커티 스만이 통합의 가능성을 보여준다.

초기의 글랜케른 삼부작들이 담고 있는 고향으로부터의 소외는 바 다라는 운명적 장애물에 의해서 격리되어있는 선원들의 고립감과 상실 감으로 기인하고 있는 반면에 중기극 이후의 본향으로부터의 소외는 인 간의 정신적 안식처가 되어야할 가정과 가족관계에 대한 회의감에서 시 작되고 있다. 해양극들이 거칠고 더러운 선상생활의 물리적 환경에 대 한 거부감으로 안정된 본향에 대한 향수를 심어주었다고 본다면, 안정 된 외형적 가정을 소유한 사람들은 선원들이 결여하고 있는 물리적 조 건의 충족에도 불구하고 소외감은 더욱 심화되었음을 보여주고 있다.

『느릅나무 아래 욕망』과 『상복이 어울리는 엘렉트라』, 그리고 『발 전기』는 청교주의에 바탕을 둔 가부장에 정면으로 도전함으로써 가족

공동체가 붕괴되는 가족간의 소외가 극의 중요한 구조를 형성한다. 가부장의 권위가 근간이 되고 있는 청교주의는 긍정과 수용보다는 부정과 금지를 일삼으며 "두려움과 편견, 편협한 증오, 좌절된 인간성, 또한 생명의 문전에서 걸인 같은 태도"로 인도하는 특색을 가지고 있다는 것이다(Sophus Keith Winther 328). 오닐이 작품에서 청교주의에 대해서 의도적으로 부정적인 입장을 보인 이유는 이상적인 인간사회에 대해 청교주의가 내세우는 이상이 오히려 인간에게 체념을 요구하여 자연적인 생명력을 제약하는 인간사회의 장애물로 변했다고 인식하기 때문이다. 세 작품에서 등장하는 카보트, 에즈라, 라이트 목사는 가족들을 편협한 교리의 사슬로 묶고 생명의 공기가 희박해져가는 죽음의 사원 같은 집안에 감금시키고자 한다. 세 가부장에 대한 오닐의 신랄한 묘사는 청교주의를 인간사회와 가족공동체를 파괴하고 억압하는 악의 세력으로 보았음을 증명한다. 윈서의 관점으로는 오닐에게 청교도적 이상은 인생의 선으로 가는 길에 놓여있는 장애물을 나타낸다. 청교주의는 자기부정의 가치를 강조하기 때문에 오닐에게는 불쾌하며 그것이 억압의 교리로 서 있는 한 분명한 악의 세력으로 비난할 수 밖에 없는 것이다(Winther, *O'Neill* 44).

가부장의 권위가 정당성을 가지지 못하고 아내와 자식들로부터 도전을 받게 되는 이유는 전면에 내세워진 종교적 또는 도덕적 가면 뒤에 숨겨진 물질욕, 지배욕, 그리고 권력욕의 실체를 다른 가족들이 인식하기 때문이다. 가부장들이 그들의 청교주의의 가치로 위장하여 순수하지 못한 욕망을 정당화하는 수단으로 사용하려한다는 오닐의 지적은 자본주의와 청교주의 교묘한 야합에 대한 문명비판이라고 볼 수 있다. 『느릅나무 아래 욕망』의 카보트는 기만적인 가장으로 그려지고 있다. 그는 농장에 대한 물질적 욕구를 충족시키기 위해서 에벤의 죽은 어머니와 첫째 부인의 소생인 피터(Peter)와 사이몬(Simon)을 마소처럼 부려먹고도 독단적인 자아의 외연적 상징일 뿐인 부성적 신을 섬기지 않는다고 책망한다. 그 신이란 돌처럼 단단하고 편협한 비인간적 자아이며 포용과 사랑의 신보다도 오히려 책망과 형벌의 신으로서의 역할만을 강조하여 사실 냉엄한 가부장으로서의 신격화에 불과하다. 밀튼의 삼손과 사탄처럼 에프레임 카보트는 영웅적이고 타인의 파괴 같은 악의 도구가 된다. 그는 농장과 타인의 젊음을 전적으로 자신만을 위해서 소유하려는 완전히 독선적인 폭군이다. 그는 다른 인간의 영혼을 파괴하는 물질주의적 사회의 대변인이며 소유욕의 화신이다(Winther, *Eugene O'Neill* 44).

카보트에 대한 본격적인 반발은 신의 메시지를 배우러 장기간 외출을 했던 그가 젊은 여인을 데리고 돌아오면서 심화된다. 그는 마치 예언자를 흉내내고 있지만 정작 자신의 정욕을 충족시키기 위해 여자사냥을 하여 에비라는 포획물을 가지고 온 것이다. 세 아들은 그의 외출이 매매춘이나 다름없음을 간파하고 있다. 피터와 사이몬은 더이상 카보트의 노예로 살기를 거부하고 금광을 찾아 캘리포니아로 떠나기로 결심한다. 그들은 여비를 마련하기 위해서 에벤에게 돈을 받고 농장 소유권을 양도한다는 각서를 쓴다. 그 돈은 카보트가 감추어 두었던 것을 에벤이 훔친 것이다. 하지만 그는 조금도 양심의 가책을 받지 않으며, 오히려 이를 통해 복수하려는 의도가 분명하다. 피터와 사이몬은 농장에서 떠나는 행위를 가정의 상실로 보지 않고 가부장의 횡포의 감옥에서 탈출하여 자유를 쟁취하는 것으로 인식한다. 그들은 "우리는 자유야, 노인양반. 당신과 그 빌어먹을 농장으로부터 자유란 말이오"(229)라고 외치며 불경스러운 말을 서슴치 않는다. 그들에게서 가족공동체에 대한 소속감이나 미련을 조금도 찾아볼 수 없으며 에벤도 어머니의 죽음을 통해 만들어진 농장에 대한 소유욕과 복수심 밖에는 아무런 의미를 가지지 못한다. 에벤의 복수는 청교도적 가치관으로서 최대의 죄악인 에비와의 근친상간적 성관계를 가지도록 부추겨서 카보트를 중심으로한 가부장적 가족관계의 해체를 촉진한다.

타이론과 카보트의 물질욕에 비교되는 에즈라와 라이트목사의 독단적 특질은 권력욕이나 지배욕이다. 후자의 두 가부장은 자신의 교리나 신념을 다른 가족들에게 강요함으로써 그들의 반발을 유발시키고 가족공동체의 조화를 파괴하는 작용을 한다. 두 사람은 모두 어머니에게 애착심을 느끼며 영적 안식을 구하는 아들들을 이기적인 자만심이나 지배욕을 충족시키기 위해 카보트가 숭배하던 형벌의 신의 영역으로 끌어드리려 한다. 하지만 에즈라의 아들 오린과 라이트목사 아들 뢰벤은 자궁처럼 따뜻하고 자유를 느낄 수 있는 모성세계 안에 머무르고 싶어한다. 오닐이 그리고자 하는 모성세계에 대한 영적가치는 융에게서 배운 것이며 실제로 그는 자전적 경험에서 언급한 바와 같이 형벌의 부성적 신에게 회의를 느꼈었다. 본능과 영적 세계에 있어서 주도적인 역할을 부성보다 모성에 할당한 이유로서 오닐 자신의 경향과 체험, 그리고 융의 영향을 무시할 수 없을 것이다(Carpenter 108). 무의식 속에 있는 모성은 각각의 의식생활에서 여성, 사회, 감정과 사실의 세계와의 우리의 관계를 결정하고 채색하며 대체로 그 과정을 의식적으로 알아채지 못하도록 한다(Edwin Engel 134).

에즈라는 가문과 자신의 명망 그리고 권세욕 때문에 크리스틴의 만류에도 불구하고 오린을 군대에 지원하게 하여 그녀와 아들에게 커다란 정신적 충격을 안겨준다. 크리스틴에게는 사랑의 대상을 제거하여 부정으로 가는 길을 열어주었으며 오린에게는 죽음의 세력으로 가득 찬 삶에 환멸을 느끼게 한다. 에즈라의 억압에 의해서 전횡적으로 깨어진 가족관계는 크리스틴의 복수심을 키우고 잃어버린 사랑을 파괴적으로 회복하려는 무의식의 작용에 의해서 남편을 살해하는 불행을 낳게 한다. 결국 에즈라의 분신이라고 자처하는 라비니아와 크리스틴이 서로 오린을 차지하려고 암투를 함으로써 가족 전체가 소외와 분열의 모습을 보여준다. 라비니아는 사랑의 관계 속에서 항상 경쟁자였던 어머니에 대한 증오심을 발전시켜 왔다(Jung, *Totem and Taboo* 134). 그녀는 오린에게 어머니의 부정과 살인에 대해 은밀하게 노출시켜 크리스틴과 아담 브랜트에 대한 복수의 당위성을 심어준다. 라비니아와 오린은 크리스틴을 미행하여 아담의 배 위에서 현장을 목격하고 복수의 살인을 감행한다. 결국 아담의 죽음이 몰고 온 충격으로 크리스틴과 오린의 자결로 이어지고 고립된 라비니아만이 외부세계와 단절하고 칩거에 들어간다. 이는 마농가의 완전한 소외를 의미하며 죽음의 이미지를 나타낸다.

> 나는 마지막 마농가 사람이야. 난 벌을 받아야 해! 여기서 죽은 자와 함께 혼자 사는 것은 죽음이나 감옥보다 더 나쁜 정의적 행위인걸! 난 결코 밖으로 나가 사람을 만나지 않겠어! 차양에 못을 박아 햇빛이 들어오지 않도록 해야지. 죽은 자들과 함께 살면서 그들의 비밀을 지키고 저주가 다 값을 치루고 마지막 마농가 사람이 죽을 때까지 나를 괴롭히도록 해야지! (612)

『발전기』의 라이트는 "신앙의 절대주의"를 내세워 아들의 미래를 적극적으로 개입하려고 한다. 자신의 직업인 목사직을 아들인 뢰벤에게 물려주는 것이 신의 뜻이라고 내세워 이교도인 파이프(Fife) 집안과 접촉을 하지 못하도록 한다. 그러나 뢰벤이 파이프의 딸인 아다(Ada)를 사랑할 뿐 아니라 라이트 부인도 가난한 목사생활을 반대하며 그의 결정에 반발한다. 그녀는 남편의 전지전능에 대해서 냉소하며 아들이 절대로 목사가 되지 못하게 하려고 결심하는데 그 이유는 자신이 당해온 가난과 굴욕으로부터 방패막이를 하고 싶기 때문이다(Sinha 149). 라이트 목사가 내세우는 신도 카보트와 에즈라의 냉혹한 부성적 신이며 절제를 내세우는 융통성이 전혀 없는 신앙을 바탕으로 한다. 그리고 그는 자신이 내린 모든 결정은 신의 뜻이라고 믿기 때문에 타협의 여지가 전혀 보이지 않는다. 라이트 목사는 자신의 교리에 어긋나는 이교도와의 교제나 사랑을 자신의 독단에 의해서 막으려는 독선으로 인해서 뢰벤의 장래 뿐만 아니라 사랑의 감정까지도 지배하려든다. 라이트 목사의 독단적인 신성은 신이 아닌 이기적인 자아의 외연적 상징일 뿐이다. 뻣뻣하게 목을 세우는 라이트 목사는 자신의 선입견에 의한 이미지로 만들어진 신을 숭배하도록 설교하는데, 신은 그의 자아를 내세우는 것이므로 완고하고 분노에 가득하며 복수심이 강한 라이트는 항상 신이 무엇을 하려는가를 확신한다(Engel 231).

아버지의 강압에 의해서 억눌린 사랑의 감정은 뢰벤으로 하여금 신의 존재에 대해 회의를 품게 하고 가족에 대한 신뢰를 흔드는 계기가 된다. 아들에 대한 강한 애착을 가진 라이트 부인의 질투심은 아다와의 사랑이 실패하기를 원하는 목사가 벽장에 숨어있음에도 불구하고 사랑을 고백하도록 유도한다. 이 순간 분노에 찬 목사가 뛰쳐 나오자 뢰벤은 어머니에 대한 신뢰를 상실하게 되고 가족에 대한 소속감이 파괴된다. 뢰벤은 지금까지 가족의 중심으로 자리잡던 라이트 목사가 제시한

신을 포기하며 "신은 없어! 신이 아닌 전기만 있을 뿐이야! . . . 아버지와의 관계는 끝났어요!"(80)라고 선언하는 지경에 이른다. 여기서 전기는 전통적 신 대신에 현대인이 선택한 대체물로 작용한다. 그것은 뢰벤의 새로운 신으로서 존재하게 되고 가족을 파괴하는 물질문명의 상징적인 힘이다. 이 작품이 보여주는 라이트 가문의 소외와 파멸은 뢰벤의 발전기로의 몰두와 관심 밖으로 밀려난 라이트 부인의 죽음, 그리고 목사의 쓸쓸한 모습으로 강하게 부각되는 것이다.

오닐극의 소외의 주제가 남성과 여성의 관계에서 나타나고 있는 작품은 『지평선 너머 Beyond the Horizon』와 『이상한 간막극 Strange Interlude』이다. 루스와 니나는 남성에 대한 지배욕이나 소유욕을 지나치게 행사하여 남성과의 관계가 조화를 잃고 소외관계를 이룬다.『고래기름 Ile』과 『최초의 인간 The First Man』의 키니(Keeny)와 커티스(Curtis)는 남성본위적인 사고에 사로잡히거나 여성 본래의 욕구나 사회참여에 대한 인식이 부족한 나머지 에니(Annie)와 마르타(Martha)와의 관계를 악화시키고 상호간의 심한 갈등을 자초하게 된다. 융에 의하면 남성과 여성은 자신의 내면세계에 존재하는 에니마(anima)와 에니머스(animus)를 경원시하거나 억압하여 자신의 사회적 자아의 가면을 부각시키려 한다. 즉 사회가 남성과 여성에게 씌워준 이상적인 이미지만을 내세워 인간성의 자연스러운 영역으로 존재하는 다른 성을 조화롭게 존재해야할 동반자로 인정하지 않으려 한다. 결국 남성과 여성이 이성을 존중하기보다는 전횡적으로 지배하거나 소유함으로써 불화를 일으키고 소외현상을 일으킨다.

『지평선 너머』의 루스는 자신의 애정의 소재에 대한 정확한 판단이 부족하여 맹목적인 정열에 사로잡혀 있다. 루스는 삼촌인 스코트(Scott)

와 여행하기 위해서 고향을 떠나고자 하는 로버트(Robert)를 자신의 정열의 포로로 붙잡기 위해서 사랑의 덫을 놓는 것을 주저하지 않는다. 분명 로버트는 농부의 일에 적성이 아니라는 사실을 알고 있으며 이국적인 분위기 속에서 정처 없이 떠돌아 다니는 방랑자로서 자유로운 삶을 추구하는 것이 그의 꿈이다. 그러나 그녀는 한 남성으로서 로버트의 정체성을 존중해주기 보다는 맹목적 욕망을 채우는데 급급하여 그가 판단을 그르치도록 만든다. 로버트는 루스가 앤드류보다 자신을 사랑하는 것을 발견하고 삼촌 스코트와 삼 년 간 여행하는 것을 포기한다. 그러나 그 변화는 즉흥적이고 로버트 스스로 내린 결정이 아니다. 그것은 로버트의 꿈에 매혹되고 그를 지배하며 그 꿈에 질투를 느낀 루스로부터 비롯된 것이다. 그녀는 로버트에게 자신이 그를 사랑한다고 말하자마자 소유욕이 강하고 독점적인 본능을 발휘하기 시작하는 것이다 (Engel 231).

지배욕이나 소유욕에 바탕을 둔 사랑은 그 목적이 달성되었을 때 초반의 정열을 지탱해주었던 힘을 잃고 지속성을 상실하고 만다. 루스의 영역에 종속되어 버린 로버트는 더 이상 그녀의 질투와 선망의 대상이 아니다. 두 사람 사이에 잠시 유지되던 낭만적인 남녀관계는 기만적인 감정의 차원을 넘어서 현실의 차원으로 추락한다. 그들 사이의 당면한 문제는 앤드류가 없는 농장을 이끌어 기본적인 생활을 유지하는 일이다. 그러나 로버트는 루스가 기대하는 가장으로서 경제적 생활능력이 결핍된 몽상가일 뿐이다. 아름답고 낭만적인 로버트의 꿈은 비현실적인 방랑자에게는 가치가 있지만 현실과 노동에 근간을 두고 있는 농장생활에 있어서는 무의미한 환상에 불과하다. 결혼한지 한 달 후에 로버트는 루스가 앤드류를 사랑한다는 것을 알아챈다. 그들을 이어주던 유일한 끈은 자식에 대한 사랑이었으나 아이의 죽음은 그들 사이의 소외를 증폭시킨다. 그들은 아이에 대한 사랑을 뛰어넘어서는 어떤 의미도 그들의 인생에서 발견할 수 없으며, 오직 아이를 위해서 함께 살아왔던 것이다. 그러나 아이가 죽었을 때 궁극적인 타격을 받고 만다(Skinner 51-2).

남녀 간의 소외가 비인간적인 결과로 나타나는 인물은 루스이다. 그녀는 자신의 욕망을 채우려는 의지를 일관되게 보여준다. 그녀는 그 욕망의 충족과정에서 일어나는 인간관계를 남성과의 공동영역으로 인정하고 책임지려는 인간적인 측면을 보여주지 않는다. 그녀는 로버트의 무능력을 인정하고 자신이 채워주려고 노력하기보다는 남성에 대해서 완전히 냉담해져서 그로 하여금 심한 고립감을 느끼도록 조장한다(Falk 39). 이들의 부조화는 타자를 대등한 관계 속에서 온전함을 위해 서로 도와주는 동반자로 보지 않고 욕망의 소모품으로 전락시킨 전횡적인 루스의 여성적 원리에서 기인한다.

> 만약에 여성적 본능이 남성적 본능을 지배하거나 심지어 질식시키려 한다면 비극의 씨앗을 지니고 있게 된다. 우리 모두는 매우 사실적으로 내면이 분열되어있다. 그러나 우리가 조화나 평화를 획득하는 것은 하나의 내적 인간이 타자들을 지배하거나 파괴하여 이루어지지 않는다. 통합과 성숙이 성숙되는 것은 각각의 내적 인간이 타자들의 본성을 보완하고 보강함으로만 가능하다. (Falk 39)

남성에 대해서 지나친 소유욕이나 지배욕을 행사함으로써 이성 간의 소외를 조장하는 전횡적인 루스와 같은 여성형으로 왜곡되게 심화된 인물은 『이상한 막간극』의 니나이다. 그녀는 약혼자인 고돈의 죽음으로 불가능해진 욕망의 충족을 위해 남성들을 도구화하려고 한다. 그녀의 정신세계의 중심이 되어온 존재의 상실은 가치관의 혼란을 몰고 온다. 그녀는 고돈과의 육체적 결합을 방해한 리드교수의 곁을 떠나 전쟁에서 부상한 남성으로 가득 찬 병원에서 간호를 한다. 그 곳에서 그녀는 남성들의 육체적 요구까지 받아주는 비정상적인 보상심리를 보여준다. 그러나 그녀의 행위는 남성을 위한 자선 행위로 볼 수 없으며 오히려 모든 남성들을 소유함으로써 고돈에 대한 상실감을 완화시키려는 이기적 충동으로 보는 것이 타당하다. 즉 자선으로서 여겨지는 난잡한 성교는 망각을 위한 더러운 피학대증이며 죄의식과 자기혐오를 더해줄 뿐이다 (Skinner 52).

니나는 청교도적 교리에 매어있던 리드 교수의 영향력에서 벗어나 "해방의 희망"이었던 고돈에게로 탈출하려던 기도가 좌절되자 자신의 왕성한 정열을 발산시킬 수 있는 대상을 찾고자 한다(Falk 123). 그러나 에반스(Evans)가 고돈에 대해 "전쟁에서! 그는 항상 축구에서 보여주었듯이 깨끗하게 싸웠어!(307)"라고 평가하듯이 니나는 한 남성에게서 그처럼 완벽한 남성상을 발견할 수 없다. 그녀는 질투와 시기가 강한 부성적 신으로 볼 수 있는 리드 교수에 의해서 자신의 행복이 탈취된 것으로 판단하고 스스로 모든 남성을 지배할 수 있는 모성적인 신 시벨(Cybele)의 위치를 확보하고자 한다(Falk 123). 그래서 그녀는 한 남성과 조화로운 관계를 이룩하기 보다는 자신의 절제 없는 욕망을 많은 남성을 소유함으로써 해소하고자 하는 극단적인 이기주의를 보이고 있다.

> 그녀는 아버지로부터 물려받은 자기중심주의의 고유의 상표를 강경하게 말한다. 그녀 안에는 외형적 여성성이 더 이상 남성을 구원하지 못하고 집어삼킨다. 그리고 자유로워지려는 그녀의 시도들은 끝

없는 죄의식과 자기혐오로 더욱 남성을 망쳐놓는다. (Engel 204)

니나의 시벨형의 잠재력은 다수의 남성을 소유함으로써 욕망을 충
족시키려는 꿈을 실현시킨다. 그녀는 남편으로서 에반스를, 애인으로서
다렐을, 아들로서 고돈을, 아버지로서 마스덴을 모두 소유하게 된다. 그
러나 그녀는 다수의 남성을 지배하여 얻은 자족적인 행복에 대한 질투
로 가득 찬 부성적 신의 개입을 두려워하지 않을 수 없다. 남편은 죽고,
애인인 다렐은 그녀의 비도덕적인 계획을 피하여 과학연구에 몰두한다.
게다가 아들 고돈마저 질투투성이인 니나를 버리고 마들린(Madeline)과
결합하여 떠나버리게 된다. 그녀가 소유하려한 남성들은 그들을 주체로
받아들이지 않고 객체로만 사용하려는 그녀의 이기적인 개인주의에 반
발하여 상호간의 소외관계를 형성하고 있다. 스키너는 니나의 이기적인
개인주의가 타인의 존재의 원칙을 침해하며 세 명의 남성을 희생시키는
것도 그녀의 초인적 여성(Superwoman)의 전략에 해당한다고 주장한다
(Skinner 124). 결국 소유하려했던 남성들은 떠나고 마스덴만이 남아서
삶의 활력을 잃어버린 한 소외된 여성을 돌보지 않을 수 없다. 이 순간
의 마스덴은 정상적인 여성과 조화를 이룰 수 있는 건강한 남성이 아닌
유아의 순진함으로 회귀한 니나를 돌보는 중성적인 아버지로서 위치하
고 있는 것이다.
『지평선 너머』과 『이상한 막간극』에서의 여성으로 인한 남성의 소
외와 대조를 이루는 남성으로 인한 여성의 소외를 다루는 극은 『고래기
름』과 『원시인 The First Man』이다. 키니(Keeney)선장과 인류학자 커
티스(Curtis)는 아내인 애니와 마르타를 독단적인 남성의 권위로 억누르
고 여성의 기본적인 본성을 이해하지 못하거나 무시함으로써 여성들과
갈등을 일으킨다. 두 남성은 모두 아내를 사랑한다고 내세우면서도 여

성을 자신들의 목적을 실현하기 위한 수단이나 종속적인 가치로 간주하고 있다는 점에서 공통적인 면을 보인다. 그러나 여성과 남성의 위치가 대등한 가운데 이성 간의 조화가 이루어지는 바람직한 사랑을 이룩할 수 없다면 이들의 사랑은 비극적 파국을 피할 수 없는 것이다.

포경선의 선장인 키니는 고향에서 고래잡이로 정평이 나있지만 얼음에 묶여 계획된 고래기름을 확보하지 못한 채 장기간 정박하고 있는 실정이다. 이러한 정체된 생활은 선원들로 하여금 바다생활에 싫증을 내게 하고 고향으로 돌아가고자 하는 욕구를 일으킨다. 그래서 자신의 목표에 집착하는 키니선장에 대항하여 선상반란을 꾀하는 단계에 이른다. 키니는 자신에 대한 최고의 고래잡이 선장의 이미지를 상실하는 것을 두려워한 나머지 그들의 소망을 저버리고 자신의 허상에 매달린다. 그 허상은 그의 페르소나일 뿐이며 그가 선장으로서 마땅히 보호하여할 공동체의 안전보다도 남보다 앞서고자하는 허영에 파묻힌 채 그들을 지배하려는 냉철한 의지를 앞세우게 된다. 키니는 순진한 생명을 희생시킴으로써 자신의 자아에 대한 영광된 이미지인 자만심과 영혼을 악마에게 맞바꾸어 팔고 마는데, 그는 성공적인 고래선장 이외의 자신의 모든 것을 상실함으로써 다른 의미에서 자신의 영혼을 잃게 되는 것이다 (Falk 23).

이러한 독단적인 사회적 자아는 부부라는 이성 간의 관계에서도 똑같이 적용되어 조화있는 관계를 이루는데 실패한다. 남편을 사랑하고 해상생활을 이상적으로 생각하여 항해에 따라나선 애니가 거칠고 위험한 현실에 직면하여 여성이 가지는 한계에 도달하게 되는 것은 당연하다고 볼 수 있다. 그녀가 "당신 날 사랑하죠? 말해줘요!"(130)라고 사랑을 확인하려들자 그는 "난 당신 남편이오, 애니. 그리고 당신은 내 아내요. 세월이 지나면 우리 사이에 사랑 밖에는 뭐가 있겠오?"(130)라고 대답함으로써 부부간의 긴밀한 관계를 강조한다. 그녀는 그의 사랑을 바탕으로 자신이 처하고 있는 정신적 파멸의 위험성을 들어 고향에 데려가 달라고 호소한다. 여성으로서 견딜 수 없는 상황의 연장이 그녀를 광증으로 몰아넣는다. 이러한 애니의 주장은 자부심을 생명으로 여기는 남편을 이해하지 못하는데서 비롯되었다는 점에서 책망을 받을 수 있다고 트라비스 보가드(Travis Bogard)는 주장하지만 그것은 한계상황 안에서 이뤄질 수 있다고 본다(92). 남녀 간의 사랑은 독단적인 남편의 입장에서 인내력의 한계를 넘어선 아내의 관용만을 요구한다면 정상적인 조화를 기대하기 어려울 것이다. 그녀의 애절한 호소에 귀항을 약속하다가 얼음이 풀리고 있다는 메이트(Mate)의 보고에 항해를 계속하도록 고집하는 그의 독선은 애니와의 사랑이 자신의 허상에 집착하고 있다는 것을 의미한다. 눈 앞에서 광증으로 빠져드는 아내의 모습을 보면서도 "난 충분히 고래기름을 얻고 말거야 . . . 그 다음에 집으로 돌아갈거야. 지금은 돌어설 수 없다구, 알겠어? 대답해봐! 당신 미치지 않은거지?"(134)라고 외친다. 항해를 계속하라고 고집하는 또 다른 광증 속에서 아내에 대한 진정한 연민이 존재할 수 있는 여지가 없는 것이다. 결국 사랑이라는 허약한 끈에 매달린 애니의 여성적인 영역은 권위와 지배욕에 사로잡힌 키니의 독단적인 남성적 영역에 의해서 철저히 소외되고 만다.

융은 남녀가 합의한 공유된 경험으로서 부부관계가 통합과 정체성을 강화시키고 완전한 조화와 지대한 행복으로 간주함으로써 긍정적인 평가를 내리고 있다. 그는 조화로운 남녀관계가 무의식적인 통합으로의 회귀이며 모성의 자궁, 즉 무의식적 창조성의 풍부한 심연으로의 회귀라고 본다(Jung 105). 즉 부부생활은 어느 한 쪽의 의식세계의 가치를 충족시키기 위한 제도가 아니고 쌍방의 진정한 교감을 통해 조화로운 가정과 자녀를 양육하는 창조적 활동을 기본적인 근간으로 삼아야 바람직한 관계를 이룩할 수 있다. 오닐은 이런 융의 관점에서 『원시인』의 남녀관계의 소외를 부정적인 현상으로 바라보고 있다. 인류학자인 커티스와 부인 마르타는 폐렴으로 죽은 두 딸의 아픈 기억을 잊기 위하여 다시는 아이를 낳지 않고 커티스의 인류학 연구를 위한 유물발굴 활동에 전념하기로 결심한다. 그래서 장기간의 탐사여행을 아내와 함께 가기를 원하는 남편의 요구에 못이겨 마르타도 참가하여 시름을 잊고 살고자 한다. 그러나 정상적인 부부관계를 회구하는 그녀의 무의식 속의 여성적 영역은 남편의 학문적 추구의 조력자로서의 역할에 만족하지 못하고 그가 금기시하는 아이를 낳기 위해 임신을 한다. 그녀는 자녀의 상실을 망각과 도피를 통해서 해결할 수 없으며 임신이라는 새로운 여성의 창조적 활동을 통해서 극복될 수 있다고 믿게 된다.

자신의 일을 독단적인 부부 공동의 일로써 결정하고 아내를 자신의 의식세계의 일부분으로 종속시키는 행위는 그녀를 남편으로부터 소외시킬 뿐 아니라 그녀의 무의식 속의 창조적 활동의 무력함에서 오는 허무감을 가중시킬 뿐이다. 그녀는 삶의 창조가 아닌 죽음의 탐구인 남편의 활동에 참가한 일에 대해 "난 갑자기 모든 세상이 낯설다고 깨닫는 버림받은 사람처럼 무섭도록 낙심했었어요. 그리고 세상에 대한 모든 방황이 목적이 없는 쓸데없는 일로 보여서 실체를 접촉하는 것을 피하려고 애쓰며 맴돌려 쫓는거죠"(585)라고 평가하며 여성으로서 아이를 가지는 일이 궁극적인 가치임을 밝힌다. 그러나 그는 그녀의 간절한 소망에도 불구하고 "이건 중요한 문제요ㅡ내 인생에서 가장 큰 일이라구—그런데 당신은 날 저버렸어!"(586)라는 반응을 보이며 이기적인 태도를 취한다. 아이를 낳는 문제에 대해 정반대의 태도를 견지하며 갈등을 일으키는 커티스와 마르타 부부의 부조화는 『아버지』와 『쥴리양』에서 스트린베리가 보여준 남녀 간의 적대관계의 영향이라고 볼 수 있을 것이다. 융이 이상적으로 보고 있는 남녀 관계는 어느 한 쪽의 독단에 의해서 다른 성의 존재가 정체성을 잃고 통합되는 것이 아니고 양쪽의 영역이 모두 각자의 정체성을 유지하면서 조화로운 결합에 이르는 것이다. 마르타가 남성에 대해서 지배욕이나 증오로 가득 찬 스트린베리 여성들과는 달리 남편에 대한 사랑을 유지하면서 여성으로서 고유한 창조적 영역을 회복하고자 노력하는 것은 융의 남녀 관계에 대한 이상적인 비젼의 추구와 비슷하다. 그녀가 거절한 것은 남편과 아내의 서로의 개입을 너무 완벽하도록 요구한 나머지 새로운 통합체를 형성하면서 각자의 개별성을 모두 상실하는 결혼에 대한 견해인 것이다(Bogard 150).

이 부부 사이의 소외는 커티스의 독단적인 결혼에 대한 관념과 여성에 대한 이기적인 소유욕에서 파생된 부산물이며 조화로운 통합을 막는 장애물이 된다. 그러나 그가 마르타가 출산할 때까지 출발을 연기한다든가, 출산하다가 죽음을 맞게 되는 아내에게 용서를 비는 것은 매우 긍정적인 변화이다. 게다가 아들에게 무관심을 보여 아내가 당하는 부정의 의심을 풀어주기 위해 아들에게 입을 맞추는 것은 남녀 사이의 진정한 통합의 가능성을 보여준다. 반면에 이 부부에게 절대적으로 심각한 문제를 한낱 조롱거리로 삼으려하고 마르타의 부정에 대한 추측을 일삼는 친척의 존재는 남성과 여성 사이에 장애물을 세우고 그들의 조화로운 통합을 막는 소외를 조장하는 외적 세력을 나타낸다(Skinner 101).

2. 환상의 추구와 분열

오닐이 창조한 주요인물들은 욕망의 대상이나 자신에 대해 왜곡된 환상을 가지며 그 결과로 타인이나 자신의 진정한 자아와의 필연적인 분열현상을 일으키게 된다. 물질문명은 서구인으로 하여금 그들의 정신적인 지주가 되어온 기독교 신앙과의 접목과정에서 영혼 대신에 물질을 중심가치로 받아들이도록 오도함으로써 가치관의 대혼란을 야기시키고 있다. 물질에 대한 욕망으로 인해서 외적 존재에 대한 실체를 보지 못한다든지 현실과의 대면에서 오는 고통을 피하기 위해서 자신이나 타인데 대해 미화된 환상을 부여하는 타성을 가진다. 이러한 환상은 인간 상호간의 진정한 조화나 통합을 저해하는 장애물이 되며 니체가 언급하는 개별화현상을 일으키게 된다.

신앙적인 비젼이나 도덕적 완성이 인간의 궁극적인 가치인 경우는 인간의 삶과 내면세계가 일치할 가능성이 높다고 볼 수 있다. 또한 분열된 경우라 할지라도 종교가 통합적 작용을 하여 회복될 수 있었다. 그러나 오닐이 통찰하고 있는 미국을 비롯한 서구사회의 물질문명의 병폐는 피안의 세계보다 현 세계에 지상낙원을 설립할 수 있다고 과신하는데 있다. 현대인은 영적 세계에 대한 추구보다는 물질에 대한 탐욕으로 황폐시키고 인간의 궁극적인 실체와 분열을 일으키게 된다. 전형적으로 『십자가를 만드는 곳 Where the Cross is Made』의 바트렛(Bartlett)선장과 『더욱 웅장한 저택들 More Stately Mansions』의 사이몬(Simon)부부는 물질적 탐욕으로 환상과 현실 사이에서 몰입되거나 분열된 인물들이다. 『안나 크리스티』의 메트 버크(Mat Burke)와 『결합』

의 엘리너는 안나와 미켈의 진실한 모습을 보지 못하고 실체보다 미화시키거나 세속화시켜서 바라보기 때문에 분열현상을 보인다.

오닐이 물질문명에 만연된 미국사회의 질병을 진단하기 위하여 물질추구에 눈이 멀어 기존의 이상주의적인 내적 가치를 상실한 인물들을 창조하였다면 『마르코 밀리언스』의 마르코류의 물질만능주의자로서 『십자가를 만드는 곳』의 바트렛 선장과 『더욱 웅장한 저택들』의 사이몬과 사라 부부가 대표적이다. 마크코가 물질에의 몰입으로 쿠카친의 진실한 사랑을 알아볼 수 없을 정도로 세속화되었다면 바틀렛과 사이몬은 물질에 대한 병적인 환상으로 인해서 진실과 이상을 왜곡시키고 그 가치와의 분열로 인해 고통을 받지 않을 수 없다. 바클렛선장은 삼 년 전에 태풍으로 잃어버린 메리 알렌호가 아직도 건재하다고 믿으며 언젠가는 돌아오리라는 광적인 집념을 가지고 바다만 바라보며 칩거하고 있다. 메리 알렌호에 대한 지나친 집착은 항해 중에 기착한 섬에서 발견한 가치 없는 장식품 상자를 보물로 굳게 믿는데서 기인한다. 바틀렛은 동료 선원들과 함께 가짜 보물상자의 비밀을 지킨다는 이유로 사환과 요리사를 죽이는 엄청난 죄를 저지르기 까지 하였다. 또한 그는 돌아올 수 없는 배에 대한 환상을 지키기 위해 집안의 구조를 배의 선실처럼 꾸며놓고 그러한 환상이 살아날 수 있는 밤에만 활동하고 있다. 그는 실제 삶과는 아주 동떨어진 허상을 뒤쫓는 유령처럼 '삶 속의 죽음(death in life)'을 보여주고 있다. 그의 삶은 물질문명이 인간에게 최고의 가치로 내세운 물질 소유에 대한 욕구로 정상적인 판단력을 상실하고 외부 사물에 대한 올바른 정체성을 파악할 수 없는 지경에 이른 것이다.

바틀렛의 고정관념에는 특별한 것이 있다. 왜냐하면 그는 사실과 꿈

을 구분하고 싶지도 할 수도 없다. 그가 실제보다 꿈을 선호하는 것
은 선택의 문제이다. 소망이 꿈 속에서 채워질 수 있다는 것을 깨닫
고 값싼 장식품이 귀중한 보물이 아니다는 것과 보물을 회복 하려고
항해에 나섰던 배가 길을 잃지 않았다는 두가지 사실을 받아들이지
않는다. (Engel 21-2)

『시인의 기질』과 같이 삼부작을 이루고 있는『더욱 웅장한 저택들』
은 이전 작품에서 시인적인 기질을 보였던 사이몬이 멜로디의 딸 사라
와 결혼한 뒤 아버지의 사업을 이어받은 후계자로서 물질을 추구하지
않을 수 없는 상황을 그리고 있다. 이 작품에서도 환상과 현실의 주제
를 그리고 있으나 가난한 바틀렛 선장은 물질적 부귀의 상징인 황금을
환상의 세계로 나타내고 있는 반면에 물질적 풍요를 지닌 사이몬과 데
보라는 약육강식의 살벌한 현실에서 자유와 평화가 깃든 환상의 세계로
도피하고자 한다. 그러나 가난한 멜로디의 딸이었던 사라에게는 재계의
여왕이 되는 것이 꿈으로 작용하고 있음을 발견할 수 있다. 심하게 분
열현상을 보이는 자는 어린시절부터 어머니 데보라와 함께 에덴동산과
같은 정원에서 환상에 빠지곤 했던 사이몬이다. 그는 육감적인 사라를
영원히 소유하고자 하는 욕구로 인해 그녀가 지향하는 물질적 성공을
동시에 추구할 수 밖에 없다. 그는 하포드 컴퍼니(Harford Company)의
도산 위기를 극복하고 경제적인 성공을 이루면서 『시인적 기질』에서
호수가에서 기거하며 추구하던 쏘로우(Thoreau)적인 꿈과 "인성의 본질
적인 선함과 순수성에 대한 루소적인 신념"을 점점 상실하고 탐욕적이
고 색정적인 사라의 세계로 몰입하게 된다(Goyal 157). 그러나 자신의
진정한 이상과 유리된 물질의 추구는 분열로 인한 내면세계의 혼란으로
영적인 안정감을 획득할 수 없을 뿐 아니라 삶의 공허감만 가중시키는

결과를 초래한다. 사이몬은 부를 소유하여 안전을 획득하리라고 생각하지만 진정한 안전은 번쩍거리는 외형물로 올 수 없는 영적인 현상이라는 것을 망각하고 있는 것이다(Goyal 155).

사이몬과 사라는 자신들의 물질욕의 노예가 되며 이익을 위해 수단과 방법을 가리지 않고 목적을 달성하는 비인간성마저 보인다. 그들은 3막1장에서 은행가 테너드(Tenard)의 은행을 탈취한 뒤 그를 다시 경영자로 기용하고자 한다. 그들은 테너드에게 "평범한 사기나 절도처럼 명예에 대한 오래된 관념으로 보이는 일들에 충실할 필요가 있겠오. 당신은 자의적인 도둑이나 사기꾼이 될 수 있오?"(154)라고 말하며 자신들의 비도덕적인 충복이 될 것을 요구한다. 그러나 그녀의 비인간적인 행위는 남편과 물질에 대한 기만적인 욕구의 표현일 뿐 본래의 양심과는 분열되어 있다. 테너드에게 모욕적인 요구를 하고 난 후 그런 지시를 내린 사이몬에게 "그런 내가 아니었어요! 당신이었어요! 당신이 뭘 하려는 모를 줄 아세요. 당신은 돌아가서 내가 얼마나 저열하고 평범한 매춘부인지를 데보라와 조롱하겠지!"(155)라면서 양심과의 분열에서 오는 고통을 보여준다. 사이몬이 자신의 시인적 기질과는 거리가 먼 재물의 축적에 열을 올리는 것은 영적으로 획득해야 할 구원의 왜곡된 형태이기도 하다. 그는 다만 영적인 구원을 위해 종교적이고 이상주의적 노력을 하는 대신에 물질 축적이 신앙을 압도해버린 캘빈주의의 부정적 유산을 답습하고 있는 것이다.

> 데보라의 우화 속의 잃어버린 왕국은 천국왕국의 모든 귀표를 가지고 있으며 사이몬의 부의 축적은 실질적으로 구원을 얻으려는 노력이었다. . . . 사이몬은 그의 청교도 선조들처럼 그의 상승의 확실성을 추구하는데, 그것은 끊임없이 제국을 확장하는 형태를 취한다. 그

가 재정적인 목표와 세속적인 캘빈주의를 포용할 때 그것은 재정적
성공이 구원의 표식 이라고 주장하는 것이다. (Porter, *The Banished
Prince*, 42)

사이몬은 부의 축적이 구원을 주기보다는 공허감만을 가중시킨다는
사실을 깨닫는다. 그는 사라를 회사의 동업자로 끌어들이고 자신은 어린
시절에 누렸던 데보라의 환상의 낙원으로 회귀하려는 강한 내적 소망을
느낀다. 그러나 그 소망은 현실에 뿌리박은 사라를 소유하려는 욕망을
버리지 못하고 있다는 점에서 모성과 연인의 분열된 상태로 이간시키고
조종하려는 음모를 감출 수 없다. 이런 분열을 해결하려면 현실의 안정
과 미래의 열쇠를 쥐고있는 사라을 버려야할 뿐 아니라 데보라에 의해서
축출되었던 순진한 어린아이의 세계로 퇴행하지 않으면 안 된다.

어린시절의 이미지들은 지금 황금시절처럼 보이는 인생의 한 시기를
회상할 때 지평선 너머로 출몰하는 신기루처럼 사이몬에게 손짓한
다. 그래서 그는 과거의 열쇠를 쥐고 있는 데보라에게 시선을 돌린
다. 추방당한 왕자 이야기로 순진한 왕국으로부터 그를 추방했던 이
가 바로 그녀였던 것이다. (Porter 43)

사이몬은 과거로 퇴행하기 전에 그를 강하게 붙들고 있는 두 여성
의 소유욕의 손길을 절단하지 않으면 안 된다. 또한 자신이 추구하던
물질적 가치와 육체적 정욕에 해방되지 않으면 현실로부터 자유로움을
획득할 수 없다. 두 여인은 그들은 서로 경원하게 하려는 사이몬의 음
모를 부수고 자신들의 공동의 소유를 확인하는 순간 "우리의 사랑하는
아들!" 또는 "우리 남편! 우리 연인!"(175)이라고 외치며 동정과 애정을
동시에 보여준다. 그들은 상호간의 오해와 불신을 청산하려고 시도하는

것이다. 사이몬은 이 목적을 달성하기 위해서 "자, 앉아서 잠깐 함께 쉬지요, 추한 현실에서 숨어있는 이 정원에서 말이에요"(176)라고 제안한다. 그러나 아이들의 보호자가 되어야 하고 현실의 꿈을 가진 사라를 죽음 같은 환상 속으로 동반할 수 없기 때문에 아이들의 잠자리를 돌보라는 구실로 물리치려는 속임수를 쓴다. 그는 자신이 현실에서 도피하여 환상으로 숨으려하는 이유가 현실적인 삶의 무가치성임을 강조하고 현실과의 분열을 의도한다.

> 그러나 분명한 사실은 그들의 삶은 아무런 의미가 없으며ㅡ인생이란 어리석은 실망이며, 거짓말쟁이의 약속이고, 우리가 결코 진 적이 없는 빚으로 인한 영원한 부도상태이며, 희망에 반해서 꿈을 꾸면서 매일매일 기다리는 평화와 행복을 지닌 일상적인 실망이거든. 그리고 드디어 신부와 신랑이 왔을 때 우리가 죽음과 입맞추고 있다는 것을 발견하는 거야. (180)

이 극이 보여주는 비극성은 분열을 낳는 환상의 불건전성을 공동체 의식과 보편적인 조화를 회복함으로써 치유해야 함에도 불구하고 물질문명과 자본주의가 불가피하게 일으키는 탐욕과 갈등에 대한 혐오를 느끼는 사이몬이 아폴로적 환상의 막 속으로 끝없이 도피하지 않을 수 없는 상황에 처해있다는 딜렘마이다.

『위대한 신 브라운』에서 마가레트(Margaret)가 디온(Dion)에게 자신의 이상에 상응하는 가면을 부여함으로써 자신의 실체로부터 분열되어 고통을 겪는 현상은 『안나 크리스티』와 『결합』에서 발견할 수 있다. 마가레트는 디온의 보호막인 메피스토펠레스적 가면을 선호하여 그의 참자아의 형상에 대해서 경원시하여 디온의 실체에 대해 환상을 만들 듯이 메트 버크는 안나에 대해, 미카엘부부는 서로에게 자신이 이상적으로 여기는 이미지나 자질을 강요한다. 그들은 상대방과 진정한 유대감을 가질 수 없거나 극심한 심적 균열을 일으킨다.

『안나 크리스티』의 모든 인물들은 운명의 상징인 바다에 묶어있으나 그 구속을 받아들이는 인간의 태도에 따라 고통의 정도가 다르게 나타난다. 안나의 아버지인 크리스는 평생을 고통 속에 지내게 한 바다를 증오하고 악마로 여긴다. 그는 딸 안나를 그녀의 운명을 장악하고 있다고 생각되는 바다로부터 격리시키기 위해 내륙에 있는 친척의 농장에 맡기고 자신은 항해를 계속하지만 그건 크리스의 환상일 뿐이다. 왜냐하면 내륙의 삶이 바다의 삶보다 훨씬 부패되어 있으며 그로 인해 안나가 착취당하고 속아서 여자의 가장 왜곡된 삶의 형태인 매춘부로 전락하고 말았다는 사실을 모르고 있기 때문이다. 크리스의 내륙에 대한 환상은 바다가 선원에게 제공하는 불가피한 고통의 현실에서 도피하고 그 안에서 안나를 안주하게 하려는 아폴로적 속성을 드러낸다. 또한 그는 내륙의 악한 세력에 의하여 육체적으로 또는 영적으로 피폐한 상태가 되어 찾아온 안나의 실체를 분별할 수 있는 능력이 결핍되어있다. 그녀가 처음 술집에 나타났을 때의 외모가 "키 크고 스무 살의 체격이 잘 발달한 여성으로 커다란 바이킹족 여성을 닮아 잘 생겼지만, 지금은 건강이 쇠진하고 분명히 외형적으로 매춘부로 보이는 외적 증거"(47)에도 불구하고 "매우 아름다운 여자"로만 파악될 뿐이다.

안나는 내륙에 도피하여 자신의 운명인 바다와 분열된 것보다 수용했을 때 삶의 활기를 찾고 건강을 모습을 보인다. 그녀는 바다를 통해서 내륙의 오염된 요소를 씻어버리고 정화되는 과정을 체험하며 분열되고 잊혀졌던 자신의 일부를 조우한 듯한 느낌을 토로한다. 바다에 대한 긍정적인 수용은 크리스의 부정적인 거부감의 표현에도 불구하고 조금도 희석되지 않으며 갈수록 운명적인 바다와의 일체감을 느낄 수 있음을 보여주고 있다. 안나의 변화된 모습을 본 메트 버크는 첫눈에 사랑에 빠지며 크리스의 끈질긴 반대를 무릅쓰고 그녀와 결혼하고자 한다. 이 시점에서 두 남자들이 가지는 안나에 대한 환상은 그녀의 오염된 과거와 철저하게 동떨어진 것이며 이로 인해 분열과 갈등을 겪지 않을 수 없다. 그들은 모두 안나의 과거 전력에 대해서 정확한 판단을 내리지 못하고 미화된 모습을 꿈꾸고 있는 것이다. 물론 카펜터의 지적대로 그녀를 "황금의 마음을 지닌 매춘부"로 볼 수 있으며 그 것은 바다와의 만남을 통해서 처녀 같은 순수함으로 내적인 변형과정을 겪는 모습에서 확인할 수 있다. 그러나 안나가 보여주는 발전적인 아리스토텔레스의 '생성'(Becoming)의 실체개념은 두 남성이 가지는 절대적이고 순수한 '절대적 존재'(Being)의 실체개념과의 충돌에서 난관에 봉착한다.

> 플라톤은 궁극적인 실체를 구체적이고 물질적인 세계와 동떨어진 순수한 이데아로 이루어 진 것으로 보았으나 아리스토텔레스는 실체나 자연을 생성이나 발전의 과정으로 여겼다. 생성의 과정이란 형태가 구체적인 물질을 통해서 나타나며 구체물은 지속적이고 질서화된 원칙에 따라서 형태와 의미를 취한다. (Bate 14)

두 남성이 가치를 두는 것은 바다를 접함으로써 내적 가치를 발전시키고 성숙하게 된 안나의 "생성적 실체"보다는 그녀를 처음부터 성녀와 같은 절대적 가치를 지닌 존재로 인식하는 주관적 환상을 가지기 때문이다. 크리스는 딸의 전력이나 메트에 대한 사랑의 감정은 무시하고 그녀에게 부여하는 절대적인 가치에 얽매인 나머지 결혼을 반대하고 결투까지 벌리려고 한다. 메트 버크도 자신이 인식한 그녀의 성녀적 이미지에만 몰입되어 있으며 그녀의 총체적 인격을 수용할 준비가 되어 있지 않다. 이러한 안나에 대한 환상적인 인식은 그녀의 실체와 분열된 것이며 안나에게 그 분열에서 오는 고통을 배가시킨다.

> 그녀는 메트 버크를 사랑하지만 그와 결혼할 만큼 선하지 않다고 생각한다. '그 수준에서' 자신의 잘못된 위치에 대해 분노하고 연인과 아버지의 끈질긴 부딪치는 정열에 화가 나서 작은 선실에서 엉켜있는 두 남자들을 떠밀치고 자신의 실체에 대한 이야기를 신음하며 쏟아 놓는다. (Cargil 153-4)

원서는 메트 버크의 환상의 원인을 그의 칸트적인 윤리관과 기독교적 편협한 정신으로 본다. 그는 메트가 안나를 과거로부터 변화하고 발전할 수 있는 현실적인 실체로 보다는 절대적인 관념상태의 윤리적 척도로 규정하려 한다고 지적하고 "생성적 실체"에 대한 인식의 필요성을 주장한다.

> 그는 그녀를 한 제도로서, 삶의 불변의 법칙에 의해서 창조되어 고정된 이상으로서 받아 드리고 있다. 안나는 하나의 목표와 목적으로, 삶의 실제를 넘어서는 어떤 것으로 간주된다. 그러나 삶이란 투쟁이자 변화이며 추함에서 아름다움으로, 고통에서 행복으로의 변이 의 모든 면이 잠재하고 있는 것이다. (Winther 130)

두 연인 사이의 결열의 위기는 안나의 고백과 메트 버크의 환상의 파괴 또는 수정에 의해서 극복될 수 있는 것이며 그 바탕 위에서 새로운 출발에 대한 가능성을 찾을 수 있는 것이다.

『결합』의 미카엘과 엘리너 부부는 작가와 여배우라는 직업적인 자아를 가지고 살아가기 때문에 각자의 이기적인 가치관을 그대로 유지한 채 상대방을 수용하려는 태도를 보여준다. 더구나 그들은 상대방의 실체를 자신의 이상에 맞추어 각색하려고 노력하기 때문에 완전한 결합을 이룰 수 있는 디오니소스적 체험을 이룰 수 없다. 두 사람은 각자가 실패한 사랑의 관계를 가지고 있음에도 불구하고 그들의 사랑을 절대적 이상의 수준으로 끌어올리려는 환상을 가지고 있다. 아내에 대한 미카엘의 사랑은 "그의 사랑의 영적인 성질의 표현"으로 그들의 결혼을 최고의 정신적 영역으로 정의할 수 있다(Torquist 75). 그는 결혼이야말로 각자의 최선의 것을 요구하고 결합하는 절정이요, 평범한 것으로부터 지키고 내적 조화의 외적 형태로서 신성하게 지켜져야 한다고 주장한다. 결혼에 대한 이상은 서로 상대방의 실체보다는 환상을 추구함으로써 실제로 주고 받을 것이 없는 공허한 상태에 이르게 되는 것이다. 엘리너는 이러한 상태를 "우리의 이상은 어려워요. 가끔 우리가 지나치게 요구한다고 생각해요. 이제 줄 수 없는 것 이외에는 남아있는 게 없다구요"(448)라고 미카엘을 책망한다. 그녀 또한 "과거의 실패를 감출 수 있는 이상"을 미카엘에게 구함으로써 실체와 분열된 삶을 살아가게 되었으므로 두 사람 모두 책임을 면할 수 없다(Winther 25).

일막에서 미카엘과 엘리너는 상호 간의 미화된 아폴로적인 환상을 추구함으로써 개별화 현상을 일으킨다. 서로에게 구하는 결혼에 대한 절대적 가치가 각자의 한계에 의해서 획득되지 못하자 상대방의 전력과 불완전함을 의심하기 시작한다. 그들의 상대방에 대한 부정적인 판단은 역으로 자신의 절대적인 가치에 대한 강조를 의미한다. 사실 질투, 의심 그리고 증오는 절대적인 것을 행동의 규범으로 삼는 윤리적 이론의 후예이다(Winther 137). 그러나 그들은 서로 개별화 의식을 극복하고 미카엘의 작품을 연습하면서 만났을 때의 디오니소스적 조화의 체험으로 돌아가고자 한다. 그들은 아직도 식지 않은 사랑의 불꽃을 살려서 의식 속의 직업적인 자아를 버리고 진정한 통합체가 되고자 분발한다. 미카엘은 그들의 결합에서 아름다움의 진실을 절실하게 느끼며 "난 당신이 되어버렸소! 당신은 내가 되고 말이오! 한 마음이야! 한 핏줄이라구! 우리들의 것이야!"(448)라고 외친다. 이제 그들은 열정과 성적 욕구를 상징하는 침실로 향하는 계단을 오르고자 한다. 그 순간 사랑의 몰입을 방해하는 침입자의 노크소리가 들리자 두 사람의 반응이 상반되게 나타난다. 미카엘은 부부애정을 디오니소스적 결합의 환희로 발전시키려고 외부나 직업의식을 잊고자 하고, 반면에 엘리너는 그녀에게 중요한 용건일지 모른다는 생각으로 몰입의 과정에서 빠져 나오고 만다. 합일을 위한 절정의 순간이 파괴된 미카엘은 그들의 연극 소식을 듣고자 온 옛 친구 죤을 냉대하며 돌아가게 한다.

이것을 기점으로 이 부부는 완전히 직업적이고 이기적 관점으로 상대방의 약점과 세속적 성공에 대한 자신의 기여를 강조함으로써 점진적으로 헌신적인 사랑의 의식에서 이기적 계약관계로 빠지고 만다. 죤은 엘리너를 키워주고 친밀한 관계를 유지해온 사이이기 때문에 그를 자신의 행복의 장애물로 여길 뿐 아니라 과거에 있었던 그녀의 애정관계로 연결시켜 강한 질투심을 느낀다. 여기서 엘리너는 미카엘의 이기적인 태도를 보고 남편에 대한 자신의 이상주의적 환상이 아내를 소유라고자 하는 남편의 자기중심적 사고와 크게 분열되어 있음을 발견한다. 그녀는 미카엘에게 "이런 사람들이 내게 아무 의미가 없다는 것을 당신에게 얘기했잖아요. 내가 처해있었던 상황에서 그들은 아무쪽에도 의미가 없었다구요. 그리고 그런 태도는 자신을 낮추는 여자에게나 가능하다구

말했잖아요. 난 당신이 이해하리라고 생각했어요. 그러나 당신은 그렇지 못했군요. 당신은 그 만큼 위대하지 못해요!"(459)라고 실망을 토로한다. 그녀는 환상과 실체의 분열에서 오는 고통을 괴로워하지 않을 수 없다. 두 사람은 그들의 유대감을 유지시켜주던 서로에 대한 이상주의적 가치관을 상실함에 따라 그들의 사랑은 거침없이 파탄의 길로 내닫으며 미카엘은 매춘부에게, 엘리너는 존에게 달려가 사랑의 파괴를 위한 의도적인 부정을 저지르고자 한다. 그러나 그들에게 잠재하고 있는 진정한 사랑을 고통을 통해 깨닫게 되자 극적인 반전의 모습을 보인다. 이 극은 이상적 환상과 실체 사이의 부조화가 빚어내는 분열현상을 통해 작가가 제시하고자 하는 비극적 관점을 명확히 보여주고자 한다.

인간의 공동체의 구성원들 간에 매우 뚜렷한 개별화 현상을 일으키는 부류는 자기 자신에 대해서 미화하거나 과장된 환상을 고집스럽게 견지하는 자들이다. 그들의 아폴로적 환상은 혼돈과 파괴가 주조를 이루는 현실 세계의 무의미에 대항하여 질서와 의미를 창조하려 한다. 이 환상은 인생을 살아갈 만한 가치가 있는 영역으로 만들어 인간의 구원을 꾀하려는 긍정적인 역할을 한다. 또한 인간의 생존 자체가 가져오는 존재론적 고통으로부터 벗어나기 위한 필요불가결한 요소로 고대 그리스부터 간주되어온 영역이다.

> 초기 그리스에서는 아폴로적인 경향이 지배적인 반면에 무서운 진리를 거의 완전히 덮어 씌운 그 구원의 비전은 구원을 위해 창조되었다. 무엇보다도 궁극적 실체로서 모순과 지나침에 대한 디오니소스적 계시를 감추기 위해서 질서와 제한의 규범을 강요하였다. (Silk & Stern 66)

그러나 그리스 문화가 보여주는 인간사의 이상은 중용이며 환상과
현실의 절충적 결합을 주요한 가치로 보았기 때문에 "지나친 자기 주장
의 명시에 대해 적의"를 나타냈다고 볼 수 있다(Silk & Stern 66). 오닐
은 그리스적 균형을 숙지하고 있으며 인간의 삶에서 환상의 창조를 필
연적으로 보고 있음은 작품을 통해 충분히 논증하고 남는다. 그러나 오
닐이 그리고 있는 인물들은 병적으로 환상에 집착함으로써 중용의 가치
를 상실하고 있으며 환상이 가져오는 부정적 결과인 개별화 현상을 두
드러지게 나타내고 있다. 이 개별화 현상은 통합으로의 발전에 저해되
는 장벽의 작용을 하며 분열의 원인이 되고 있다.
   오닐의 작품에서 자신에 대한 환상을 가지는 경우는 두 가지로 분
류할 수 있다. 첫째는 자신을 이상화하여 보고자 하는 페르소나를 쓰고
있으며 이 태도는 자아에 대한 과대한 자만심을 바탕으로 왜곡된 자아
를 실현시키고자 하는 경우이다. 둘째는 현실의 고통에서 도피하여 환
상의 세계에 완전히 몰입되어 있으며 자존심이라기 보다는 열등감과 죄
의식에 의해서 왜소하고 기만적인 삶을 영위하고 있는 경우이다. 자만
심에 의한 과대망상적 환상에 사로잡혀있는 인물은 키니선장, 죤스황제,
양크, 그리고 『달라요 Diff'rent』의 엠마 크로스비(Emma Crosby)를 들
수 있다. 키니선장은 유능한 고래잡이라는 명성에 집착하고 있으며, 죤
스황제는 영민한 통치자를 위장한 착취적 능력을 자랑한다. 양크는 산
업사회의 주체라는 허위적이고 과대망상적 환상을 가지고 있다. 세 인
물이 쓰고 있는 페르소나가 일으키는 분열과 소외의 부정적 결과에 대
해서 이미 언급된 바 있으므로 여기서는 엠마 크로스비의 성녀적 이미
지에 대한 환상을 집중적으로 논의하고 이에 따른 분열현상을 살펴보고
자 한다.

『달라요』는 결혼을 약속한 엠마와 칼렙의 사랑의 결합이 엠마의 비인간적인 청교도 이상에 대한 몰입으로 파괴되는 모습을 그린 작품이다. 엠마의 청교주의에 대한 비정상적인 숭배는『상복이 어울리는 엘렉트라』의 에즈라나『느릅나무 아래 욕망』의 카보트와 동일선상에 서있는 인물이며 자신의 이상을 실현시키기 위해 가지는 자기 의지적 완고함은『고래기름』의 키니선장과 유사한 모습을 보여준다. 그녀는 선원인 부친과 오빠를 가지고 있으면서도 선원들의 거친 바다생활에 대해서 이해하지 못하고 자신이 믿는 절대적 기준의 종교적 가치관으로 그들의 생활에서 지키는 도덕적 가치관을 재단하려고 한다. 그녀의 선과 악에 대한 흑백 논리는 가족공동체를 약화시킨다. 즉 그녀의 편협한 종교적 가치에 부합되지 않는 사람은 자신의 진정한 공동체의 일원으로 인정하지 않는 것이다. 그래서 칼렙만은 모든 남성과 달라야한다는 생각을 하며 같은 선원이면서도 내적 가치는 월등한 위치에 있다는 환상을 고집스럽게 견지한다.

> 칼렙: 다르다구? 나 역시 선원이 아닌가?
> 엠마: 당신은 마찬가지로 달라요. 그것 때문에 다른 사람들 대신에 당신에게 사랑에 빠진 거라구요. 그리고 당신은 다르게 있어야해요. 약속해줘요, 칼렙. 우리가 결혼하여 몇 년이 지나도 당신은 항상 다르게 존재하겠다고 말이에요. (495)

그녀의 이상주의적이고 순진한 사랑관을 알고 있는 오빠 젝은 그녀의 환상과 칼렙의 실체 사이의 모순을 꼬집기 위해서 항해 도중에 원주민 처녀와 칼렙 사이에 있었던 일시적 관계를 농담으로 들려준다. 그러나 편협한 엠마는 농담과 진실을 분간하지 못하고 남과 달라야한다는

「느릅나무 아래 욕망」
(New York, 1924)

칼렙과의 일방적 약속을 언급하며 결혼의 파기를 선언한다. 결국 그녀
의 편협함은 절대적 이상에 얽매인 나머지 언어가 가지는 다의성을 인
정하지 못하고 문자 그대로의 뜻에만 집착하는 유치한 상태를 보인다.

젝: 그 때 너에게 얘기했던 칼렙에 대한 농담 때문이니?
엠마: 나 자신의 머리 속에 들어있는 어떤 것 때문이죠. 오빠가 말한
     건 그것에 대해 내가 잘못했다는 것을 증명할 뿐이에요

젝: 자, 뭐가 문제니? 넌 농담을 받아들일 수 없는 거야? 그 황인
      종 여자 때문에 그 친구에게 화내고 있는 거니?
엠마: 그래요 — 그리고 그와 결혼하지 않겠어요, 그게 그것에 대해서
      모든 거예요.

절대적이고 편협한 도덕관을 가진 엠마와 대조를 이루는 칼렙의 누
이이자 그녀의 친구인 헤리어트는 타협적이고 융통성 있는 태도를 보여
준다. 그녀는 어떤 인간에게 특별한 가치를 부여하기 보다는 상황에 따
라 행동기준이 달라질 수 있다는 것을 인식하고 있다. 그래서 그녀는
엠마에게 "칼렙은 목석 같은 성인이 아니야. 그리고 다른 사람처럼 죄
를 지을 수 있다고 생각해. 그 때 그는 결혼을 하지 않았고 결혼할 때까
지는 마음 먹는대로 자유롭게 행동할 수 있다고 생각했을거야"(509)라
고 말하며 엠마의 현실에 대한 타협적인 수용을 촉구하기에 이른다. 또
한 그녀는 자신이 결혼하려고 하는 알프 로져스(Alf Rogers)가 매우 어
리석을 짓을 저지르지만 그를 특정한 규범으로 구속하기 보다는 사랑과
관용으로 받아들이고 있다고 밝힌다. 그녀는 엠마의 이상을 동화적 관
념이라고 핀잔을 준다. 그러나 엠마는 자신의 사랑이 남과 다른 모습의
칼렙에 대한 감정일 뿐 상황에 따라 변할 수 있는 평범한 부류에 대한
것이 아니라고 강변하며 크로스비 부인의 간청마저 저버리고 만다. 그
녀는 자신을 성녀적인 위치로 격상시키려는 환상에 빠져있으며 그녀의
과대망상을 만족시키기 위해서는 고결하고 금욕적인 성인이나 기사다
운 동반자가 필요하다는 결론에 이르고 있는 것이다.
    이 년 후 칼렙은 자신이 저지른 우발적인 실수에 대해서 용서를 빌
고 시간이 지나면 이해하게 된다고 생각한다. 그러나 엠마는 그녀의 사
랑의 대상은 칼렙이라는 인간이 아니라 칼렙에게 부여한 자신의 환상이

기 때문에 그들의 재결합의 불가능성을 확인할 뿐이다. 이 극은 삼십 년이 지난 상황을 그리는 2막부터 엠마의 환상이 인간적인 한계를 가진 그녀의 실체와 얼마나 모순관계를 가지는가를 보여준다. 엠마는 자신의 이상을 지탱해주던 젊음을 지키기 위해 그로테스크한 환경을 조성한다. 그녀의 환상의 불가능성이 고조되자 자신이 절대가치인 내면의 순결보다 쓰러져 가는 젊음의 외형적 표현에 매달린다. 엠마의 태도는 칼렙과의 결별의 명분이었던 그녀의 이상과 조화를 이룰 수 없다.

> 방은 머리가 텅 빈 젊은이들처럼 경솔하고 가장하는 노인들의 괴상한 면을 보여준다. 모든 것에 허풍스러운 새로움이 있다. 오렌지색 커튼이 창문에 달려있다. 카페트는 니스칠한 단단한 나무바닥으로 바뀌었고 번쩍거리는 표면은 세 개의 작고 야한 융단깔개로 두드러진다. . . . 벽지는 이제 핑크색 꽃으로 산재되어있는 크림색이다. (519)

그 외에도 세월을 속일 수 없는 엠마의 외모는 야위고 앙상한 모습을 노출시키고 있지만 젊음의 환상에 사로잡혀있는 그녀는 어울리지 않는 흰옷을 입고 볼과 입술에 루즈를 짙게 칠했으며 눈썹을 그렸다. 그녀가 외모에 바치는 의식적인 노력은 그녀의 돈을 탐하기 위해서 거짓된 애정을 표하고 있는 젊은 조카와 대조를 이루어 역겨운 효과를 낸다. 베니 로저스(Benny Rogers)의 사랑이 단지 잃어버린 사랑과 젊음을 보상받기 위해 애쓰는 엠마의 판단력을 흐리게 하여 현혹시키려는 사실은 명확하다. 그러나 엠마는 붕괴 직전의 자신의 환상을 실현시키기 위해 그를 동화 속의 구원의 왕자로 보고자 한다. 이 유치한 놀이에 희생되어 가는 엠마를 일깨우기 위해 평생을 기다려온 칼렙의 노력은 그녀의 끝없는 환상의 악성 재생산으로 인해 수포로 돌아가고 만다. 베니 로저스는 칼렙의 동생인 헤리어트의 아들로 악행이 보편적으로 인정되어 있는데도 칼렙의 충정어린 설득을 그녀의 사랑에 대한 질투로 치부하여 회복할 수 없는 좌절의 구렁텅이로 몰고 간다. 결국 칼렙 역시 엠마가 평생 기다리며 사랑을 줄만한 가치가 있다는 환상을 가졌던 것이며 그것의 붕괴으로 말미암아 죽음을 선택하지 않을 수 없다. 결국 엠마의 환상은 칼렙의 실체와 철저하게 분열된 것이었고 두 사람 모두 비참한 죽음의 길을 갈 수 밖에 없다. 오닐은 엠마의 환상이 가져오는 비극적 결말에 대해 다음과 같이 설명한다.

> 세월이 흘러감에 따라 실제 칼렙은 친구로 희미해지고 그녀는 꿈 속의 연인과 혼자 살아 간다. 그러나 갑자기 그녀는 젊음이 가버리고 꿈 속의 연인의 가능성도 영원히 사라진 것을 깨닫는다. 그녀는 그를 향해 고통스럽게 낡아채자 - 베니 같은 친구가 걸려든다. 그녀는 이 진흙덩어리에서 자신의 신을 재창조해야한다. 드디어 진흙은 진흙일 뿐이라는 것을 깨닫자 실제 칼렙을 소리쳐 불러 그를 처음으로 바라본다. 그러나 그는 가고 없다. 그녀는 그를 따라갈 수 밖에 없는 것이다. (O'Neill "Damn the Optimist" in Cargil, 218)

키니선장과 엠마의 환상은 자만심과 과대망상에서 비롯되기 때문에 공격적이고 외향적인 성격을 가진데 비해 『밤으로의 긴 여로』의 메리, 『시인의 기질』의 멜로디, 『얼음 장수 오다』의 부랑아들은 열등감과 죄책감으로 현실의 고통을 견디기 어렵기 때문에 환상의 세계로 몰입하는 내향적 성격을 띠고 있다.

메리는 과거의 안락하고 보호받는 생활에서 벗어나 독립하는 결혼을 기점으로 고통스러운 현실과 대면하지 않으면 안 된다. 그러나 불행하게도 수녀원 부속학교에서 교육을 받은 그녀는 외부의 삶의 공포를 대면할 준비가 되어있지 않아서 타이론과의 결혼생활이 제공하는 고통스러운 현실을 인내하기 어려운 실정이다(Henry Hews, *"Long Day's Journey into Night"* in Cargil, 218). 그녀의 현실은 극단생활의 귀속감의 부재, 유진의 죽음, 타이론의 인색함, 자식들의 장래희망의 불투명함, 에드먼드의 결핵 등으로 이어진다. 한편으로는 류머티즘으로 인해서 아름다웠던 손가락의 뒤틀림 등의 육체적 변형에서 오는 고통까지 겹치고 있다. 그녀는 사실 커다란 고통을 견딜만한 힘이 없기 때문에 어떠한 도피처를 찾지 않으면 안 된다. 그런데 타이론의 인색함이 빌미를 주었지만 그녀에게 마약중독은 매우 편리한 도피의 방편이 된다. 그녀는 길들여진 손쉬운 습관적 도피를 버리고 소녀시절의 신앙을 회복하기에는 극심한 죄의식을 느끼게 된다. 엠마는 스스로 성녀라는 환상을 자신에게 부여하지만 메리는 마약의 힘을 빌어 정신적 관점에서 소녀시절로 퇴행하지 않으면 그 환상을 소유할 수 없다. 그 목적을 달성하기 위해서는 자신이 믿었던 성모 마리아에게 너무 큰 열등감과 죄책감을 느끼기 때문이다. 그녀는 가족들과 스스로에게 거짓된 빌미를 만들어 마약으로 빠져들고 흉하게 변해버린 손가락을 보면서 "난 두 개의 꿈이 있었지. 수녀가 되는 건 더 아름다운 꿈이었고 피아노 연주가가 되는 게 또 다른 꿈이었지"(104)라고 과거에 지녔던 자신의 꿈을 토로한다. 그녀의 환상은 못 이룬 꿈을 지향으로써 과거의 순수하고 아름다웠던 시절을 목표로 하고 있는 것이다.

> 그러나 언젠가는 그걸 다시 발견할거야—네가 건강하고 행복한걸 보는 날 . . . 더 이상 죄의식을 느낄 필요도 없고 말이야—축복 받은 성모 마리아께서 나를 용서하고 내가 기숙학교 시절에 가졌던 그

녀의 사랑과 연민에 대한 신앙을 내게 돌려주시는 날 – 마리아께서
보 시기에 어느 누구도 나를 믿지 않는 것을 아시는 날 그 때는 나
를 믿으시고 그녀의 도움으로 쉬워질거야. (93-4)

메리는 현실과 환상을 넘나들면서 자신의 추하고 고통스런 현실을
교묘하게 피해나가려 한다. 그녀의 환상이 도피적이고 현실성을 결핍하
고 있다는 사실은 에드먼드의 결핵에 대한 그녀의 태도에서 쉽게 발견
할 수 있다. 그녀는 사랑하는 아들의 질병을 올바르게 판단하고 치유하
려는 모성의 책임을 보여주기보다는 그의 질병의 본질을 왜곡시켜 진실
이 주는 심적 고통에서 벗어나려는 모습을 일관되게 보여주는 것이다.
메리는 에드먼드의 질병이 결핵이 아니라 단지 감기 일 뿐이라고 고집
한다. 그녀는 마약에 완전히 취한 채 행복의 절정으로 기억하고 있는
결혼실에 대한 환상으로 빠져든다. 그녀는 고이 간직했던 예식가운을
들고 제이미의 "광증의 장면. 오필리어 등장!"(170)이라는 냉소적인 선
언에 맞추어 가족들과의 완전한 단절을 연출한다. 가족들의 애절한 호
소도 더 이상 들리지 않으며 그녀의 의식은 마야의 막(Veil of Maya)에
의해서 완벽하게 둘러싸여 있기 때문에 노도와 같은 가족의 접근을 물
리칠 수 있다. 이러한 아폴로적 환상의 세계 속에서 그녀의 결혼으로
인해 포기한 수녀가 되려는 꿈을 실현하고자 한다. 그녀는 "넌 나를 건
드리면 안 돼. 날 붙들려고 하지 마라. 내가 수녀가 되려는데 그건 옳지
않아"(174)라고 말하며 결핵을 앓고 있다고 밝히는 에드먼드를 나무란
다. 다른 가족들은 증오의 원천이 되는 쓰라린 과거의 상처에도 불구하
고 가족 공동체의 회복에 대한 희망을 가지려 하지만 두꺼운 안개 막이
상징하는 환상과 마약의 심연으로 빠져버린 메리를 건져낼 수 없다. 모
계지향적인 아들과 타이론의 결합은 메리에게 의존하게 했으며 그녀의

붕괴로 인해 해체될 수 밖에 없기에 그녀 삶의 투쟁의 실패에서 그들의 실패를 발견하게 된다(Chabrowe 171). 즉 이들의 숙명적인 결합의 실패는 아폴로적 환상이 가져오는 분열현상을 증거 한다고 볼 수 있다.

    미국으로 이민을 온 아일랜드 지주 콘 멜로디(Con Melody)의 환상과 현실의 대립구조는 엘렉트라 콤플렉스를 역전시켜 부녀의 대립으로 발전시키고 있다. 현실주의자인 딸 사라(Sara)는 멜로디가 경제적 판단력 결핍으로 전망 없는 현재의 술집을 인수함으로써 그녀의 가족이 누릴 수 있었던 가능성을 상실하게 되었음을 명확하게 인식하고 있다. 그녀의 멜로디에 대한 비판적 시각은 나르시스적 자아도취에 빠져있는 아버지와 대립을 보여준다. 또한 그녀는 노예처럼 복종하며 오히려 남편의 환상을 부추기는 역할을 하는 노라(Nora)와도 사랑에 대한 수용 태도에 있어서 완전히 대조를 이루고 있다.

    물론 이 가족의 분열의 원인은 자신의 영락한 현재의 사회적 위치를 부인하고 왜곡된 과거의 모습에 사로잡혀있는 멜로디의 환상에 있다는 것은 부인할 수 없다. 그의 환상은 키니 선장처럼 자아에 대한 독단적 과신에서 출발하기 보다 수치스러운 현실에 대한 열등감을 해소하기 위한 도피처라고 보아야 한다. 그는 아일랜드에서는 존재하지도 않는 귀족에 대한 염원 때문에 영국으로 진학하고 영국군 장교로서 진출하여 명성을 얻었음에도 불구하고 자신의 실책으로 축출당하는 불명예를 당하고 말았던 것이다. 그는 영국에서 성취하지 못한 꿈을 이루기 위해 미국으로 이민을 왔지만 여기서는 그가 경원하는 양키들에게 사기를 당하여 재기가 불가능한 상황에 빠지고 만다. 이제 그가 할 수 있는 일은 거울 속에 잘 생긴 얼굴을 비추어보며 자아도취에 빠지는 것 뿐이다.

그는 자신이 미화시킨 영광스러운 과거를 연상시켜 줄 수 있는 군복과
용모를 이용하여 환상 속에서 일인극을 연기하는 듯한 태도를 보인다.
멜로디는 "하나님 감사합니다, 난 아직도 틀림없는 장교와 신사의 특징
이 지니고 있다구. 그리고 운명이 내 정신을 부수려고 어떤 일을 해도
끝까지 남아 있을 거야"(161)라고 스스로를 자위한다. 그는 자기기만을
통해서 자신과 같은 처지에 있는 아일랜드인과는 다른 계층으로 인식함
으로써 그들과 분열된 삶을 살아가고자 한다. 그러나 사실 그의 개별화
된 환상은 객관적인 사실과는 유리된 가상적인 허구에 불과한 것이다.

> 콘 멜로디는 웰링톤 군대에서 대위였지만 지금은 그가 교류해야 하
> 는 평범한 사람들보다 훨씬 높은 신사라고 생각한다. 고상함에 대한
> 그의 낭만적인 꿈은 분명히 유럽적 과거나 미국의 현재에 있어서 기
> 초가 부족하며 그의 딸은 그에 대한 진실을 깨닫도록 강요하려 한
> 다. (Carpenter 148-9)

멜로디의 환상을 나타내주는 대표적인 상징물은 그의 군복과 아름
다운 군마이다. 그는 경제적인 어려움에도 불구하고 그의 애마를 애지
중지한다. 그의 사고의 비현실성은 생활고에 시달리는 가족들보다 환상
의 보조수단에 불과한 애마를 더 중히 여기고 있다는 점에서 발견할 수
있다. 이로 인해 현실주의자인 사라와 끝없이 반목을 일으킨다. 그의 애
마는 "그가 자신의 귀족적인 가식의 상징과 증거로서 귀하게 여기는"
존재이지만 그가 구원을 받기 위해서 극복해야할 장애물이기도 하다
(Carpenter 149). 여기에 이르기 위해서는 환상 속에서 자족하기 보다는
그 것과 함께 처참히 부서져야한다는 점에서 그의 비극성이 숨어있다.
그의 내면세계가 아일랜드 농부로서의 기질과 환상을 통해 지향하는 귀

족적 삶이 분열되어 있는 한 신분상승 욕구와 정체되어있는 현실과의 모순을 해결할 수 없기 때문이다. 즉 허름한 선술집 주인이라는 현실적 신분과 걸맞지 않는 말을 기르면서 흉내내는 상류사회의 환상적 신분 사이에서 갈등하는 딜렘마가 멜로디 내면에 도사리고 있다. 그 결과 자신의 정체성을 상실하여 자아와 공동체와의 조화를 획득할 수 없는 것이다.

> 현재와 귀족의 양극성은 아일랜드인과 양키의 그 것처럼 극의 문제
> 들이 들어 붙는 축이 된다. 콘의 역사는 사회적 계급을 통해서 농부
> 에서 귀족으로 상승하려고 하는 노력을 설명해준다. (Porter 15)

현실 속에서는 이미 "멜로디의 내면 속에 실제 대위는 죽어 없어졌지만 유령이 아직 잔류하려 영원히 정복할 수 없는 공포의 요인으로 그를 괴롭히는" 영역으로 환상을 정의한다면 그가 구원될 수 있는 통합의 가능성은 환상의 파괴에 있다고 본다. 그 파괴과정에 참여하는 주도자는 환상이 아닌 현실 속에서 성공하려고 하는 미국인의 꿈이 당당한 챔피언(a full blooded champion of American Dream)으로서의 사라이다. 그녀는 『더욱 웅장한 저택들 The More Stately Mansions』에서 보여주듯이 이상주의적 재벌 2세인 사이몬을 사랑의 포로로 만들어 자신의 물질적인 성공을 달성하려는 속물적 욕망을 가지고 있다. 그녀는 무능한 멜로디를 공격하여 궁지에 몰고 자신의 결혼 문제로 하포드 가문과 접촉시키는 계기를 제공함으로써 환상 속에 숨어있는 열등감을 드러내는 결정적인 작용을 한다. 사라와의 결혼을 막기 위해 방문한 데보라에게 술냄새를 풍기며 점잖은 신사 흉내를 내다가 수모를 당한 멜로디는 손상당한 자존심을 회복하려고 돈을 주며 떠나달라고 요청하는 하포드에

게 마치 중세 기사라도 되는 양 결투를 요청한다. 그러나 그의 시대착오적 결투신청은 환상의 추진력이 되는 그의 자존심을 무참히 파괴하게 되며 마치 거지 취급을 받고 문 밖으로 던져지고 만다. 그는 삶의 활기를 완전히 상실하고 자신의 환상의 상징인 애마를 죽이는 결단을 보여준다. 그 결단의 의미는 분열된 생활을 청산하려는 마음을 나타내는 것으로 통합의 가능성을 열어주는 행위로 평가할 수 있을 것이다.

오닐이 인간의 보편적인 삶을 디오니소스적 혼란의 현실 앞에 무력한 나머지 환상이라는 마약에 중독된 채 정신적 질병을 앓고있는 영역으로 진단하고 있는 작품은 『얼음 장수 오다』이다. 이 작품은 현실의 뿌리를 완전히 상실하고 술과 내일에의 막연한 꿈만을 가지고 살아가는 부랑아들의 삶을 주요 소재로 다루고 있다. 이 부랑아들은 해리 호프의 술집에서 기식하면서 매일 반복되는 근거 없는 환상에 매달리지만 다가오는 내일은 비참한 오늘의 현실보다 더 낳은 삶을 영위하게 되리라는 희망을 집단적으로 품고 있다. 자신들의 희망을 서로 정당화시키기 위해 과거의 삶을 미화하고 과장함으로써 열등감을 해소하고자 하는 묵계를 가지고 있다. 이로 인해 환상은 그들의 삶에서 필연적인 현상으로 나타난다. 그들이 살아가는 태도는 이성적인 논리로 사실을 밝히기보다 숙취와 망각의 불투명한 의식으로 현실에 대한 인식을 기피하는 인상이 역력하다. 그들 개개인의 기만적인 환상이 비록 불가능하고 터무니없는 상상에 불과하더라도 서로 잘못을 드러내기보다는 그들의 공통적인 내일에 대한 꿈을 가지기 위해서 허위성을 오히려 덮어줌으로써 집단적인 평화를 유지하고 있다.

> 그들은 술취함과 꿈과 더불어 그들의 환상을 유지시킨다. 이 환상들
> 은 니체의 아폴로적 꿈에 대한 오닐의 대응물이다. .... 그들 모두에

게 "내일은 대단한 날이 될거야-취주악단이 연주를 하는 모든 바보들의 잔치라구!" 여기서 니체의 "아폴로적인 몽상가처럼 오닐의 몽상가들은 디오니소스적인 바다 위로 노젓는 배를 타고 조용히 떠 있으며, 결과적으로 오닐의 몽상가들은 평온한 자기기만의 분위기에 휩싸여 존재한다는 것을 알 수 있다. (Sinha 69)

그들이 환상에 필사적으로 집착하는 이유는 그들을 둘러싸고 있는 현실의 위협과 고통의 영향이 엄청나다는 것을 반증한다고 볼 수 있다. 아폴로적 환상을 가지기 위해 술을 마시고 불협화음의 노래를 부르며 서로 엉켜 붙어 춤을 추는 모습은 보편적 조화를 상실한 부정적인 디오니소스적 혼란의 상징적인 모습을 보여준다고 할 수 있다. 그들은 현실과 환상의 중용적인 수용을 통해서 절제 있는 조화를 획득하지 못하고 그들을 이토록 영락하게 만든 현실을 본능적으로 피하려고만 하는 위축된 모습을 보여주는 것이다. 이러한 측면에서 엠마와 멜로디처럼 자아도취나 자만감으로 극단적인 개별화 현상을 보이기보다는 현실에 대한 열등감을 감추고 삶을 이어갈 만한 명분에 필요한 동료의 자기기만적 환상을 동병상련의 애정으로 수용함으로써 과거에 대한 향수를 집단적으로 추구한다. 전체적 인간세계에 대한 소우주로서의 그들의 집단적 향수는 개개인의 아폴로적 환상에 근거함으로써 몽상가로서 인간은 과거나 현재의 신분을 미화시켜 운명적인 현실의 고통을 피하려는 그들의 내적 경향을 드러낸다. 그러나 그들 대부분이 실패자나 낙오자들이기 때문에 그들이 과거에 집착한다고 말하는 것은 너무 단순화시키는 것이며, 차라리 그들은 각자 나름대로 인간의 기억에 대한 엉뚱한 생각을 표현하는 것으로 과거를 단순화 또는 미화한다고 볼 수 있다(John Henry Raleigh 60).

몽상가들은 자신의 피부색깔이 검은 색인데도 자신이 백인이 된 듯한 착각에 빠져있는 존스 황제를 연상시킨다. 그가 기만적인 환상을 통해서 당면하고 있는 인종적 열등감을 감추고자 하였듯이 몽상가들은 각자의 환상을 만들어 각자의 삶에서 오는 고통을 회피하고자 한다. 웻죠엔과 루이스는 남아프리카에서 보어전쟁에 참전했을 때의 용맹스러운 무용담을 들려줌으로써 현재의 영락한 모습에 대한 심리적 보상을 받으려고 한다. 다른 몽상가들도 각자의 환상을 만들고 있다고 부루스테인 (Brustein)은 지적한다.

> 처크(Chuck)과 코라(Cora)는 가정적인 환상을 통해서 결혼과 농장에 대한 환상을 가지며 매춘부들은 신분적인 환상을 통해서 매춘부(tarts)와 갈보(whores)에 대해 이상하게 구분하려 든다. 윌리 오반은 지적인 환상을 통해서 법률학교를 지속하지 못한 것에 대해 변명 하려든다. (Brustein 96)

몽상가들은 그들의 환상을 통해서 자신들의 현실적인 실패나 열등감을 피하고자 노력한다. 이 환상들이 현실도피와 살려는 의지에서 파생되는 반면에 래리(Larry)의 환상은 현실에 대한 체념과 환멸을 바탕으로 죽음을 마치 따뜻한 모성의 자궁으로 생각하려는 철학적인 성격을 보이고 있다. 그는 무정부 운동을 떠난 이유를 어머니의 방종한 행동때문이었는지를 묻는 페리트(Parrit)에게 하이네의 시를 인용하여 삶의 허무에 대한 자신의 입장을 밝힌다.

> 보라, 잠은 달콤하고 죽음은 더욱 좋으리; 사실
> 가장 좋은 것은 아예 태어나지 않는 것이네. (635)

래리의 죽음에 대한 수용은 다른 몽상가들의 본능적인 도피와는 대조적인 태도를 의미하기 때문에 혼란스럽게 결합되어있는 집단성에서 분열되어 철학적인 소외현상을 보이고 있다. 그렇지만 몽상가들에게 환상이 절실함을 인정한다는 점에서 환상을 긍정하지만 자신이 몰입하기에는 삶의 허무성에 대해 너무 깊은 통찰력을 지니고 있다. 그의 환상과 현실에 대한 중용적인 입장은 현실을 절대적인 진리로 보고 환상을 버리라고 주장하는 히키(Hicky)보다 인간적이다. 또한 그는 어머니에 대한 증오로 그녀를 고발한 페리트의 숨겨진 종기를 간파하고 죽음을 통해 죄의식을 정화하도록 하는 냉정한 판단력도 소유하고 있다.

> 래리는 넘어지기 쉬운 인간성에 대한 방관자의 저자세적이고 무관심
> 한 동정심을 가장하지만 비애착성에서 자비심으로, 자만에서 겸양으
> 로 발전한다. (Raghavacharyulu 146)

래리는 삶의 양면성을 인식하고 있지만 어느 한쪽에 몰입하지 않는다. 그는 몽상가들이나 "자칭 구원자"로서 현실의 일면만을 주장하여 오히려 죽음의 메시지만을 전파하는 히키와는 대조를 이룬다 (Raghavacharyulu 146). 래리는 그가 개입했던 무정부운동과는 결별하고 은둔생활을 하고 있지만 현실과 환상의 양자 간의 관계를 절제있게 유지함으로써 어느 한 쪽에 몰입한 자들이 보여주는 완전한 분열에서 벗어날 수 있다. 뿐만 아니라 부조화의 양자 사이에서 깊은 고뇌를 보여주는 비극적 주인공의 품격을 지니고 있다. 반면에 현실을 직시해야만 구원을 받을 수 있다는 히기는 몽상가들에게 양자택일이라는 비인간적 교시를 내리는 염세적 종파의 교주의 역할을 한다. 몽상가들은 그로부터 환상과 도취의 선물을 기대했으나 막상 그가 제시한 것은 기존의

내일에 대한 환상에서 벗어나 인간으로서 최악의 상태인 현실을 수용하라는 가혹한 플라톤적 교시였던 것이다.

히키의 가혹한 교시는 몽상가들을 음침한 술집에서 눈에 부시도록 환한 거리로 나가 현실을 대면하도록 강요한다. 그러나 몽상가들에게 돌아 온 것은 불신과 갈등으로 가득 찬 분열의 모습이다. 환상이라는 집단적 향수 안에서는 서로 덮어주었던 관계가 싸우고 파괴하는 관계로 악화하고 해리는 거리를 건너는 도중에 상상의 자동차에 대한 공포로 질린 채 부랑아들에게 돈을 벌어오도록 밖으로 내몬다. 이러한 불협화음은 전체로 파급되어 로키(Rocky)와 매춘부들은 '포주'와 '갈보'라고 욕하며 서로 욕한다. 죠는 "총을 빌려서 백인놈들을 강도질하면 . . ."(708)라고 백인에 대한 적개심을 내보인다. 또한 보어전쟁에서 용맹에 대한 환상으로 우의를 보이던 루이스(Lewis)와 웻죠엔은 서로 옛날의 적대관계를 회귀하려한다. 결국 현실직시라는 교시를 전하려는 히키는 구세주로서 보다 증오와 분열을 일으키는 사탄이나 적그리스도의 역할을 수행하고 있는 것이다. 그의 메시지가 결코 몽상가들을 사랑해서가 아니라 증오하기 때문이라는 사실은 자신의 부도덕한 행위를 관대하게 대하면 개선될 것이라고 믿는 아내 이블린(Evelyn)을 살해했다는 점에서 명확하게 드러난다. 그는 이블린의 관대함이 그에게 주는 죄의식을 견딜 수 없어 살인했음에도 불구하고 그녀를 사랑했기 때문이라고 스스로 기만하고 있다. 그는 자신의 죽음의 교시를 사랑의 가면을 쓴 채 몽상가들로 하여금 받아들이도록 하는 교묘한 술수를 쓴다. 즉 자신의 실체와 분열된 이블린의 환상에 죽음을 선사하듯이 모든 몽상가들에게 파멸의 독약을 주입하고자 한다.

꿈과 도취에 대한 히키의 혁명적인 견해 뒤에 있는 결국 밝혀지는 것은 그가 타인뿐만 아니라 자신도 기만했다는 것이다. 그는 아내를 살해했다는 자신의 비밀을 말할까봐 술에 취하는 것을 두려워한다. 그러나 그는 평안을 찾으며 자신의 것이 아닌 이블린의 몽상을 파괴함으로써 가능했다. 세일즈맨인 히키는 몽상가들에게 냉소적인 경멸을 오랫동안 가졌던 것이다. (Engel 289-90)

여기서 히키는 살인의 광증으로 몰아간 것이 이블린의 환상이었다는 점은 부인할 수 없다. 그러나 그녀의 환상을 증오한 그가 환상의 효과를 이용하고 있다는 점은 인간이 존재하기 위해서는 최소한의 환상이 필요 불가결하다는 것을 일깨워주고 있는 것이다.

현대인의 문제점은 환상 그 자체라기 보다는 환상과 현실의 적절한 조화를 회복하지 못하고 어느 한 부분에 몰입한 나머지 다른 부분과 분열되어 통합성을 상실하고 있다는 점이다. 오닐극의 인물들은 그리스인들이 영위하던 물질과 신앙 사이의 균형과 조화를 잃어버리고 물질에 몰입한 나머지 영적가치를 상실하고 있다. 그들은 이기적인 환상에 휩싸여 자연성, 사회공동체, 가족, 그리고 자신의 실체와 분열을 일으켜 삶의 총체성을 망각하고 말았다. 인간의 삶의 분열성에 대한 오닐의 통찰력은 그의 비극관의 동기가 되고 거리에서 오는 고통을 치유하기 위해 통합을 위한 제의를 갈구하고 순례의 길을 끊임없이 지향하였던 것이다.

2장 분열과 극적 수법

　오닐을 실험극작가로 부르는 것은 그의 비극관을 표현하기 위하여 가능한 극적 수법을 모두 동원하여 연극세계를 구축하려고 시도했기 때문이다. 현대인의 내면세계의 분열에 대한 오닐의 비극관이 극적 수법으로 구체적으로 무대 위에 등장하게 되는 중요한 계기는 표현주의 작품이 아닐 수 없다. 오닐이 자신에게 영향을 끼친 표현주의 작가로 스트린버그를 지목한 것은 연극의 수법보다 비극관을 우선하려는 의도이리라. 그러나 그가 유럽의 표현주의 작가들의 영향을 부인함에도 불구하고 극적 수법에서 많은 공통점을 발견할 수 있다. 특히 독일 표현주의 작가들은 목적보다는 수단에서 오닐에게 영향을 끼쳤으며 카이저(Kaiser)의 극들은 무대 이미지를 더욱 심리적이고 주관적으로 만들도록 격려하였다(Chabrowe 23).
　오닐의 관심거리는 카이저의 극에서 전하려는 정치적이거나 사회적인 개혁의 메시지는 귀소불능 상태에 빠져있는 현대인에 대한 정신적 진단이었다. 그래서 귀소불능이라는 내면적 질병의 원인을 극을 통해서 파헤치고 효과적으로 치유할 수 있는 방법을 찾아야했던 것이다. 인류학적으로 인간은 물질을 취하면 창조주로 믿는 초월적인 존재에게 감사의 봉헌물을 바쳐왔다. 물질과 신과의 조화를 유지하려는 신앙적 자세는 종교의식의 원형으로 현재까지 남아있다. 그러나 인간은 이성을 통해서 신적 영역과는 무관하게 물질을 생산하고 향유할 수 있다고 확신함으로써 원형적인 조화가 파괴되고 오히려 신에게 도전하여 자신의 내면세계에서 신의 영역을 불모화 시키는 결과를 낳았다. 결국 인간의 내면세계는 원시 상태부터 유지해 온 무의식적인 종교성이나 종족적 의식 또는 자연적 본능이 이성의 일방적 억압에 대해서 반발함으로써 부조화의 분열을 일으킨다. 이러한 내면적 진리를 파악한 오닐에게 표현주의 수법은 그의 천재성을 발휘하는데 중요한 도구적인 역할을 한 것이다 (Sinha 43).

오닐이 일찍이 지적한 현대인의 절박한 문제는 오랫동안 숭배해온 신의 상실과 이를 대체할 새로운 물질문명의 역할의 실패였다. 이로 인한 정신적 세계의 조화의 파괴는 내면세계의 불균형과 그로테스크한 형상을 자아내게 되었으며 상호간의 유기적인 관계를 상실한 의식과 무의식, 이성과 본능, 그리고 집단과 개체는 분열과 불화의 고통을 인간에게 숙명의 짐으로 부과하였다. 이러한 내면적인 진리를 표현하기 위해서는 기존의 사실주의나 자연주의의 피상적인 묘사만으로는 불가능하게 여겨졌던 것이다. 이러한 문제에 봉착한 오닐에게 가면과 그로테스크한 무대장치, 조명, 음향효과 등의 표현주의 수법은 자신의 비극관을 현대적인 새로운 방향으로 나타낼 수 있는 수단을 제공하였던 것이다.

내가 더 확실하게 가면의 사용이 감추어진 깊은 마음의 갈등을 어떻게 표현할 수 있는가 에 대한 현대 극작가의 문제를 가장 자유롭게 해결할 것으로 결국 밝혀지리라는 신념을 가진다. 그것들은 심리학의 조사를 통해서 계속해서 우리들에게 밝혀진다. 그는 작품에서 그의 내면의 드라마를 제시할 방법을 찾거나 그의 시대의 가장 특징적인 관심사와 독특하게 의미있고 영적인 충동을 그릴 수 없다고 고백해야 한다. ("Memoranda on Masks" 116)

오닐은 가면의 사용이 작가의 창조성의 결과적 산물인가 또는 연극적인 효과로서 타방한가의 여부보다는 그것의 상징적인 의미에 더 관심을 두었다. 즉 작가가 현대인의 심리에 대해 깊이 파고들어 표면적인 표정 뒤에 존재하는 "내적인 실체의 싱징으로서의 가면의 개념"을 발굴하여 사용했다는 점에 의미를 두어야 할 것이다("Memoranda on Masks, 116). 오닐이 표현주의 수법을 사용하는 의도는 내면의 문제를 효과적으로 확대시켜 관객에게 제시하고 공감을 획득하고자 함에 있었다. 즉 현대인에 대해 깊이 통찰하여 얻어낸 비극관을 직접 관객에게 전하여 그들이 상실하였지만 깨닫지 못하는 내면적 진실을 회복시키고자 노력한 것이다. 그래서 기존의 표현주의와는 달리 완전히 표현주의적으로 인물을 추상화시키거나 개념화 하지 않고 사실적인 인물설정에 기반을 둔 이유는 관객으로 하여금 극의 주인공과 일치시키는 인간적인 접촉을 잃어버리지 않으려는 그의 계산에 근간을 두고 있었다. 오닐은 '뉴욕 헤럴드 트리뷴'(The New York Herald Tribune)지와의 대담에서 관객들이 표현주의 수법의 색다른 무대장치나 가면에만 매혹될 뿐 그가 의도한 내적 실체에 대한 상징성을 인식하지 못한 점을 지적한 바 있다.

그들은 전체극이 표현주의적이라는 것을 이해하지 못해요. 양크는 실제로 당신이고 나 자신이에요. 그는 모든 인간에 해당합니다. 그러나 그것을 이해하는 사람은 거의 이해 하지 못하는 것 같아요. . . . 어느 누구도 "내가 양크입니다! 양크가 나 자신이라구요!"라고 말하는 사람은 없었습니다. (Styan 107)

즉 오닐에게 있어서 표현주의적 극적수법이란 그가 전달하고자 하는 수단이지 그의 연극의 목표가 될 수 없다. 또한 오닐의 표현주의 작품을 단지 수법상의 보편적인 연구보다는 그의 비극관에 연관하여 그 의미를 찾아야 작가의 의도에서 벗어나지 않게 될 것이다.

이 장에서 다루고자 하는 심리묘사 수법은 독백, 방백, 이인일역이며, 이 수법들이 오닐의 분열의 비극관을 형상화하는데 기여한 역할을 집중적으로 분석하고자 한다. 이 수법들이 사실주의로는 다룰 수 없는 내면의 갈등을 다루는데 매우 효과적이라는 점을 착안하여 그의 새로운 관점을 살리고자 시도했던 것이다. 그는 이미 존재하는 전통적인 수법에 심리학이라는 새로운 영역을 적용시켜 자신이 제시하려 하는 불가시적인 실체를 표현하려고 노력하였다. 물론 가면의 원리는 심리학적 의미를 폭넓게 포함하고 있으므로 표현주의와 심리학은 서로 밀접한 관계를 가지며 분명 상호보완적인 관계를 가지는 것이 사실이다.

오닐이 사용한 가면은 협의의 개념과 광의의 개념으로 구분할 수 있다. 협의의 가면은 전통적인 그리스극의 가면 같은 얼굴 위에 직접 쓰는 물질적인 가면이고, 광의의 가면은 실제의 가면 이외에 분장이나 가발 등으로 가면 효과를 낼 수 있는 극적 기능으로 확장시킬 수 있다. 더 나아가서 심리적인 가면도 포함될 수 있지만 그 것은 심리적 주제에서 언급할 수 있기 때문에 여기서는 순수한 무대 위에서 볼 수 있는 순수한 연극적인 수법으로 제한시키고자 한다.

오닐이 『털복숭이』나 『상복이 어울리는 엘렉트라』에서 사용한 가면의 기능은 양크와 거리의 여인이나 신사들, 그리고 마농가의 사람들의 내면의 실체를 외형적으로 나타내는 역할을 한다. 양크를 비롯한 화부들의 모습은 거칠게 생긴 원시인의 모습으로 가슴에 털이 가득하고 온통 석탄가루로 시커먼 형상을 하고 있다. 근육이 불균형적으로 발달되어 있으며 천장이 낮은 환경에서 일하기 때문에 등이 심하게 굽어 마치 원숭이를 연상하게 한다. 이들의 전체적인 형상을 광의의 가면의 측면에서 본다면 물질문명의 속박에 갇혀있는 본연의 인간성에 대한 상징적인 모습으로 볼 수 있다. 융이 지적한대로 인간성 중에서 물질문명이 강조하는 의식의 지나친 발달은 오히려 거칠어지고 흉폭해진다. 양크의 털 많은 원숭이의 형상은 물질문명을 상징하는 철제 기선에 종속되어 본래의 균형을 상실한 나머지 기형화된 자연적인 본성을 나타내는 상징적 가면으로 이해될 수 있을 것이다.

양크의 동물적인 가면과는 대조적으로 나타나는 밀드레드의 창백한 얼굴과 백색의 의상은 자의식의 중압에 못 견디어 본능적인 생기를 상실하고 죽어있는 현대인의 가면 역할을 한다. 그녀는 인간의 원시성을 양크에게서 발견하자, 이를 저주하며 기절할 정도로 인간의 본성의 일부인 동물성과 소원한 상태에 놓여있다. 그래서 그녀가 지적으로 관여하고 있는 사회운동은 본능적인 활기가 결여되어 있는 한 죽어있는 상태를 벗어날 수 없는 것이다. 오닐은 실제 가면 같은 분장을 이용한 수법을 병치하여 사용하는데 그 목적은 인간 사이의 분열된 모습에 초점을 맞추고 있다. 그는 뉴욕 5번가에서 발견할 수 있는 잘 차려입은 신

「털복숭이」에서 열연하고 있는
Louis Wilheim(1922)

사와 숙녀들의 모습을 "섬뜩한 가면"을 쓴 무표정의 소유자로 묘사하는
데 동물적인 활기를 띤 양크와 인간적인 유대감을 발견할 수 없다. 그
들과 같은 사회에 소속하고 싶어하는 양크는 비인간적인 표정에 고통을
당하고 더욱더 소외감에 시달린다.

> 자신의 비인간성에 보호되어서 그는 아무 것도 느끼지 못한 채 고통
> 을 가할 수 있다. 주위의 무반응한 얼굴들에 의해서 고양된 살아있
> 지만 죽은자들로부터 소외감에 시달리는 자는 가면을 쓴 사람의 무
> 관심이나 공격의 희생물인 . . . 오닐의 『털복숭이』의 양크와 같은
> 가면을 쓰지 않은 자이다. (Susan Harris Smith 48)

여기에서 꼭두각시 같은 군상들은 실제 가면을 쓰도록 요구를 받지는 않지만 작가가 요구하는 형상은 "거리에 있는 사람들의 거만하고 텅 빈 얼굴"을 나타내려고 원래 프라빈스 타운(Province Town)제작에서 자주 사용했던 수법과 연관하여 이해되어야 할 것이다. 또한 이러한 이미지가 교회에서 걸어나오는 현대 기독교인의 모습으로 이용되는 것은 산업문명의 물신화 풍조로 비인간화되고 신성이 고갈된 인간을 상징하고자 하는 것이다. 이 극에 등장하는 인물들은 광의의 가면을 씀으로써 그로테스크한 효과를 자아내며 그들로부터 분열되어 가는 자연적인 본성에 대한 절박감을 던져주고 있다.

가면이 내면세계의 진실된 모습을 표출하는 기능을 하는 또 다른 극은 『상복이 어울리는 엘렉트라』이다. 오닐은 가면의 신비에 매혹되어 그가 사실주의극으로 표현할 수 없었던 "영혼의 표정을 묘사하는 유일한 수단"으로 믿었다. 또한 그는 가면을 "내적 실체의 상징, 인물 내의 객관화"로 간주했다. 이 작품에서 마농가의 사람들의 얼굴의 표정에는 대대로 내려오는 숨막히는 청교도적인 암울함이 자리잡고 있다. 에즈라를 위시해서 라비니아(Lavinia)와 오린(Orin)은 운명적으로 삶의 활기와 정열을 억누르고 죽음 같은 표정의 가면을 피할 수 없다. 이러한 죽음의 분위기에 대항하는 크리스틴(Christine)의 상징은 자연적인 생명이 숨쉬는 남해의 섬이 된다. 두 세력의 대조는 마농가족이 인간의 자연적인 생명으로부터 분열되어 동떨어져 있음을 말해준다.

> 그는 여러 번 주인공의 얼굴 위에 있는 가면 같은 표정을 강조한다. 각각의 가면 같은 얼굴은 서로 그리고 자신의 자아를 파괴하는 마농가를 몰아대는 흘러 넘치는 정열로 각인 되어 있다.
>
> (Rudolf Stamm 222)

오닐이 『황제 존스』에서 사용하는 가면의 의미는 다분히 이중적인 구조를 형성한다. 실제의 가면을 쓰고 등장하는 존재들은 실제 인물이 아닌 환영들이고 존스의 가면은 실제적이 아닌 전체적인 이미지로 확대해야 한다. 존스의 괴상한 옷차림과 거만한 통치자 흉내를 내는 흑인 착취자의 자세 등이 어우러져서 사회적인 자아, 즉 페르소나 개념의 가면 역할을 한다. 위에서 언급한 두 작품에서 가면이 숨겨진 내면의 실체를 나타내는 기능을 한다면 이와 같은 맥락에서 『위대한 신 부라운』과 『모든 신의 자식들 날개 달다』의 두 작품에서 사용하는 가면의 기능을 사회적인 자의 측면에서 분석하고자 한다.

『황제 존스』에서 가면의 이중적인 구조가 형성되는 것은 오닐의 비극관과 밀접하게 관련지어 이해될 수 있다. 고얄(Goyal)은 이 작품에서 작가가 현대인의 질병을 인간의 고독함과 불안정성, 또는 인간의 자신의 정체성이나 충만성을 획득하도록 현대 백인문명이 도와주는데 있어서 실패했다고 지적한다. 피상적인 측면에서 이 극의 갈등구조를 존스의 백인적인 삶과 흑인적인 정체성의 대립으로 볼 수 있으나, 더 나아가서 인간의 존재론적 곤경에 대한 작가의 통찰에서 창조된 표현주의 수법으로 그의 비극관을 표현하고 있는 것이다. 왜냐하면 존스가 자신의 그로테스크한 옷차림과 자세로 형성하는 사회적인 자아로서의 광의의 가면과 가려져 있지만 "양파 껍질의 층"처럼 깊이 존재하는 무의식을 형상화한 협의의 가면 사이의 갈등을 인간의 보편적인 상황으로 인식하는 작가의 시각과 동일하기 때문이다. 이에 대해 트릴링(Trilling)은 존스를 특수한 사회의 착취자로 축소하지 말고 보편적 인간과 동일화하는 자세를 요구한다.

황제인 부루투스 존스는 그의 억눌린 종족의 경험을 되살리고 있지

만 흑인을 대표하지는 않는다. 그는 지성의 층 아래에 있는 생생한
무지와 신경증적 공포를 가진 모든 사람을 대표하는 것이다.
(Trilling "introduction", xi)

이 극에서 존스는 미국의 물질문명의 철저한 피해자이면서도 오히
려 그 경험을 이용하고 모방하려드는 모순된 성격의 소유자이다. 그는
자신을 속박하려드는 미국의 사회적 속박의 상징인 감옥에서 탈주하여
서인도 제도의 조그만 섬으로 자유를 찾아 숨어든다. 그러나 그는 자본
주의의 착취적인 속성을 이용하여 자신의 과거와 동일 선상에 있는 원
주민을 기만하고 물질을 빼앗는다. 아이러닉하게도 스스로를 구원할 수
없게 만든 백인 문화의 속성을 자신의 페르소나의 가면으로 선택하고
자신의 속성과 유사한 원주민을 무시하고 억압함으로써 의식과 무의식
을 철저하게 분열시키고 있음을 발견할 수 있다.

프로이드의 주장대로 존스의 개인적이고 집단적인 과거의 경험이
기만적인 황제를 지향하는 이성적인 의식 세계보다 그의 심리적인 실체
에 가깝다. 그는 진정 진화의 중간지점에서 "문명화된 짐승"이나 "세련
된 야만인"으로서 존재하고 있으며 자신의 정체성을 찾지 못하고 방황
하는 현대인의 모습이기도 하다(Bhagwat S. Goyal 117). 숲 속의 장면
에서 실제의 가면을 쓰고 나오는 환영은 의식이 억누르고 감시할수록
더욱 교묘하고 강하게 표출되고 만다는 프로이드와 융의 이론에 일치한
다. 오닐은 가면을 쓴 환영들이 개인적인 과거에서 종족의 과거로 심화
되어 나타나도록 그리고 있으며 공포의 대상인 환영들의 가면을 통해서
의식의 허위성을 드러내도록 페르소나의 가면을 역으로 벗겨나가는 과
정을 미학적으로 나타내고 있다. 특히 오닐은 인간의 무의식 속에 자신
의 개인적 경험과는 무관하게 축적되어있는 종족에 대한 기억을 노예로

고통당하던 존스의 조상들의 두려움으로 표현하고 있고 그들의 모습을 가면의 확대된 기능인 자동인형으로 등장시킨다.

> 분명히 오닐은 이 경험에 흑인 안에 있는 종족적인 두려움에 대한 연구를 더했으며 의식 훨씬 아래 있는 축적된 기억들에 대한 융의 이론을 사용하였다. (Clara Blackburn 116)

가면의 사용이 매우 복잡성을 띄고 오닐의 비극관을 뚜렷하게 부각시켜주는 작품은 『위대한 신 부라운』이라고 볼 수 있다. 이 작품에서 사용하는 가면의 종류는 자신의 참 자아를 숨기고 세상이 인정할 수 있는 한도 안에서 조작된 모습이나 자신에게 결핍된 자질을 이상화하여 자신에게 부자연스럽게 설정된 모습을 담은 페르소나의 기능이 부합된다. 1926년 로버트 에드몬드 존스(Robert Edmond Jones)가 그린위치 빌리지 극장(Greenwich Village Theatre)에서 제작할 때 물질사회에서 예술가가 되려는 현대인의 정신적 곤경에 초점을 맞춘 의도는 작가의 비극관에 대한 제작자의 이해에서 비롯된 것이다(Styan 109).

디온 엔소니(Dion Anthony)는 이름이 상징하듯이 디오니소스의 방탕한 기질과 세인트 앤소니(St. Anthony)의 금욕성이 분열된 채 갈등을 이루는 인간성을 의미한다. 그의 정신적인 분열은 어린 시절에 경험한 악한 세계의 단면을 경험함으로써 그가 믿고 있던 선한 신의 권능에 대해 회의를 느끼는 데서 비롯된다. 이것은 오닐이 자신의 어머니의 마약중독을 치유하기 위하여 절대적인 신에게 기도했지만 그의 희망이 무산되자 신에 대한 신앙에 회의감을 느끼고 오히려 반항한 사실에 비유될 수 있을 것이다. 미술에 천재적인 능력을 가지고 있는 디온이 모래밭에 그림을 그리고 있는데 친구인 부라운이 질투하여 막대기로 그의 머리를 때리고 그림을 지워버린 경험으로 말미암아 그는 사랑의 신이 아닌 질투와 잔인한 악의 존재를 인식하고 자신의 보호막으로 팬(Pan)의 가면을 쓴다.

> 난 그를 사랑하고 신뢰해왔는데 갑자기 선한 신이 그의 몸에서 거부되어 사람의 사악함과 부정의가 태어난 거야! 모든 사람들이 나를 울보라고 부르자 난 평생 침묵하게 되고 다른 소년의 신에 대해서 반발하며 사는 나쁜 소년 팬의 가면을 고안해내어 신의 잔인함으로부터 나를 보호하게 된 거지. (253)

단순한 보호막이었던 팬의 가면은 시간의 경과에 따라서 자신의 사회적인 자아로 굳어져서 자신을 사랑하는 마가레트(Margaret)마저 가면을 벗은 진정한 자아가 아닌 대체적인 자아를 선택함으로써 디온에게 오히려 속박의 굴레가 되어버린다. 인간관계에서 가장 가까운 부부가 된 두 사람은 서로의 참된 모습을 보이지 못하고 가면을 쓴 채 상호간에 용인되는 모습만을 내보이며 극심한 분열과 소외의 관계를 이룬다. 디온 자신도 외부에 내보이는 이교적이고 악마적인 모습과 내면에서 추구하는 신성 사이에서 고통을 겪게 된다고 스키너는 주장한다.

> 극의 세부 사항은 성장과 개체에 대한 영향보다 중요하지 않다. 디온과 마가레트는 서로 알도록 운명지어져 있다. 그녀가 사랑하는 것은 팬 가면이며─그것은 극이 진행하면서 더욱 더 메피스토펠레스적이 되며 가면 아래 진정한 앤쏘니는 더욱 더 금욕적이 되어 필사적으로 신을 찾는다. (Skinner 117)

물질적인 성공의 화신인 부라운은 창조적인 가치를 추구하는 디온과 상반되면서도 한 몸을 이루는 야누스의 다른 면이다. 그래서 부라운과 디온은 주관적인 로버트 마요와 객관적인 앤드류 마요처럼 같은 혈육은 아니지만 서로 반대되는 원리를 이루는 분리할 수 없는 관계를 형성한다(Skinner 171). 부라운은 물질을 추구하는 순응주의자로 성공의 목적을 달성했지만 디온이 가지는 창조성이나 영혼의 결핍으로 엘리어트가 말하는 "텅 빈 인간(hollow man)"으로 타락한 서구문명의 전형이라고 볼 수 있을 것이다. 또한 부라운의 허구적 물질 성취는 외형상으로 거만한 황제의 가면을 쓰고 있어도 무의식에 존재하는 영적 실체에 의해서 디온의 창조적인 세계를 질투하고 동경하는 심한 열등감에 시달린다. 그래서 그는 친구인 디온의 능력을 자신의 작품으로 변조시켜 명성을 취하기도 한다. 그러나 이런 욕구 충족은 일시적일 뿐 정신적 갈증은 해결될 수 없다는 것을 깨달을 수 밖에 없다. 그래서 디온의 유언에 따라 그의 가면을 쓰고 마가레트에게 사랑을 얻으면 행복하리라고 착각하고 순간적으로 좋아한다.

> 그가 죽었어 — 드디어. . . . 그건 너의 실체인 불쌍한 약골이지. 네가 숨어버린건 당연하지! 그리고 나는 항상 너를 두려워했거든 — 그래, 너를 경외하며 이제는 고백해야겠어 . . . 아냐, 너에 대한 것이 아니지! 이것(디온의 가면)이지! . . . 그리고 이걸 마가레트가 사랑한 거야, 네가 아니라구! 네가 아냐! (257)

그러나 자신의 정체성에 맞지 않는 타인의 가면을 자신의 질투심과 열등감을 해소하기 위해서 사용하는 행위는 진정한 자아와 분열되어 있는 관계로 고통의 시련을 모면할 수 없다. 결국 부라운은 스스로의 삶을 상실했을 뿐 아니라 그의 가면이 제공하는 것은 그림자 같은 페르소나일 뿐 선망하는 존재 그 자체로 변화될 수 없다. 그는 반목하는 두 자아 사이에 끼어있는 생명력을 잃은 분열자로 전락하고 만 것이다.

> 종종 자신이 아닌 것이 되기 위해서 다른 사람의 가면을 써야할 심리적인 필요성은 적대적 존재 사이에서의 비극적 정지상태를 낳는다. 그런 경우에 가면을 쓴 사람은 이중적인 고뇌에 빠진다 — 즉 진정한 정체성을 상실한데서 오는 참기 어려운 고통과 그가 원하는 정체성을 취함에서의 실패이다. (Goyal 85)

디온과 부라운은 모두 자신이 아닌 존재로 가장하기 위해서 가면을 쓰지만 그들의 동기는 대조적인 면을 보인다. 디온은 자신의 구도적이고 창조적인 자아를 외부 세력의 위협으로부터 보호받기 위해서 보호색을 가지는 파충류처럼 "메피스토펠레스의 잔인함과 아이러니"(Mardi Valgemae 36)로 변하지만, 피상적이고 순응적인 세상사람들과 마가레트는 고통받는 그의 진정한 자아를 오히려 두려워하고 그가 벗어버리고자 하는 가면을 선호한다. 이에 반하여 부라운은 자신이 선망하는 형상을 모방하기 위해서 디온의 가면을 물려받는다. 결국 그는 자의에 의해서 선택한 페르소나의 허구성을 인식한 후 벗어버리려고 몸부림치지만 디온이 부과해준 인간의 보편적인 분열의 숙명을 피하지 못하고 수용한다.

오닐이 사용한 가면은 개인 차원으로부터 집단적이고 군중적인 차원으로 발전하기도 한다. 『모든 신의 아이들 날개 달다』는 종족적인 상징을 나타내는 '콩고 가면'은 얼굴에 쓰는 가면이기 보다는 무대장치의 일부로 이용한다. 이 가면은 해티에게는 종족적인 자부심과 정체성의 상징이지만 엘라에게는 증오의 대상일 뿐이다. 이 가면은 짐과 엘라가 지닌 개인의 심리적인 가면과 대조가 되는 역할을 한다. 짐과 엘라는 의식이 왜곡되기 이전의 유년시절에는 절친한 친구로 지내며 서로 동등성이 유지되는 관계였다. 다만 짐의 백색의 얼굴에 대한 선망이 그의 행위를 그로테스크하게 만든다. 그는 백묵가루와 물을 마시면 얼굴이 하얗게 된다는 이발사의 농담을 듣고 그대로 실행하는 어리석음을 범한다. 그는 흑인의 얼굴을 두고 부르는 별명에 대해서 심리적인 열등감을 가지고 있다. 그래서 흑인이 되고 싶다는 엘라의 희망에 반대하고 나선다. "아냐, 넌 안 돼. 사람들이 널 까마귀라고 부르거나 쵸콜렛이나 연기라고 할 거라구"(196). 이들의 페르소나적 가면이 개인의 심리적 결함이나 선망에서 기인되었다면 콩고 마스크는 개인의 기만적이고 회피적인 가면과는 대조적으로 인간의 무의식에 존재하는 시공을 초월하는 내적 영역에 대한 표현이다. 엘라는 백인의 우월감이라는 이기적이고 심리적인 가면을 이용하여 짐의 페르소나를 파괴할 수 있지만 콩고 마스크의 거대한 힘에 의해 위협을 느끼기 때문에 흑인과의 갈등을 일으키지 않을 수 없다.

> 갈등은 가면의 영향 아래에서, 적어도 엘라에게는, 깊이 뿌리내린 종족적인 것이다. 그녀는 짐의 내면에 있는 흑인적인 것을 증오하고 백인적인 것만을 사랑한다. 백인적인 것은 문명화된 표면이고 흑인적인 것은 무의식적 깊이이다. (Mardi Valgemae 36)

짐의 야망이 담겨있는 페르소나는 자신의 정체성을 도외시함으로써 그의 동료들의 경멸을 야기시키고 흑과 백의 세계 모두가 그에게 낯설어지게 된다(Edwin A. Engel 118). 즉 콩고 가면이 상징하는 자신의 종족적인 무의식과 그의 백인 지향적인 페르소나의 괴리현상을 통해서 인간의 내면세계의 분열과 갈등을 발견할 수 있다. 또한 엘라의 광적인 흑인 혐오증은 그녀의 내용없는 우월감의 가면과 뿌리깊은 집단적 자아인 콩고 가면 사이의 갈등으로 나타나며, 엘라가 칼로 가면을 찌르는 행위에서 절정을 이룬다. 그러나 대결의 승부는 엘라의 정신병의 악화에서 자명하게 드러나듯이 왜곡된 그녀의 의식의 패배로 끝난다. 엘라의 파괴적인 행위는 "짐의 종족적인 자부심의 최종적인 흔적에 대한 상징적인 살인"으로 볼 수 있어서 의식의 세계에 있어 흑백의 결합이 불가능함을 암시하는 것이다(James Arthur Robinson 133).

오닐이 인간의 내면에 존재하는 개인적인 과거와 종족적인 과거를 죤스의 주관적인 환영을 통해 나타내려고 환영의 그로테스크한 형상의 가면을 『황제 죤스』에서 이용한 바 있다. 또한 『털복숭이』에서는 양크의 험상궂은 동물적인 가면과 대조적인 뉴욕 5번가의 행인들이나 기독교인들을 생기 없는 자동인형의 군상으로 나타내었다. 이 작품들은 군중들에게 가면을 쓰게 함으로써 주인공의 의식의 세계와 분열되거나 소외되어있는 세계를 표현하고자 한 것이다. 이러한 군중에 대한 가면의 이용이 두드러지게 나타나는 작품은 『마르코 밀리언스 *Marco Millions*』와 『나자루스 웃다 *Lazzrus Laughed*』이다. 전자는 동양인의 깊은 내면성과 서양인의 피상적인 물질주의가 치유할 수 없을 정도로 분열되어 있음을 나타내기 위해서 쿠카친(Kukachin)의 죽음을 애도하는 중국인들에게 가면을 쓰도록 하였다. 후자는 영원한 생명을 나타내는 신비스러운 웃음의 소유자인 나자루스와 정신적으로 분열되어 죽음의 세계에 머무르는 일반군중에게 가면을 쓰게 하는 수법을 이용함으로써 전자와 유사한 동기를 발견할 수 있다.

『마르코 밀리언스』에서 주인공 마르코는 쿠카친이 자신을 사랑하고 있으며 실현되지 못한 사랑의 아픔으로 죽을 수 있다는 사실을 알지 못하는 서구문명이 낳은 전형적인 물질주의자이다. 쿠카친은 자신의 사랑을 언어로 표현할 수 없는 정신적인 가치로 인식하고 마르코가 자신의 사랑을 눈을 바라봄으로써 느끼기를 학수고대한다. 그러나 그녀를 페르시아왕에게 정략 결혼의 희생물로 호송하는 마지막 순간까지도 그녀의 호소를 현상적이고 실용적인 측면에서만 이해하고 단순한 열병으로 진단한다. 이러한 동양적인 여린 감수성과 내면적 성향에 대한 무지에 대해서 쿠카친은 "황소에게 내 영혼을 보라고 탄원했었군, 난 더 이상 살아있다는 수치를 견딜 수 없어"(145)라고 한탄한다. 오닐은 마르코와 쿠카친의 분열현상을 동양과 서양의 정신적 분열로 통찰하고 서양배우가 나타낼 동양의 가치를 군중들의 가면을 통해서 전달하고자 한 것이다.

재고(Second Thoughts)(1932)에서 오닐은 가면이 동양과 서양의 대결에 대한 극적 표현을 고양시켜 주고 오직 가면을 통해서만 서양배우가 동양인물의 성격을 사실적으로 전달할 수 있기 때문에 모든 동양인들은 가면을 써야한다고 기술하였다. (Susan Harris Smith 67)

『나자루스 웃다』는 가면을 쓴 군중을 코러스로 이용하고 있으며 그들을 나이와 인종, 성격 별로 분류하도록 가면의 형태를 지정해주고 있다. "단순하고 무지한 사람, 행복하고 열성적인 사람, 자학적이고 내성적인 사람, 자만하고 자신하는 사람, 비굴하고 위선적인 사람, 복수심이 강하고 잔인한 사람, 슬프고 체념적인 사람"(273). 그러나 오닐은 군중들을 개별자로서 중심 없는 집합체로 보다는 "집합적인 통합체"로 나타내고자 하였다("A Dramatist's Notebook", Engene O'Neill, 120). 이들은 개별자들의 의식과 맞서있는 무의식을 상징하는 것이며 인식자의 능력에 따라 반응을 다르게 나타낸다. 카리귤라(Caligular)를 위시한 범인들이 가시적 현상만을 고집하여 삶을 죽음의 영역에서 벗어날 수 없다고 주장하여 "조심해, 나자루스! 화형을 시키겠어! 십자가에 못박을거라구! 죽음이야!"(288)라고 외치는 반면에 유일하게 웃음으로 죽음을 극복하는 나자루스에게 "죽음은 죽었어"라고 코러스는 화답한다. 그러나 가면을 쓴 군중의 극적인 효과는 생명의 세계에 들어서지 못하고 죽음의 영향 아래 놓여있어 두려워하고 있다는 것을 암시한다(Susan Harris Smith 69).

오닐이 자신의 비극관을 관객에게 전달하기 위해서 효과적으로 사용했던 수법 중의 하나가 표현주의적 무대장치라고 할 수 있다. 무대장치는 무대 위에서 많은 공간을 차지하는 시각적 도구이기 때문에 등장인물의 분열된 내면세계를 그리는데 가장 중요한 요소가 아닐 수 없다. 오닐은 무대장치를 매우 상징적으로 다루어서 단순한 사실적인 삶의 공간을 넘어서 자신이 추구하는 영적 영역을 표현하고자 하였다. 그래서 『황제 존스』의 궁전과 숲, 『털복숭이』의 화부실, 또는 감옥이나 동물원, 『느릅나무 아래 욕망』의 느릅나무, 『상복이 어울리는 엘렉트라』의 저택 등은 모두 사실주의 극이나 자연주의 극에서 삶의 공간을 그대로 무대 위에 복사하듯 재현시키려는 의도와는 다른 표현주의 특유의 의미를 상징하는 도구로 분석되어야 할 것이다.

『황제 존스』의 무대장치는 전반의 궁전에서 후반의 숲으로 변화하며 그 시각적인 효과는 매우 대조적으로 나타난다. 황제가 거주하는 궁전과 숲은 색깔과 형태에서 서로 강한 반목현상을 자아낸다.

　황제의 궁전에는 접견실이 있고 하얗게 칠한 맨 벽의 넓고 높은 천

장의 방이다. 바닥은 하얀 타일이 입혀져 있다. (239)

관목과 담쟁이의 낮고 **빽빽한** 벽이 가까운 앞마당에 있어서 조그만
삼각형의 개간지를 둘러싸고 있다. 이 너머에 숲의 군집된 어두움이
마치 포위하고 있는 장애물 같다. (258)

이런 대조는 그의 행색의 변화와도 연결되어서 화려한 성장의 모습
이 찢기고 때묻은 차림으로 전락하고 있음을 발견할 수 있다. 또한 공
간의 대조를 통해서 그의 사회적 역할이 지위 높은 황제에서 지극히 낮
은 노예로 몰락하도록 하고 신분 전락의 외형적 변화를 내면적인 움직
임으로 연결시키고 있다. 그러나 공간의 변화에 시간이라는 변수를 삽
입함으로써 그 공간이 암시하는 내면세계의 움직임을 정당화시키고자
시도한다. 숲은 저녁-밤-새벽이라는 시간적인 변수를 가지며 그 안
에 있는 존스의 의식은 무의식과의 대결을 통해서 정신적인 각성을 체
험하게 하는 것이다.

여덟 개의 장면에서 장치는 공간적으로 숲의 끝에 있는 궁전으로부
터 다시 밖으로, 시간적으로는 황혼에서 새벽으로 움직인다. 결국 부
르투스 존스의 역할은 황제에서 노예로 관통하고, 극이 자기중심주
의에서 자기 각성으로의 그의 변화를 추적하면서 숲과 밤은 그 의
정신의 한계를 나타내주는 것 같다. (Styan 101)

황제는 흑인의 비참한 신분을 의도적으로 은폐시키거나 보상하려는
심리적 동기에서 궁전을 넓고 높게 만들었으며 자신의 피부 색깔과 대
조적인 흰색을 사방에 칠함으로써 죄와 열등감으로 어두운 세계를 밝고
깨끗하게 정화하고 싶은 욕망을 충족시키고자 한다. 그러나 살인죄를

저지른 내면의 죄가 착취로 얻은 물질로 정화시킬 수 있다는 단순함이나 무지는 높은 외적 공간과 대조적인 낮은 정신상태를 보이는 것이며 "단지 순수함에의 그의 동경"일 뿐이다(Egil Tornquist 55). 즉 황제는 자신이 지향하는 흰색이 자신의 종족적 정체성을 이루는 검은 색과 대조적인 것이며 또한 흑인이 이로 인해 치욕적인 굴욕을 당했다는 사실을 깨닫지 못하고 있는 것이다.

> 황제의 접견실에서 가장 두드러진 것은 아마 흰색이 주도적인 점이다. 주인공이 흑인이기 때문에 흰색은 도덕적이고 종족적인 의미를 가진다. 그리고 존스의 비극은 사실 그 두 가지를 구분하지 못하는 데 있다. (Egil Tornquist 54)

숲은 어둡고 나무들이 엉켜있는 좁은 공간을 형성하기 때문에 그 안에 있는 존스는 마치 밀실에 갇혀있는 죄수의 모습을 닮아있다. 궁전과 숲이라는 무대장치의 단순한 교체가 그가 존재할 수 있는 삶의 형태를 현격하게 변화시킨다. 그러나 시간이라는 현상적인 기준에 의해서 궁전과 숲의 공간이 구분될 뿐 사실은 그 것들이 상징하는 의식과 무의식은 인간의 내면세계에 공존하고 조화를 이루어야할 정신적 영역들이다. 숲에 갇혀있는 존스는 새로운 세계에 들어온 것이 아니라 자신이 본래 살아왔으며 피하기 보다는 적극적으로 뿌리를 내리고 지켜왔어야 할 공간인 것이다. 그러나 궁전 안의 백인적인 삶의 형태를 지향하는 기만적인 의식에 싸여있는 존스에게는 개인적이거나 종족적인 과거가 숨어있는 숲이 오히려 괴기하고 답답한 감옥으로 왜곡되고 있으며 내면세계에서 분열된 나머지 그로테스크한 형상을 자아내는 것이다.

표현주의 장치의 더 깊은 목적은 주인공이 무의식을 인정하는 것을
거부함으로써 어떻게 자신에게 올가미를 씌우냐이다. 그래서 울타리
는 그의 포획된 정신의 투사물과 상징물의 기능을 한다. (James
Arthur Robinson 120)

갇혀있는 공간의 상징으로 숲과 유사한 표현주의적 무대장치는 『털
복숭이』의 화부실, 감옥, 동물원 우리이다. 오닐이 이 작품의 무대장치
가 자연주의적인 의도가 아니라는 것은 지문에 명확하게 적고 있다.
"이 장면이나 다른 장면의 처리는 . . . 결코 자연주의적이 아니
다."(137) 그가 이끌어내고자 하는 효과는 『황제 존스』의 숲처럼 숨막
히고 비좁은 공간의 창조이다.

추구하는 효과는 하얀 철에 의해서 갇혀있는 배 선실 안에 있는 비
좁은 공간이다. 침상의 선과 그것들을 떠받치고 있는 기둥이 마치
우리의 철제 구조물처럼 서로 가로지른다. 천장은 사람의 머리를 아
래로 짓누른다. (137)

이 극에서는 궁전과 숲의 대조적인 무대장치를 보여주기 보다는 의
식에 바탕을 둔 물질문명의 산물인 철제 기선의 지옥 같은 화부실과 인
간의 무의식에 존재하는 동물성의 갈등을 보여준다. 즉 물질문명에 의
해서 파괴된 자연성이 그로테스크하게 굴곡되어 비인간적인 모습으로
퇴락하게 되는 과정을 형상화해주고 있다. 이 공간은 자유로움을 추구
하는 인간의 본성과는 조화롭지 못한 환경이며 인간을 기계의 부속처럼
종속시키는 괴물임을 보여준다. 자유로운 공간의 개념은 무대장치로서
보여주지 않고 패디의 대사를 통해서 관객에게 들려준다.

우리는 항해를 나가고 있었는데, 아마 케이프혼을 돌아서 아래로 향
하고 있었지! . . . 좋은 미풍이 불어오자 그 것에 개의치 않고 찬송
가를 불렀지. . . . 그 날은 충족한 상태였어, 왜냐하면 우린 자유인
이었거든 . . . 최고의 항해였다구! 여러 밤과 낮들을 말이야! 별들
이 반짝이는 밤들. 아마 보름달이 가득했었지. (143)

이러한 선상의 공간은 갇혀있다기보다는 오히려 조화를 이루며 공
존하고 느낌을 준다. 천국과 지옥이라는 영적인 이미지를 음미해보면
인간의 거주 공간과 본성이 조화를 이루는 곳은 천국이 될 수 있고 부
조화를 이루는 곳은 지옥이라고 볼 수 있다. 양크를 비롯한 화부들이
일하는 공간은 감옥이나 지옥과 다름없다. 그들은 자신의 영혼을 삼키
고 있는 화로에 스스로 석탄을 집어넣어야 한다.

화로의 문이 열리자 여섯 개의 발갛고 이글거리는 서치라이트가 지
옥으로부터의 섬광처럼 관객의 안구 속으로 파고들어 때린다.
(Walter Prichard Eaton 34)

아이러닉하게도 인간은 자신과 조화를 이루고 일체감을 주었던 자
연을 파괴하고 물질문명이라는 커다란 감옥에 자신을 감금하고 있으며
그로 말미암아 스스로 자연과 조화를 이룬 자유인에서 노예로 전락하도
록 자초하고 있다. 무지한 양크가 소속하고 있다는 기계문명의 세계는
"인간의 자연과의 접촉을 빼앗고" 노예나 부속품으로 전락한 "그의 노
동의 존엄성을 빼앗고 있다"(Leonard Chabrowe 124).
감옥은 양크가 노예처럼 봉사한 철강회사가 만들어낸 철로 만들어
져 있으며 그가 만들어낸 원동력으로 움직인다고 믿었던 현대사회는 그
를 위험분자로 몰아 감옥에 격리시켜 버린다. 그는 자신이 범한 어리석

음을 로댕의 "생각하는 사람(Penseur)"처럼 골똘히 생각해도 깨달을 수 없다. 결국 그가 억압했던 원시적인 자아는 현대사회의 어느 곳에도 소속할 곳이 없음을 발견할 수 있다. 동물원 우리에 갇혀있는 고릴라는 물질문명의 큰 우리에 갇혀있는 양크라는 보편적인 현대인의 처지를 보여주는 상징적인 모습이라고 할 수 있다. 즉 철제로 만들어진 우리가 자연 속에 살아야할 고릴라를 인위적으로 가두어 놓았듯이 인간은 자신의 무의식의 본성을 분열시켜서 의식의 산물인 문명으로 억압하고 있는 것이다.

> 화부들의 선실과 감옥의 장면들이 동물원 우리의 비유적인 무대장치 이듯이 종말에 동물원 장면은 그것의 문자그대로의 무대장치이다.
> (Leoanard Chabrowe 124)

『느릅나무 아래 욕망』의 무대장치는 서로 대립적인 카보트의 가옥과 거대한 느릅나무를 두드러지게 보여주고 있다. 농장의 전체적인 모습이 조화를 이루지 못하고 느릅나무의 거대함에 비해서 가옥의 형세가 힘을 잃은 듯 하여 그로테스크한 느낌을 피할 수 없다. "지붕 위의 하늘은 짙은 색깔로 뒤덮히고 느릅나무의 녹색이 피어오르지만, 가옥은 어둠 속에 있으며 대조적으로 파리하고 낡아 보인다"(279). 즉 느릅나무의 정기는 하늘에 뻗쳐서 영향을 줄 정도로 흘러 넘치는 반면에, 가옥은 정기를 잃어 색깔이 바랜 상태를 보여주어 대조를 이룬다. 느릅나무의 가지와 잎이 무성하게 번성하여 거의 농장의 가옥을 휘감아 삼킬듯한 형세를 취하고 있다. 이러한 부자연스러운 모양의 무대장치는 지문의 묘사가 자세한 내용을 담고 있지만 사실주의적 의미라기 보다는 작가가 등장인물의 내면세계와 현상적인 세계의 이면에 잠재하고 있는 보이지 않는 힘을 묘사하려고 하는 것이다.

느릅나무는 여성적인 생산력과 생명에 대한 건강한 욕구를 상징하고 있으며 에벤의 죽은 어머니의 좌절된 욕망과 민과 에비의 풍요로운 여성적 욕구와 모성적인 사랑을 암시한다. 한편 빛 바랜 가옥과 단단한 돌담은 반생명적이고 교조적인 카보트의 청교주의와 부성적인 독단을 나타낸다. 여성의 삶이 자연성을 획득하려면 따뜻한 애정과 건강한 생산적 욕구를 충족시켜야 한다. 그러나 에벤의 죽은 어머니는 카보트의 독단과 비정함에 의해 노예화되어 심하게 일만 하다가 죽었으므로 억눌린 자연적인 욕구를 해소하지 못한 비통한 삶을 살았다. 그래서 카보트의 관점에서 본다면 느릅나무는 그가 저지른 비인간적인 행위에 대한 죄의식의 형상화인 것이다. 융의 이론에 근거하면 남성적인 본성과 여성적인 본성이 조화를 이루어야 삶의 창조성과 온전함을 이룰 수 있다. 카보트가 지나치게 여성적인 영역을 억누르는 독단을 행사해왔기 때문에 이에 반발하여 여성적인 힘이 오히려 카보트의 남성적 영역에 대해 복수하려 하는 것이다.

> 느릅나무는 . . . 죽은 여인 — 그녀의 생명에 대한 원초적이고 건강한 정욕 — 그리고 그녀에게 행해진 잘못과, 본성과 좌절된 본성, 그녀의 헌신적인 사랑과 그녀에 대한 카보트의 무정함 모두를 의미하는 것 같다. 무엇보다도 거대한 나무들은 그들의 죄의식을 표현하는 듯 한데 . . . 아래 있는 '파리한' 가옥으로부터 . . . 피를 빨아먹는 것에 대한 . . . 그래서 과거의 죄에 대한 청교도적 관심이 카보트 가족으로 하여금 살아있는 느낌을 감소시킨다. (Egil Tornquist 60)

느릅나무와 가옥의 갈등구조는 돌과 비옥한 땅의 대립으로 확장시킬 수 있으며 돌담이 카보트의 불모성과 경직성을 나타낸다면 땅은 에비와 민의 풍요로운 생산성을 상징한다. 이러한 분열상태는 "극의 중심적인 갈등의 표현주의적 구현으로, 즉 아버지 대 어머니, 인간 대 자연, 탐욕 및 정욕 대 사랑, 이성 대 비이성" 등의 대립구조가 극구조의 대부분을 구축하고 있다.(Robinson 135) 그러므로 이 극에서의 무대장치는 오닐의 분열의 비극관을 효과적으로 나타내기 위한 수법으로 파악할 수 있다.

퇴색해 가는 카보트의 농장가옥과 우거진 느릅나무가 그로테스크하게 대립되는 무대장치 수법은 『상복이 어울리는 엘렉트라』에서 반복하여 나타난다. 마농가의 저택은 카보트의 농장 가옥처럼 지나치게 독단적인 청교주의가 인간적인 생명력을 질식시키는 억압적 상징물로 이용된다. 그러나 카보트의 농장의 경우에서는 느릅나무가 넘치는 생명력으로 반생명적인 청교주의 상징물인 가옥을 제압하는 형국이었다면 이 극의 경우는 반대의 현상을 보여준다. 즉 크리스틴(Christine)이 지향하는 삶은 에벤의 어머니와 에비가 추구하는 풍요한 삶과 일맥상통하지만 그 힘은 마농가의 저택의 위세에 대적할 정도는 되지 못한다. 그녀의 자유분방한 삶은 저택 일부에 우거진 꽃과 무대 밖 이미지로 전해주는 남해 섬에 비유되어 나타날 뿐이다.

마농가의 저택은 죽음의 세력이 생명의 세력을 제압하며 굳게 닫혀 있는 사원을 닮았으며, 하얀색의 기둥은 그 세력의 위용을 암시해주고 벽의 색깔도 어두운 회색으로 기둥의 분위기를 돋구어 주는 역할을 한다. 오닐 자신이 이 저택을 사원이라고 부르고 있으며 그 현관은 일종의 가면으로 비유하면서 "어두운 회색의 추함을 감추기 위해서 부착된 부조화로운 하얀 가면"(459)이라고 표현하고 있다. 여기에 맞서는 생명의 세력으로 묘사하는 꽃들은 보도의 한 쪽에 자리잡고 있으며 "라일락과 시링가꽃의 두터운 덤풀"(459)로 묘사될 뿐이다. 저택의 하얀 기둥에 대비되어 나타나고 있는 소나무의 암녹색 바늘 잎이나 나무기둥은 오히려 저택의 죽음의 분위기에 더 어울리는 느낌을 준다(Torquist 64). 이 저택은 철저하게 안에 살고 있는 구성원의 생명력을 억누르는 분위기를 주고 "자손을 삼키는 괴물"의 형상을 보여준다(Torquist 64). 또한 이 저택에 생명력을 전하는 자연의 손길을 거부하는 것을 보여주기 위해서 창문에 비치는 햇빛을 내부로 흡입시키지 않고 외부로 반사시켜버린다.

에즈라의 부친인 에이브는 자신이 마음에 있던 보모인 마리(Marie) 와 동생인 데이브(Dave)의 애정관계를 알고 질투심과 청교도적 결벽성을 보이며 그들을 내쫓고 가문을 더럽혔다는 이유로 집을 허물고 현재의 저택을 신축하였다. 이러한 집안의 전통 아래 살고 있는 에즈라 역시 아내의 본성인 자유분방함을 독단적인 교리로 억압함으로써 생명의 추구가 환상적이고 무의식적인 세계로 잠입하게 하는 왜곡현상을 자아낸다. 그래서 크리스틴은 질식해 가는 생명력을 되살리기 위해 약한 저항의 몸짓으로 암울한 분위기에 대항하려고 한다. 그녀는 무덤 같은 집안에서 생명과 사랑의 상징인 꽃을 꺾어 들어오며 이 저택 안에 숨어있는 에이브의 증오와 대조시킨다.

> 이 꽃을 따라 온실에 다녀왔어요. 우리 무덤이 약간 밝아질 필요가 있다고 느꼈거든요. 멀리 나갔다 돌아올 때마다 마치 묘지 같아요. 성경의 하얀매장소 말이에요─청교도식 회색빛 추함 위에 입힌 가면처럼 붙여진 이교식 사원의 현관이라고 할까! 그건 그의 증오를 위한 사원으로 이런 괴물을 지은 늙은 에이브 마농과 똑같다구요. (459)

마농 저택에 대항할 수 있는 세력은 크리스틴의 무의식에 존재하는 남해섬의 이미지이다. 저택이 억압, 증오, 긴장과 대립, 죽음을 의미한다면 남해섬은 해방, 사랑, 안전함, 자유로움이 충만한 환상의 세계인 것이다. 바다의 이미지는 인간의 원초적인 고향인 자궁의 의미를 포함하며 오린(Orin)이 프로이드의 오디푸스 컴플랙스적인 모친에의 애착을 보여주는 것도 사랑과 안전의 은둔처인 자궁에의 회귀본능에서 기인한다. 그래서 어머니 못지않게 오린도 남해섬을 추구하며 구원을 얻고자 한다. 남해섬은 무대 밖 이미지이지만 관객에게는 무대 위의 저택의 무대장치에 대항하는 거대한 힘으로써 부각되며 오닐 자신이 의도적으로 사용한 극적동기이기도 하다. 그는 남해섬을 통해서 이완, 평화, 안전, 아름다움, 양심의 자유, 온전함 또는 원시에의 동경, 모성 상징으로서 두려움으로부터의 비경쟁적인 태어나기 이전의 자유에 대한 동경 등을 나타내고자 한 것이다(Leonard Chabrowe 158).

여기서 주목할 점은 죽음의 저택의 영향 아래에 있는 에즈라나 라비니아도 남해섬에의 동경을 무의식 속에 지니고 있다는 사실이다. 전쟁에서 돌아온 에즈라가 크리스틴에게 남쪽 섬으로 여행하자고 제안하는 것은 그의 청교주의의 가면 아래 존재하는 무의식적 욕구를 드러내고 있는 것이다. 단지 운명적인 대저택의 억압에 의해서 무의식이 분열되고 왜곡되어있는 것이다. 챠브루우(Chabrowe)는 에즈라의 제안의 이유를 남해섬이 "모성과 재생에 대한 동경의 무의식적 이미지"(Chabrowe 158)라고 설명하고 있으며 에즈라 자신의 내면세계가 분열의 고통을 당하고 있음을 시사해준다.

O'Neill 의 표현주의 극중에서 분열의 양상을 무대 장치에 가장 극명하게 표현한 작품은『모든 신의 아이들 날개 달다 All God's Chillun

Got Wings』이다. 뉴욕의 흑인구역의 변두리에 자리잡은 한 골목이 무대 배경이 된다. 이 지역은 흑인과 백인이 인접하여 살지만 서로 어울리지 못하고 거리를 기하학적으로 양분한 듯 나누어 거주한다.

> 사 층 건물이 두 거리의 스카이라인 아래로 쭉 뻗어있다. 소방도로
> 는 사람들로 가득 차 있다. 왼쪽 거리에는 얼굴이 모두 하얗고 오른
> 쪽 거리는 온통 검다. (193)

표현주의의 무대장치를 사실주의의 경우와는 다르게 "양식화되고 단순화된 요소와 기하학적 형태를 선호하고 커다란 표면과 강하고 의미심장한 색깔을 사용하는"(Friedman and Mann, *Expressionismus* 232) 것으로 정의한다면 이 극의 경우와 일치하고 있음을 확인할 수 있을 것이다. 건물의 크기와 형태를 있는 그대로 재현하기 보다는 흑인구역과 백인구역을 효과적으로 대비시키기 위해서 기하학적인 도형을 그리듯 단순화시키고 있다. 거리를 메운 사람들은 등장인물의 역할과 함께 무대장치의 색깔의 대비라는 상징적인 역할을 하고 있는 것이다. 색의 대비는 사회적인 관점에서는 인종간의 분열을 나타내며 심리적 관점에서는 의식과 무의식의 분열로 확대시킬 수 있다.

이 극의 무대장치가 본격적으로 표현주의적 기능을 보여주는 것은 1막 4장에서 짐(Jim)과 엘라(Ella)가 결혼식을 마치고 교회에서 나오는 장면이다. 작가는 그들의 결혼에 반대하는 인종적 인습과 편견을 압박을 당하는 짐과 엘라의 주관적인 시각을 통해서 왜곡된 모습으로 표현하고 있다.

> 빌딩들은 단호하고 금지하는 듯한 모습을 띄고 있다. 모든 차양들이

내려있어 그들을 인정하지 않고 냉담하게 엿보는 사납게 응시하는
시선의 효과를 준다. 심지어 양쪽의 아치 형의 문에 있는 두 개의 크
고 좁은 창문 조차도 우중충한 차양으로 봉쇄되어 있다. (211)

　건물의 유리창과 차일이 무관심과 냉담한 표정은 『상복이 어울리는
엘렉트라』에서 저택의 현관의 셔터나 창문이 배타적이고 고립된 이미
지를 주었던 것과 유사한 역할을 하고 있다. 그들의 결혼을 용인해준
교회조차 그들을 성급히 내쫓는 인상을 준다. 이 구역의 거주자들은 표
현주의 수법상의 왜곡된 건물의 투영과 같이 분열된 사회의 편견과 압
력을 나타내기 위한 극적 도구로 이용된다. 교회종이 울리자 마치 신호
를 받은 것처럼 교회 문 앞 양편에 일 열로 늘어서서 흑백 두 사회의
경직된 의식을 나타내며 결혼의 축복 대신에 "씁쓸한 적대적 시선"을
던지고 있는 것이다. 이런 현상은 내면세계(microcosm)와 인간의식의
분열을 상징하는 외부세계(macrocosm)가 대립자 간의 장벽으로 인해서
서로 교통할 수 없을 정도로 악화되어 있음을 암시하고 있다.

　　짐과 엘라가 결혼한 후 교회를 떠나는 사장에서는 삶의 등급화, 구
　　역화, 소외, 조직화가 강하게 암시되어있다. (Goyal 82)

　2막에서 무대장치에서 짐과 엘라가 살고 있는 집의 실내를 나타내주는
데 벽에는 흑인의 내면세계의 상징인 콩고 가면과 백인사회를 지향하는
흑인의 현실영합적인 페르소나를 나타내는 짐의 아버지의 초상화가 대조
적으로 걸려있다. 백인사회에 순응하여 물질추구에 있어서 성공한 짐의 아
버지의 초상화는 그의 물질의 성취를 표시하는 의상과 장신구가 조화를
이루기 보다는 광대의 차림처럼 그로테스크한 효과를 준다.

한 쪽 벽 위에는 능력 있고 교활한 나이든 흑인의 천연색 사진이 무
거운 금박 틀 안에 걸려있다. 그러나 그는 이상한 기장을 달고 메달,
장식띠, 주름장식이 있는 정장용 삼각모를 쓴 채 치장한 성장을 차
려입고 있다-너무 부조화로운 효과를 주어 완전한 제복을 입은 나
폴레옹의 장군을 연상시킨다. (214)

　　2막 2장에서 무대장치가 정신적인 분열과 고립의 고통을 당하고 있
는 짐과 엘라의 심적인 상태를 나타내기 위해서 그로테스크하게 뒤틀려
나타낸다. 즉 무대장치가 "객관적으로 인지된 생각에 주관적인 환상을
부여하려는 노력의 표식들"(James Arthur Robinson 127-8)로 내면의
진실한 모습을 나타내는 역할을 수행한다. 그래서 그들이 주위로부터
고립되고 방이 정신적인 "감옥"으로 여겨지는 상황을 표현하기 위해 벽
과 천장이 더욱 조여오는 듯한 효과를 내고자 한다. 또한 그들의 정신
적 갈등의 상징인 초상화와 콩고 가면은 크게 다가오도록 묘사하고 있
다.

　　O'Neill의 작품 중에서 효과음과 조명을 통해 그로테스크한 효과를
내어 등장인물의 삶의 분열성과 혼돈을 강조해주는 극은 『황제 존스』,
『털복숭이』, 『모든 신의 아이들 날개 달다』, 『밤으로의 긴 여로』이다.
주로 표현주의적 효과를 의도하기 때문에 사실적 재현의 목적보다 내면
의 모습을 진실되게 나타내기 위한 극적수법으로 이해하는 것이 바람직
하다. 물론 후자는 표현주의의 범위에는 속하지 않지만 사실적 효과음
을 내면세계와 연결시켜 상징적인 의미를 만들고 있다.

　　『황제 존스』에서 이용되는 "톰-톰"(tom-tom)의 음향효과는 『카
디프를 향하여』에서의 반복되는 호각 소리와 비교될 수 있으며 "관객
의 신경을 자극하는 극적 수법"(Camillo Pellizzi 354)으로 보아야 할 것

이다. 운명적으로 바다에 묶여있는 선원인 양크가 육지에 농장을 사서 바다를 떠나 살고 싶은 환상을 가지고 있지만 배에서 치명적으로 상처를 입고 죽음을 기다리는 모습을 후자에서 보여준다. 또한 양크는 육지에 묻히기를 희망하지만 바다의 보이지 않는 힘을 상징하는 안개가 배를 바다에 묶어 놓으며 그 위력에 대한 경고인 호각 소리만 반복해서 들려오는 것이다. 결국 그의 환상이 선원으로서 바다에 운명적으로 속해 있다는 사실로부터 유리되어 있음을 음향효과는 강조해 주고 있는 것이다. 이러한 "둘러 싸고있는 운명"(Pellizzi 354)을 나타내는 음향효과는 황제 존스가 추적당하며 듣는 북소리에서도 같은 맥락에서 파악할 수 있다. 북소리는 표면적으로는 원주민들이 착취자인 존스를 뒤쫓으며 두드리는 소리이지만, 심층적으로는 기만적인 의식의 가면을 벗어가면서 느끼는 살인에 대한 죄의식과 흑인의 인종적 운명에 대해 반응하는 정도를 나타낸다고 볼 수 있다. 즉 자신의 페르소나로 숨기고 싶은 살인죄, 노예였던 조상들의 처참한 경험들이 되살아나면서 그의 내면세계는 의식과 무의식의 혼돈 속에서 "공포에 대한 청각적인 심전도"(Rudof Hass 145)의 속도가 빨라지는 모습을 보여주는 것이다. 존스는 은제 총알이 아니면 죽지 않는다고 자신을 신비화시키는 심리적인 기만을 보여주나 북소리와 환영에 스스로 굴복하고 최후의 심리적인 보루인 은제 총알을 쏘고 마는 것이다. "톰-톰"의 효과음은 존스의 의식과 무의식의 분열을 가속화시키는 촉매적 역할을 한다.

이 극의 조명 수법은 무대장치와 연관을 가지고 존스의 의식상태에 따라 비례적 변화를 보여주는 표현주의적 색채를 강하게 풍긴다. 먼저 의식의 상징물인 궁전의 조명은 빛나고 있는 "노랑 햇빛(yellow sunlight)"를 이용하고 있으며 2장에 있어서 무의식을 상징하는 숲의 조명은 시간적으로 밤이라는 변화를 주면서 진한 어두움으로 조명을 낮추고 있다. 밤 열한 시의 숲을 그리는 4장부터는 무의식의 어두움이 옅어지면서 인식의 문이 열려가고 있음을 나타낸다. 그리고 그가 자신의 죄를 고백하는 5장의 조명은 달빛이 원형의 벌목지에 "밝은 빛(clear light)"으로 쏟아져 들어와 그의 인식의 정도가 비례적으로 심화 되어감을 나타내고 있다. 흑인들의 제의 의식을 보여주는 7장은 강물이 "달빛에 빛나고 조용한(brilliant and unruffled in the moonlght)"한 광경을 보여줌으로써 내면세계에 대한 깊은 인식을 표현해주고 있다.

『털복숭이』에서 사용하고 있는 음향효과와 조명은 현대인이 자신의 본성이나 환경으로부터 분열되어 소외당하고 있는 상황을 강조해준다. 3장의 화부실에서 사용하는 음향효과는 주로 기선의 동력에 관계되어 있다. 화부실 밖에서 들려오는 날카로운 호각 소리는 힘들게 삽질하는 화부들을 재촉하는 것이며 거대한 화로의 문이 열리고 닫히는 금속성의 소리는 불협화음의 효과를 준다. 등장인물들은 이런 혐오감을 주는 문명의 파괴적인 소리에 따라 기계적인 소리에 따라 기계적으로 움직이는 로보트일 뿐이다. 궁극적으로 화부실의 소음은 배후에서 들려오는 화로의 피어오르는 불길과 엔진의 단조로운 진동에 좌우되며 배후에 숨어있는 문명의 거대한 힘을 느끼게 한다. 끊임없이 괴기한 소리를 내며 움직이는 기계는 인간의 개인적인 사정과는 무관하게 작동되기 때문에 인간은 단지 종속되어 희생될 뿐 아무런 유대감을 느낄 수 없다. 패디는 "그래, 이 악마의 시계는 결코 멈추지 않아. 난 완전히 파괴되고 말았어"(154)라고 호소하지만 기계의 필요성에 따라 혹사당하지 않으면 안 된다. 여기서 음향효과는 기계문명과 인간의 분열된 관계를 강조하는 역할을 하고 있는 것이다.

이 극의 조명은 2장의 갑판 위를 나타내는 "자연적인 조명"과 3장의 화부실의 희미한 전구가 비추어주는 "인위적인 조명"을 대조적으로 나타내어 "소외현상이 단지 양크뿐 아니라 현대인의 질병"으로 일반화할 수 있다는 느낌을 준다(Robinson 109). 2장의 배경은 주위의 바다의 아름답고 생생한 모습을 그리고 있으며 자연적인 조명으로 "거대한 물결 속에서 갑판에 햇빛이 비치는"(148) 풍경을 보여준다. 여기서 대립적인 존재는 밀드레드(Mildred)와 그녀의 숙모로서 생명력으로 가득 찬 자연환경에 반대되는 "조화롭지 못하고 인위적이며, 생기가 없는 인물"(148)로 묘사되는 반생명적인 이미지를 담고 있다. 그래서 자연적인 조명의 효과는 생명력을 상실한 두 여인의 형상을 더욱 그로테스크하게 나타나게 하여 그들이 대표하는 상류사회가 자연으로부터 소외되어 있음을 강조해준다. 3장의 조명은 석탄 먼지로 뒤덮힌 어두운 공기 사이로 겨우 비치는 "머리 위에 높게 걸려있는 전구"(154)의 인위적인 불빛이 있을 뿐이다. 이런 어두운 불빛 아래에서 화부의 형상은 삽을 들고 있는 그림자로 보이며 삽과 육체가 구별되기 어렵다. 즉 인간이 존엄성을 가진 정신적 존재로 평가되지 못하고 단지 뜨거운 화로에 기계적으로 삽질하는 기계장치에 불과하다는 인상을 준다. 결국 산업사회에 속하는 인간은 상류사회나 노동계급이 모두 자연이나 자신의 본연의 내적 영역으로부터 분열과 소외를 스스로 저지르거나 외압에 의해서 당한다는 것을 보여준다.

『밤으로의 긴 여로』는 표현주의 작품이 아니지만 음향효과의 사용이 매우 상징적인 의미를 지니고 있고 오늘의 비극관과도 무관하지 않다. 오닐은 초기극에 속하는 『카디프 동쪽을 향하여』부터 사용해 온 안개를 인간에게 드리워진 운명의 상징에서 이제는 남자들의 도취와 메리의 환상의 상징으로 나타낸다. 안개와 더불어 쓰이는 효과음은 안개 경보이며 메리가 싫어하는 상징적인 소리이다. 안개에 대한 메리의 반응은 애증병존 심리를 보이고 있다. 즉 마약에 취한 상태에서는 안개의 불길한 분위기에서 오는 죽음에 대한 예감을 싫어하고 안개가 자신을 현실로부터 격리시켜 자신만의 환상에 젖을 수 있게 하기 때문에 애착을 보인다. 이에 반해서 안개경보에 대한 반응은 일관적으로 부정적이다. 이 극의 3막에서 묘사되는 배경은 저녁 여섯 시 반인데도 어둠이 밀려들기 시작한다. 물론 때 이른 어둠은 안개에서 비롯되기 때문에 안개 경보가 울리며 다가올 위험을 암시해준다.

> 항구 입구 너머의 등대로부터 안개경보가 신음하는 고래처럼 낑낑거
> 리며 규칙적인 간격으로 들리는데 항구로부터 간간이 정박해 있는
> 요트 위에서 경고벨이 들려온다. (97)

규칙적으로 울리는 안개경보는 정상적인 상태의 메리에게 다가올 죽음과 위험을 되살려주는 수단이 될 뿐 아니라 마약에 취한 그녀에게 현실세계로 돌아가 책임 있는 아내와 어머니가 되어야 한다고 경고하는 이중적인 역할을 하는 것이다(Norman Berlin 9). 후자의 경우에 안개경보는 현실과 환상의 경계선을 마약의 힘을 빌어 도피적으로 넘나드는 메리에게 도덕적인 죄의식을 부과하는 기능을 하고 있다.

> 난 안개경보를 증오해. 널 혼자 내버려두지 않거든. 그것은 널 계속
> 해서 연상시키고 경고하며 다시 회상시킨단 말이야. (99)

메리가 고백하고 있듯이 안개경보는 현실과 환상의 시각적인 대조

를 보여주는 안개에 대해서 청각적으로 분열의 위험성을 암시해주는 작용을 하고 있는 것이다.

　오닐의 극적 수법들이 갈등하는 내면세계를 외적으로 표현하는 방편으로 이용되는 있다는 사실은 표현주의 수법에서와 마찬가지로 심리적 수법에서도 발견할 수 있다. 즉 분열된 인간성을 표현하기 위한 극작가의 일관된 의도를 전통적인 수법으로 알려진 독백, 방백, 이인일역의 수정된 사용에서 추적할 수 있는 것이다. 독백과 방백은 배우와 관객 사이의 연극적인 전통으로 굳어져서 등장인물의 숨은 생각이나 관객에게만 전달하려는 이야기를 표현하는 전통적인 수단으로 사용되어왔다. 그러나 오닐은 내면세계의 표현이 용이한 이 수법들의 심리적인 기능을 더욱 심화시켜 내적인 분열을 그리도록 적극적인 노력을 기울였다. 『황제 존스』는 숲 속의 장면이 긴 독백으로 이루어져 있으며 이를 통해 존스의 의식의 양면성을 보여주며, 『모든 신의 아이들 날개 달다』의 엘라가 의식이 분열되어 고통을 당하는 독백의 장면과 유사한 면을 보여주고 있다. 엘라의 콩고 가면 앞에서의 독백은 긍정과 부정이 교차된 언어를 통해서 심적인 분열상태를 여실히 보여준다.

　『이상한 막간극』에서의 방백은 표어(signifier)와 표의(signified) 사이의 분열을 나타내고 있다. 오닐은 음성으로 표현되는 말과 진실된 생각을 나타내는 방백을 교차적으로 사용하여 등장인물의 분열된 인간성을 심리적으로 분석하여 보여준다. 『끝없는 날들 Days without Ends』은 심리적인 분열을 이인일역의 극적수법으로 나타내며 소설가인 존과 그의 분신인 러빙을 대조적으로 보여준다. 이 극은 러빙에게 존의 얼굴과 똑같은 가면을 쓰게하여 외형적으로 동일한 모습을 가진 분신으로 나타낸 반면에 정반대의 생각을 가진 존재로 부각시킨다. 이러한 수법을 극적으로 발전시키기 위하여 기존의 수법에 심리적인 의미를 부여한 극작가의 의도를 살펴볼 수 있을 것이다.

『황제 존스』는 2장부터 7장까지 존스 혼자만의 독백을 전개한다. 이 독백을 통해서 존스의 페르소나에 가려져 있던 겁많은 흑인의 모습이 그대로 드러나는 효과를 주고 있다. 이 독백은 마치 분리되어 있는 대사로 나타나지만, 사실 존스의 무의식은 의식의 흐름의 수법처럼 연속으로 연결되어있다. 그래서 1장의 황제의 위엄 있는 모습과는 대조적인 내면의 실체를 보여주는 것이다. 또한 이 독백의 수법은 반대적인 심적 요소를 쉽게 표현할 수 있는 기능을 발휘한다. 4장에서 존스는 불가피한 공포와 황제로서의 기만적인 자위가 반복하여 나타난다. 그의 의식은 점차적으로 분열의 과정을 체험한다.

> 이 숲은 밤에는 괴상한 것들로 가득하단 말이야. (갑자기 공포에 사로잡혀) 오 하나님, 더 이상 이 환영들을 보지 않게 해주소서! 그놈들은 나를 겁나게 한단 말이야!(혼자 중얼거리더니 자신을 가진다) 환영들! 넌 바보 같은 검둥이야, 그게 결코 그런 게 아니란 말이여! 침례교 목사님이 여러 번 말씀하셨잖아? 넌 문명화 된 거야 아니면 무식한 검둥이와 같니? (261-2)

존스는 자신이 문명화되어 있는 현대인인지 숲에 대한 미신적인 공포에 사로잡혀 있는 무식한 흑인에 불과한지에 대해 확신을 가지지 못하고 우왕좌왕하는 모습을 독백을 통해 보여준다.

존스의 독백과 비교할 수 있는 상황은 『모든 신의 아이들 날개 달다』에서 엘라의 독백 장면이다. 이 극의 1장 마지막 장면에서 흑과 백이 대립한 사회를 피해 유럽으로 은둔생활을 하고 돌아온 흑인에 대한 심한 혐오증에 사로잡혀있다. 그러나 이전에 가까이 지냈던 백인들이 그녀를 무시하고 흑인으로 취급하는 것을 알고 심적인 곤경에 빠지고 만다. 왜냐하면 자신은 짐에 대해서 백인의 우월감을 보이고 콩고 가면이 상징하는 흑인문화에 대해 혐오감을 보이는데도 외부사회에서는 자신을 흑인으로 간주하는 것이 이해되지 않는 것이다. 그녀는 독백을 통해 자신의 분열된 정신상태를 보여준다.

> 쇼티! 쇼티! 이봐요, 쇼티! (그녀는 밖으로 몸을 내밀고 손을 흔든다ー그리고는 멈추고는 아래를 내려보는 채로 머물러 있다가 숨으려는 듯 갑자기 방 안으로 돌아온다. 얼굴에 온통 고뇌에 차 있다.) 자! 자! 이상하지? 아냐, 그는 네 말을 듣지 못한 거야. 아냐, 들었어! 그는 틀림없이 들었다구! 저ー기에서도 들을 수 있을 정도로 크게 소리쳤거든! 아냐, 무슨 소릴 하는 거야? 저 아래 아이들이 떠들어대는데 그가 어떻게 들었겠어? 한 마디도 안 들었을 거야, 장담해!
> (222-3)

엘라는 쇼티라는 옛친구가 지나가는 것을 보고 소리쳐 부르지만 아는 채 하지 않고 지나가 버릴 때 백인 사회로부터의 비정한 소외를 정신적으로 감당하지 못한다. 그래서 그녀는 왜곡시켜 자위를 획득하려는 자기기만적인 환상을 가지려고 노력하고 있다. 그녀의 독백은 쇼티가 그녀의 소리를 들었는지의 여부를 두고 긍정과 부정의 전환을 신속하게 보여줌으로써 그녀의 의식의 분열을 극적으로 묘사하고 있다.

방백을 인간의 의식의 분열을 보여주기 위한 '들리는 사고(Audible Thinking)'의 수법으로 새롭게 이용할 수 있는 작품은 『이상한 막간극』이라고 볼 수 있다. 이 수법의 주요 목적은 "인물의 생각과 그의 표현된 말 사이의 갈등을 보여주는 것"이며, 겉으로 표현된 말은 "방백의 사회

적 또는 가면적 기능"(Timo Tiusanen 226)을 하고 있다. 이 극의 주인
공인 니나는 전쟁에 나가는 애인 고돈(Gordon)과 결혼하려는 희망이 아
버지 리드교수(Prof. Leeds)에 의해서 좌절된 후 고돈이 전사하자 심한
정신적 후유증에 시달리게 된다. 그녀는 자신의 이상적인 사랑을 훼방
한 아버지의 의미가 사랑하는 보호자에서 이기적인 질투자로 전락하는
느낌을 받는다.

> 니나(진저리치듯 냉소적으로 생각하며) 죽은 언어 교수가 다시 말하
> 는군 . . . 죽은 사람이 삶의 과거에 대해서 강의한다 . . . 내가 태어
> 날 때부터 그의 강좌를 들었어, 사랑스럽고 주의 깊은 학생이며 딸
> 인 니나 . . . 내 귀는 죽은 자로부터의 생명 없는 메시지로 멍하다거
> 든 . . . 그가 나의 교양 있는 아버지이기 때문에 듣는다구 . . . 내
> 아버지라서 약간 더 귀머거리가 되는 . . . 어버지라구? 아버지가 뭐
> 지? . . . (296)

니나는 특정한 목적물에 상응하는 상징적인 언어의 부적절성을 인
식함으로써 외부에 드러내는 언어와 방백 속에 존재하는 실제 생각 사
이의 모순과 대면하지 않을 수 없는 상황에 빠지게 된다. 또한 아버지
라는 대상이 상징적 의미에서 벗어남을 체험할 때 그의 말은 생명력을
상실하고 무의미한 음성으로 남아있을 뿐이다.

> 니나(생각에 잠기며) 말을 한다! . . . 피곤이 가득하고 죽어가는 음
> 조 같은 그의 목소리가 거지의 기관지에서 웅웅거린다 . . . 부푼 쓰
> 레기 속에 있는 무덤에서 흘러나오는 그의 말들. (296)

니나의 아버지의 친구인 마스덴(Marsden)은 오디푸스 콤플렉스에서

벗어나지 못한 심약한 남자로서 딸이나 다름없는 그녀를 사모한다. 그는 자신이 하고싶은 말을 솔직하게 표현하지 못할 정도로 적극성이 부족하기 때문에 그의 방백은 심한 대립현상을 나타낸다. 그는 심한 갈등의 고통을 견디기 못하고 회피적인 자세를 취한다. 니나가 고돈과 육체적인 결합의 좌절을 한탄하자 그는 충격을 받는다.

> 리드 교수: (생각하며 – 분노하여) (방백) 짐승같으니라구! . . . 게
> 다가 내 딸이! . . . 그 애는 나한테 그걸 받았을 리 없어!
> . . . 지 어미가 저랬던가? (건성으로) 니나! 난 정말 들을
> 수 없구나!
> 니나: (야만스럽게) 저건 분명히 아빠가 말한 거야! 잠깐, 그가 고돈
> 에게 말했었지! 전쟁이 끝날 때까지 니나를 기다리라고, 그러
> 면 좋은 직장도 잡고 결혼허락을 받을 거라고!
> 리드 교수: (애처롭게 우물거리며) 니나야! 난–!
> 마스덴: (서둘러 그에게 다가가며) 그 애 말을 너무 심각하게 받아들
> 이지 말게! (신경질적으로 반발하며 생각한다) (방백) 니나
> 가 변했어 . . . 이젠 육체적이고 . . . 정욕과 . . . 누가 그녀
> 가 이렇게 관능적이라고 생각이나 했나? . . . 여기서 벗어났
> 으면 얼마나 좋을 까! . . . 오늘 여기 오지 말았을 걸! . . .
> (299)

오닐이 방백이라는 심리적인 극적 수법을 통해 이루고자 하는 것은 극적 기술의 창조라는 면을 간과할 수 없겠지만 궁극적으로는 인간성의 분열이란 비극관의 극적 실현이라고 간주해야한다. 관객에게 견디기 어려울 정도의 관람시간을 요구해야하는 공연적인 난관에도 불구하고 이를 관철시킨 이유는 비극관에 대한 수법의 적절성 때문이다. 현상적인 언어가 상징하는 표피적인 삶과 언어로 표현할 수 없는 내면의 세계는

적절한 균형과 통합을 이루지 못하고 갈등하는 두 자아를 나타내고 있다. 또한 이러한 수법을 한 인물에 국한시키지 않고 등장인물 전체에 보편적으로 사용한 의도는 현대인의 질병으로서 분열을 강조하기 위한 것이다.

> 생각과 말이라고 하는 소리 사이의 모순을 드러냄으로써 오닐은 삶은 거짓이라는 신념에 대한 기초를 제공했다. 매끄러운 외형의 가면 아래의 갈등하는 자아들의 복잡성을 외연화하여 분열된 인간성에 대한 친숙한 개념을 다시 한번 사용함으로써 분열에 대한 만연된 의미를 강화하였다. (Engel 226)

인간의 마음 속에 대립하는 두 자아를 무대 위에 가시화하려는 오닐의 노력이 구체화된 작품은 『끝없는 날들』이다 이 작품은 대립적 자아를 가면이나 방백 등의 간접적인 수단이 아닌 역할이 분리된 두 배우를 동시에 등장시켜 인간성의 분열의 상황을 극명하게 드러낸다. 소설가인 존과 그의 분신인 러빙이 동일한 얼굴로 관객 앞에 나타나지만 그들이 추구하는 가치관은 긍정적이고 화합적인 기독교적 자세와 부정적이고 파괴적인 메피스토펠레스적 자세로 대립을 보여주어 아이러닉한 분위기를 연출한다. 존의 모습은 "다소 무거운 전통적인 미국인 타입의 훌륭한 용모를 지녔으며 잘 생긴"(15) 형인 반면에 러빙은 존의 "정확하게 존의 용모를 재생시킨 가면인데―입술에 냉소적 조롱으로 죽어있는 존의 가면"(16)으로 나타내고 있다. 이렇게 두 인물이 똑같은 가면을 사용하는 방법은 『위대한 신 부라운 *The Great God Brown*』에서 부라운이 디온의 가면을 써서 분열된 가면을 쓰는 시점이 극의 중반 이후이지만 이 극은 처음부터 분열된 두 자아를 나타내도록 러빙에게 고정된 가면을 제공하는 이인일역의 수법을 쓰고 있다.

존은 그가 구상하는 소설의 결별에 대해서 결정을 내리지 못했지만 남편이 부정을 고백하고 아내가 용서함으로써 과거에 상실한 신앙을 획득하려는 잠재적인 의도를 지니고 있다. 여기에 반해 결혼과 사랑에 절대적인 가치를 두고있는 아내의 믿음을 무시하고 그녀의 죽음을 유도하는 러빙은 존의 신앙을 파괴하려드는 악마적인 자아를 나타낸다. 이렇게 상반된 자아가 한 몸을 이루고 있으면서도 끝없이 갈등하고 있는 인간에게 주어질 수 있는 탈출구를 찾는 것이 구도자로서의 오닐의 목표인 것이다. 이 극을 쓴 1930년대 중반까지 오닐은 초월적인 가치를 충실히 구함으로써 인간의 동물성을 순화시키고 다스릴 수 있다는 생각을 가졌다(Nagylaszlo, "The O'Neill Legend" 124). 이 작품에서의 초월적인 가치는 기독교 신앙이며 동물성은 파괴적이고 이기적인 러빙이 보여주는 악마적인 기질을 의미한다.

> 우리 내면에 수성을 가지고 있고 그것을 정화시킬 수 없다면 이상적인 것은 정말로 실질적인 것을 파괴할 수 있고 영혼은 육체를 극복할 수 있다. 그러나 실체 위에 있는 상위 세계에서는 우리의 악마적인 본능을 제거할 수 있다. 이 상위세계에 대한 믿음은 수성을 방면하는 것에 대해 우리를 사면할 수 있다. (Nagylaszlo 124)

초월적인 신앙이 굳건하게 자리잡지 못한 인간은 동물성의 유혹이 있을 때 그것을 순화시켜 극복하는 힘이 부족하다. 존은 아내 엘사에 대한 사랑은 흔들리지 않지만 어릴 때 가졌던 신앙이 상실되었음을 일막의 베어드 신부와 대화에서 보여준다. 존은 자신의 경험과 동일한 줄거리를 가진 소설의 플롯에 대해 설명하는 형식으로 신앙의 상실 이유

를 밝힌다. 즉 신실한 믿음을 가진 부모가 전염병에 걸려 위험한 상황
에 놓이자 혼신을 다해 기도했지만 아무런 보람없이 죽음을 당한 경험
이 오닐의 경우처럼 신에 대해 의심을 품는 결정적인 계기가 된다. 그
는 결혼 후 엘사와의 이상적인 사랑을 통해서 자신의 상처를 치유하는
듯 하지만 결국 그들의 행복을 질투하는 아내의 친구 루시의 성적인 유
혹에 굴복하고 만다. 죤의 심리 속에는 아내와의 신앙의 순결을 지키려
는 죤의 자아와 동물적인 욕망으로 잠복해 있다가 신앙의 순화를 받지
못하고 도덕적인 실수를 자초하는 러빙의 자아가 공존하는 것이다. 루
시는 죤에 대한 절대적인 믿음을 가지고 있는 엘사를 무너뜨리기 위해
그와의 부정한 행위를 우회적으로 전해준다.

> 어떤 핑계를 대어 그를 내 침대로 끌어들였지. 그러나 그는 마치 자
> 신과 나에게 구역질이 난 듯 나를 밀치더구나. 하지만 난 그를 놔주
> 지 않았지. 그러자 이상한 일이 일어났어. 갑자기 어떻게 설명해야할
> 지 모르겠다. 넌 내가 미쳤거나 웃긴다고 생각하겠지만 그 이는 더
> 이상 존재하지 않았어. 눈길이 증오에 차있고 무서운 낯선 사람이었
> 어. . . . 나처럼 복수심에 가득 찬 악마 같은 것이 그의 마음 속 어
> 딘가에 숨겨진 곳을 보고 있는 것 같았다구. 그건 나를 놀라게 하고
> 매혹시켰지. (70)

아이러닉하게도 죤을 사랑하는 엘사의 눈에 보이지 않는 그의 부정
적인 자아인 "러빙"의 존재가 오히려 루시의 눈에 분열되어 나타나고
있다. 죤은 그와의 부정을 알리기 위해 방문하는 루시의 전화를 받고
전혀 과거의 부정에 대해 개의치 않고 본래의 관계로 회복하려고 한
다. 그러나 그의 분신인 러빙은 이것을 기화로 아내의 죽음을 암시하는
플롯 구성에 박차를 가한다.

러빙: (비웃으며) 네 무서운 죄가 너에게 다가오기 시작하지, 응? 그
　　　러나 그건 네가 아니었어. 너를 사로잡은 건 어떤 악령이었다
　　　구! . . . 그러나 억지가 많지. 자, 너의 플롯으로 돌아가자구.
　　　아내가 죽는다— 폐염이 되는 유행성 감기 때문에 말이야, 말
　　　해봐.
존: (광폭하게 시작하다— 말을 더듬으며) 빌어먹을 무엇 때문에 넌
　　　그걸 선택했지? (53)

　　두 사람의 대사는 적대적인 사람이 하나의 사건에 대해 대처하고
해결하기 위해서 정반대의 방향으로 나가려는 인상을 준다. 그러나 두
사람이 서로 분리될 수 없는 관계라는 점이 현대인에 대한 오닐의 비극
관이다. 그들은 서로 각자의 길을 고집하여 반목하므로 해결의 희망이
전혀없는 교착상태에서 끊임없는 갈등을 보여줄 뿐이다. 이 갈등을 뛰
어넘을 수 있는 초월적 신앙의 회복만이 유일한 해결의 비전이다. 이를
위한 오닐의 선택은 극의 결말을 통해 이해할 수 있다.
　　오닐의 표현주의 극에 나타난 분열을 나타내기 위한 극적 수법은
현대인에 대한 비극적 관점을 표현하기 위한 노력으로 평가되어야 한
다. 그의 극들이 새로운 형식의 수법을 개발하여 관객으로 하여금 극적
호기심을 자극하고 극적 세계의 지평선을 확장시키는데 공헌하였다는
사실은 간과해서는 안 된다. 그러나 수법의 양적인 화려함에 몰입한 나
머지 그 것들이 지향하는 비극관과의 상관관계를 이해하지 못한다면 그
의 극의 세계의 질적인 면을 놓치는 결과를 낳게 된다. 즉 그의 표현주
의나 심리적 수법은 현대인의 정신적 분열에 대한 원인을 진단해내고
이에 대한 처방책을 제시하는 것이며 물질문명에 의해 불모화된 내면세
계를 회복하기 위한 수단으로 사용되고 있는 것이다.
　　오닐은 현대인들이 몰입하고 있는 이성을 중심으로 한 의식의 세계

와 억눌려서 그로테스크한 형상으로 묘사되는 무의식의 세계를 대조시킴으로써 인간의 내면세계의 분열을 강조한다. 그는 분열에서 오는 고통을 현대인의 정신적 질병의 징후라고 주장한다. 분열은 대립자의 조화의 상실에서 기인하기 때문에 회복하기 위해서는 인간의 영적 영역이나 본능의 근원으로 일방적으로 비대해진 무의식을 억누르거나 불모화시킨 이성과 의식에 대한 경계심이 필요하게 되는 것이다. 감옥에 갇혀 있는 양크나 숲 속에서 방황하다 죽고 마는 존스는 현대인의 상징적인 존재로서 영적인 구원에 대한 갈증을 느끼게 해주고 있다. 결국 오닐의 표현주의 및 심리수법의 성공의 시금석은 그가 공언했듯이 인간에게 영적인 산소를 공급할 수 있는 사원으로서의 역할과 그 필요성에 대한 공감의 획득에 있다. 오닐의 관객은 자신의 내적 세계로부터 소외되어있는 페르소나 뒤의 참자아와 그로테스크한 표현주의 수법으로 상징되는 인간의 질식되어 가는 내적 영역을 자신의 진정한 자아로 수용하고, 이를 통해 올바른 모습으로 회복하도록 하려는 오닐의 노력을 인식해야할 것이다.

3장 제의와 통합의 비젼

신화적인 단계에서 제의는 분명히 인간과 신의 관계를 도모하는 방편으로 사용되었으며 신의 영역에서 소외된 인간사회의 상실된 정신적 영역을 회복하고 신과의 관계를 정립하는 계기로 삼았다. 제의는 신에 대한 인간의 적극적 접근방법이며 신의 섭리에 대한 완전한 응답이나 인간 개성의 형이상학적 제요소를 갖춘 위엄으로의 영적승화라고 볼 때 인간생존의 최상의 본질이다(Kaal Jung 379-80). 황폐한 왕국을 구하려는 성배전설의 중세기사가 추구했던 생명의 원천에 대한 비법은 단순한 현상적 물줄기의 회복이 아니라 신과의 관계가 왜곡됨으로써 고갈된 영적인 생명수를 인간사회에 흐르게 하려는 목적에서 비롯되었던 것이다.

오늘이라는 시적 선각자가 목말라한 이유는 정치적 불만, 경제적 불평등 같은 현실적 문제가 아니라 영적 빈곤에서 오는 정신적 증후군 때문이었다. 그는 중세의 기사처럼 생명수의 비법을 전수받아 물질문명이 일으키는 내적 공해로 인해 질식해 가는 정신세계에 맑은 산소를 공급하고자 하였다. 이를 통해 영혼을 정화시키고 고상하게 만들 뿐 아니라 과학적이고 사회학적 사고에 의해서 의미를 상실한 우주에서 영적 의미를 창조하고자 하였던 것이다(Sinha 89). 오닐은 극장이 단순한 탐미적 추구나 이념적 선전장이 아닌 영적 목적을 수행하는 사원 같은 역할을 하여야 한다고 보았다. 오닐은 극장이 종교적 기능을 수행하기 위해서는 현대인의 분석적 이성보다 신과 밀접하여 살았던 고대 그리스인들의 정서가 더 효과적이라고 보았다. 그래서 연극공연시 제의적 수법이 고대인의 깊은 종교적 정서를 체험하도록 이끈다고 생각했다. 그는 정서적 저류에 도달하려는 목적으로 연극 속에 많은 제의적이고 리듬적인 수법을 사용하였다. 극작가로서 그의 목적은 항상 관객으로 하여금 무대 위에서 좀더 깊은 수준에서 반응하게 하여 삶 그 자체와 디오니소스적인 교감을 경험하게 만들려는 것이었다(Chabrowe 16).

비극 속에서 오닐의 추구는 현대인의 내면세계의 분열상이나 치유할 수 없는 사회적. 가정적 갈등을 보여주기보다는 그것의 변형의 힘을 이용하여 오염된 가치체계를 전복시키고 새로운 정신세계를 창조하려는 것이었다. 세속적 욕망보다는 정신적 가치를 추구하지 않을 수 없는 인간의 행위를 형이상학적 상징을 만들고자 하는 인간의 기본적 욕구라고 보는 수산 랭거의 견해는 신의 상실을 현대인의 질병으로 보는 오닐의 생각과 맥을 같이 한다(Bocock 21). 현대인의 문제점은 인간이 살아갈 때 신적 존재처럼 영적 생명으로 승화하는데 필요한 제의적 행위를 망각하였거나 본래의 진지성을 상실함에서 기인한다. 제의가 인간의 삶에서 성스러움을 회복하여 삶의 질을 향상시킬 수 있다면 제의를 상실한 삶은 세속화의 길로 퇴행하지 않을 수 없다(Bocock 21). 인간의 삶에 상징적 의미와 가치의 중심을 만드는 제의적 행위는 영적 혼란에 빠져있는 현대인에게 가장 절실한 도구로 인식되어야 한다. 이는 제의가 인간의 무의식 속에 흐르고 있는 고대인의 정서와 극단적 이성주의에 바탕을 둔 사회적 생활 사이의 분열을 치유할 수 있는 유일한 길이기 때문이다.

제의는 육체적 감정이나 정서를 이성적. 사회적 목적과 결합시킬 수 있으며 육체와 지성 사이의 갈등을 치유할 수 있다. 제의가 없다면 삶은 인간의 감정이 없는 기술적이고 냉정한 실용주의적 존재로 전락하고 말 것이다(Bocock 37). 오닐은 현대의 병이 전통적인 신의 죽음과 삶에 의미를 주고, 죽음의 공포로부터 인간을 위안해 주는 대체적인 영적존재를 찾지 못하였다는 정신적 딜레마에서 발생한다고 보았다. 과학과 물질주의가 원시적 신앙본능을 회생시킬만한 새로운 대안이 되지 못하였기 때문에 제의를 통한 신앙적 본능의 부활이야말로 현대인에게 절실하다고 보는 것이다.

1. 성인식 제의의 형태와 통합

성인식 제의를 오닐의 작품에 적용시키기 위해서 그의 작품의 인물들의 분열현상과 혼란을 반 게넵(Van Gennep)의 분리(seperation), 전이(transition), 결합(incorporation)의 성인식 발전과정에 맞추어 분석해보자 한다. 빅터 터너는 『제의에서 연극까지 *From Ritual to Theatre*』에서 성의식 제의를 성장과정의 소년, 소녀에게 성인으로 인정하여 사회의 책임 있는 구성원으로 맞아들이기 위해서 행하는 사회적인 의식이라고 설명한다. 분리단계는 속되고 세속적인 공간과 시간으로부터 신성한 공간과 시간을 분리시키는 시기이다. 전이단계는 제의에 종속된 자들이 서로 모순되는 요소들을 동시에 겪게되는 모호성의 시기와 지역을 통과하는 단계이다. 통합단계는 제의의 종속자들이 전체사회에서 상대적으로 안정되고 잘 정의된 위치로 새롭게 회귀한다(Turner 24).

『황제 죤스 *Emperor Jones*』는 형태적으로 성인식 제의의 요소를 가장 많이 포함하고 있는 작품이다. 오스트레일리아나 아프리카 부족사이에는 제의에 참여하는 소년들이 정상적인 사회적 상호관계에서 단절되어서 숲 속에서 상당한 기간을 지내야 하는데 본 작품의 배경이 숲 속이라는 점이 일치하고 있다. 제의에 참여자가 사회로부터 단절되어 지내는 시기가 일식이나 월식으로 시각적으로 보이지 않는다는 점에서도 암흑상태에서 내면적 시련이 어두운 밤에 일어나는 죤스의 경우와도 비교할 수 있다. 제의형태로 나타나는 청각적 요소로는 죤스를 뒤쫓는 원주민들의 북소리인데 이 리듬은 제의에서 사용되는 필수적 형태다. 수산 랭거의 정의대로 제의가 인간의 상징화의 시도라고 본다면 죤스의 은제 총알은 "운명의 상징"을 나타내는 것으로 제의적 측면에서 해석할 수 있을 것이다.

죤스는 신분적으로 조그만 섬의 왕으로 군림하고 있지만 성인식 제의를 거치지 않은 소년처럼 삶에 대한 성숙한 의식을 보이지 못한다. 그는 사회적으로 중요한 위치를 차지하고 있는데도 불구하고 탐욕스러운 어린아이의 수준을 벗어나지 못한다. 그는 소꿉놀이에서 왕의 역할을 하는 아이처럼 물질에 대한 욕구를 충족시키기에 급급하다. 그는 자신의 정체성에 속하지 않은 백인 문화를 선망한 나머지 그로테스크한 환경을 꾸민 채 만족해한다. 그가 책임 있는 일원으로 사회에 입문하기 위해서는 성년식의 시련을 거쳐야 한다. 그래서 모방에 만족할 뿐 진정한 자아에서 분열되어있는 현재의 상태에서 전이단계의 질적인 변화를 겪지 않으면 안 된다. 변화이전의 소년이란 깊은 의미에서 사회의 책임 있는 일원으로 간주할 수 없다. 죤스는 미성숙한 무소속자들의 상징이라고 볼 수 있다. 소속되어 있지 않은 자는 죤스만은 아니며 대개 문명세계에 의하여 진정한 자아로부터 유리되어있는 자들인데 그 자아의 무의식적 존재 속에서 자신 안에 그의 운명을 내포하고 있다(Chabrowe 122).

죤스는 의복이 벗겨지고 검은 흙으로 덧칠되는 성년식의 소년들처럼 숲 속에서 발광한 나머지 왕의 신분을 나타내던 그의 의복이 모두 헤어지고 외관이 엉망이 된다. 그의 혼란은 자신이 추구하던 백인적 자본주의의 상징인 돈을 묻어두었던 곳을 찾을 수 없는 상황에서 비롯된다. 가면에 불과한 위선적인 외관이 제거되자 내면에 숨어있던 인종적인 과거와 개인적인 과거가 환상이 되어 출몰하기 시작한다. 죤스가 외관을 통해서 백인의 가면으로 억눌렀던 본래의 자아가 허영적 외관이 제거되는 틈을 타서 본연의 모습을 드러내게 되는 것이다. '배후의 삶'이란 용어는 오닐의 운명이라는 개념과 직접적으로 관계가 있다. 그것은 인간의 삶을 지배하는 외형적이고 초자연적인 힘의 존재를 암시하는데 스트린베리는 "힘"(Powers)이라고 부르고 오닐은 단지 "운명"이나 "신"이라고 정의했다. 그 것은 또한 내면적이고 심리적 운명의 존재를 가르킨다(Tornquist 34).

북소리는 제의의 흐름을 조절하는 중요한 역할을 하며 제의의 참여자로 하여금 현실세계에서 영적세계로 입문하도록 북돋우는 청각적 수단이다. 초반에는 북소리가 죤스를 추적하는 외적인 소리에 불과하지만 북소리의 리듬에 빠져드는 제의의 참여자로서 죤스에게 점점 내면의 소리로 변하기 시작한다. 어느덧 북소리는 내면에 점복하고 있는 죄의식을 불러일으키며 과거에 노름을 하다가 속임수를 쓰는 친구 제프(Jeff)를 살인하게 된 동기가 된 주사위가 굴러가는 소리로 변한다.

> 저 빌어먹을 북소리! 소리로 봐서 더 가까워진 게 틀림없어. . . . 들리는 저 다른 이상한 째각거리는 소리는 뭐지? 저기야! 가까이 들리는데! 비슷한데 — 비슷해 — 제기럴 어떤 흑인놈이 주사위를 던지는 소리 같잖아. (259)

그는 공포에 질려 의식의 유일한 방어도구인 총으로 쏘아 겨우 마음을 가라앉힌다. 그러나 죤스의 내면은 이성적인 의식에 가려졌던 원시적 무의식이 점증적으로 커짐에 따라 양자 사이의 분열과 혼란의 정도는 더욱 심화되어 간다. 그는 사장의 초반에 "넌 문명화되었나 아니면 이런 무식한 검둥이들과 같은가?"(262)라고 한탄한다. 이 장면은 그의 내면세계가 의식과 무의식의 분열적 갈등으로 시련을 겪고 있음을 보여준다. 북소리가 상징하는 양심의 고통은 과거에 저지른 죄를 고백하도록 다그친다. 그는 무릎을 꿇고 하늘을 향해 손을 부여잡으며 제프와 교도소 경비를 살해한 일을 고해한다. 그러나 그의 양심의 가책을 심장의 고동소리에 비유한다면 더욱 빨라지는 북소리는 양심의 고통이 심해지고 있음을 시사한다. 그는 "이 죄인을 용서하소서! . . . 그리고 내 귀속에서 저 북소리가 멈추게 해주소서!"(264)라고 호소한다. 즉 성인식 제의에 참여하는 죤스는 제의의 변화시키는 힘에 의해서 성숙을 위한 시련의 과정을 통과하고 있는 것이다.

존스의 의식은 제의의 북소리가 속도를 더해감에 따라 과거의 개인적 기억에서 무의식의 깊은 심층부에 잠복한 인종적 기억이 되살아난다. 그는 『털복숭이 The Hairy Ape』의 양크가 감옥이라는 공간적 한계에 묶어있듯이 숲을 벗어날 수 없지만 제의는 그로 하여금 현재라는 시간의 한계를 넘어서 조상의 노예상태로 돌아갈 수 있게 한다. 결국 그는 문명화된 백인의 문화를 흠모하여 경원시했던 자신의 인종적 정체성을 수용한다. 제의의 절정을 다루고 있는 칠장은 무대장치가 제단을 표현하고 있으며 존스는 자기도 모르게 그 앞에 무릎을 꿇고 앉는다. 그는 자신의 조상들의 제사장이었던 마법사의 요술적인 움직임에 매혹되어 이성적인 의식과 육체가 마비상태에 이른다. 그는 희생물을 요구하는 악령의 접근을 필사적으로 피하지만 이미 자신의 내면에 스며들기 시작한 무의식 속의 원시적 종교 본능은 그의 의식을 마비시키고 지배한다. 문명적인 심리적 가면에 의해서 축출되었던 격세유전적 원시신앙이 피상적인 기독교 신앙을 모방하여 둘러싼 막을 찢고 밀려들어온다. 본래의 원시신앙이 충만한 상태에 이르자 그에게 구원이 찾아온다.

> 존스는 완전히 최면에 걸려있다. 그의 목소리가 주문소리에 합류하고 울부짖음 속에 손으로 박자를 치며 허리로부터 좌우로 이리저리 흔들거린다. 춤의 전체적인 정신과 의미가 그에게 스며들어 오고 그의 정신이 된다. 드디어 판토마임의 주제가 절망의 외침으로 멈추었다가 야만적인 희망의 음조로 다시 휩싸인다. 구원이 온 것이다. (270)

칠장의 마지막 장면은 존스의 무의식에 잠재하고 있던 원시신앙과 의식 속의 문명 및 허위적 기독교 신앙 사이의 최후의 대결을 보여준다. 원시신앙의 제의를 주재하는 마법사는 그동안 물질문명의 허상을 추구하며 영적인 삶을 도외시해 온 존스에게 보상의 제물로 희생을 요구한다. 그러나 희생물은 아직 현상적 삶에서 완전히 해탈하지 못한 존스에게는 수용하기 어려운 자신의 목숨임을 깨닫는다. 그는 낙망하여 머리를 땅에 부딪치고 신음하며 "자비를 베푸소서, 신이여! 자비를! 이 불쌍한 죄인에게 자비를"(271)이라고 기도하지만 그에게 기독교 신앙은 피상적인 수준에 놓여있기 때문에 아무런 도움을 줄 수 없다. 원시신앙의 악령의 상징인 악어가 존스를 향하여 공격해오자 그리스도에 대한 마지막 구원의 요청의 응답이 은제 총알에 귀착된다. 그것은 그의 기독교 신앙이 물질문명의 욕망의 보호색에 불과하다는 것을 시사한다. 그는 총알이 하나 남았다는 것을 깨닫고 반항적으로 소리치며 엉덩이에서 재빨리 총을 빼어 대항하고자 한다.

운명의 상징으로서 은제 총알의 사용은 비록 악어를 사라지게 하는 데 위력을 발휘하지만 총알의 소진은 현상적인 생명에 대한 방어책이 사라짐을 의미하기 때문에 기존의 허위적 삶의 완전한 소멸을 예고한다. 즉 무의식 속의 진정한 정체성에 의한 의식의 왜곡된 자아의 패배라고 본다면 악어는 "그의 삶의 동기가 되었던 자아의 왜곡된 모습"을 상징하므로 스스로에게 죽음이란 정의의 심판을 내린 실존적 결단으로 해석을 하는 도리스 포크(Doris Falk)의 견해는 매우 설득력을 지닌다 (69). 이런 관점에서 판단하여 볼 때 죽는 순간의 존스의 결단은 현상적인 수준의 패배에 머무르지 않고 영적 통합의 동기가 되는 실존적 의미를 창출할 수 있는 것이다.

성인식 참여자의 실존적 성숙이라는 측면에서 살펴볼 수 있는 작품은 『이상한 막간극』과 『상복이 어울리는 엘렉트라』이다. 두 작품의 분열과 혼돈의 양태는 니나와 라비니아의 현상적 패배를 죤스의 실존적 의미에서의 통합의 각도에서 논의할 수 있다. 두 작품은 성인식의 형태가 뚜렷하게 나타나 있지는 않지만 전체적인 구조와 주인공의 실존적 결단의 측면에서 유사하다. 니나와 라비니아는 모두 현상적인 삶의 모순에 얽매여서 성인식의 참여자처럼 사랑과 증오, 과거와 현재, 엘렉트라 콤플렉스의 부성과 여아의 모순적 애착과 갈등을 보여준다. 이들은 극단적인 양면을 모두 접촉하면서 극심한 시련을 겪는다. 니나는 고돈과의 사랑이 실패에서 오는 정신적 충격을 극복하고 정상적인 성인으로 성숙해야한다. 그녀는 정신적으로 너무 큰 충격을 받은 나머지 도덕적 몰가치라는 혼란을 맞는다. 이 혼란은 병원에서 자신의 이미지와 맞지 않게 성적으로 난잡한 관계를 맺는다(Tornquist 213). 여기에서 벗어나기 위해 에반스(Evans)와 결혼한 이후에도 다렐(Darrel)과 연인관계를 만들고 마스덴을 죽은 아버지의 대역으로 삼아 병원에서의 혼란을 연장하고 있다. 딜티(Dilthey)가 성인식의 입문자는 비결단(Indeterminacy)의 과정을 거치게 된다고 지적한 바와 같이 그녀의 행위는 실존적 선택의 능력이 결핍되어 있다. 물론 이 비결단의 기간은 영원한 것은 아니며 오히려 성숙을 위한 준비라고 볼 수 있다. 비결단은 사회적 존재의 부재로 간주되어서는 안 되며 부정이나 부재, 결핍으로 간주되어서는 안 된다. 오히려 그것은 잠재성이고 발전의 가능성이라는 것이다(Turner 77).

라비니아 역시 정신적 충격에서 오는 정서적 혼란을 보여주는데 그녀가 사랑했던 브란트를 어머니 크리스틴에게 빼앗겼다는 사실에서 질투와 열등감을 느낀다. 그녀는 엘렉트라 콤플렉스에 빠져 부성적 청교주의의 가면을 쓰고서 어머니의 부정에 대한 도덕적 심판을 하려든다.

그러나 그 가면 아래에는 브랜트에 대한 사랑과 남해 섬이 상징하는 자유분방에 대한 갈망이 도사리고 있다. 사실 그녀의 내면은 양대 세력의 갈등으로 혼란의 시련을 겪고 있다고 볼 수 있다. 그녀는 동생 오린을 통해 브랜트를 향한 잃어버린 사랑에 대해 복수함으로써 브랜트 살해, 크리스틴의 자살을 유발케 한다. 또한 그녀는 오린에 대한 근친상간적 애정을 보이기도 하며 스스로 멀리했던 옛 애인 피터에게 매달리며 결혼하자고 조르기도 한다. 그러나 그녀의 구혼은 애정의 욕구라기 보다는 자신의 운명을 회피하기 위한 도피책에 불과하다. 이러한 상태의 라비니아의 내면은 존스나 니나처럼 비결단의 시련을 겪게 된다.

니나와 라비니아는 성인식의 시련을 마치고 나오는 소년들처럼 사회의 건강한 일원으로 성장한 뒤에 다른 차원의 현상적 삶을 다시 시작하는 직선적 발전의 형태를 보여주기 보다는 현상적 삶에서 본래의 실존적 물자체로 회귀하는 원형적 발전을 보여준다. 또한 성년식의 참여자는 일정기간 자신이 속한 사회에서 격리되어 있다가 사회로 환원하지만 두 여인의 경우는 역으로 그들의 삶이 제의를 겪는 숲 속에서 비결단의 과정으로 지속되다가 생의 의지를 상실하고 죽음과 같은 상태가 되었을 때 비로소 통합성을 획득하는 것이다. 이러한 생각은 오닐이 쇼펜하우어(Shaupenhauer)의 영향아래 분열적 현상의 삶에 대한 극복의 방법으로 죽음을 긍정적으로 수용하려는 생각에서 비롯된다. 니나는 어느 한 남성에게 애정을 결정하지 못하고 방황하는 비결단의 모호함 속에서 생을 완전히 소모한 채 아버지의 대역인 마스덴의 품에 안겨 죽음 같은 삶을 마지막 장면에서 보여준다. 이기적이고 분열적인 모순된 욕망이 소진된 채 죽음 같은 평정의 상태를 맞은 니나는 드디어 우주의 통합성 속에 조화로운 부분으로 존재할 수 있게 되며 내면의 통합을 이룬다.

> 오닐은 이중성으로부터 나오는 길을 발견했다. 그리고 그 것은 육체
> 의 지루함, 무능, 농숙, 체념으로 나타난다. 그의 인물들은 드디어 수
> 동적 황혼의 세계 안에서 성찰하고 회상하는데 그 속에서는 외관의
> 달아오른 세계의 고뇌는 무디어지고 잊혀진다. (Engel 228)

　라비니아는 자신이 속한 마농가의 저택을 무덤처럼 외부로부터 차
단시키고 그녀에게 주어진 모순된 조상들의 저주의 삶을 적극적으로 수
용한다. 이를 통해 그녀는 의식과 무의식의 적대성을 극복할 수 있게
된다. 그녀는 삶의 우연성에 의해서 마농가의 일원으로 던져진 채 삶의
분열성에 의해 내면의 적대적 세력 사이에서 시련을 겪게 되지만 그 책
임을 외부로 돌리지 않고 자신의 문제로 받아들이는 실존적 성숙을 보
여준다. 그녀는 "운명을 극복하는 승리자라기 보다는 희생자"로 분류되
지만 인간에게 숙명적으로 주어진 덫을 자기화하여 오이디푸스가 운명
의 모순에 의해서 저질러진 결과를 책임지기 위해 고행의 길을 떠나듯
이 비극의 주인공의 존엄성을 획득한다. 그녀가 갇혀있는 운명의 마농
사원은 죽음을 나타내지만 죽음과 생명을 전체 속의 하나의 주기로 본
다면 거시적 통합성을 발견할 수 있을 것이다.

　2. 성배탐색 제의

　오닐의 관점에서 성배전설에 나타나는 불모의 땅은 물질문명의 영
적 고갈상태에 비유될 수 있으며 불모와 질역의 세계에서 그가 추구하

는 탐색의 제의는 중세 기사의 성스러운 임무를 의미한다. 성배전설에 의하면 나라를 다스리는 왕의 병약함은 어떤 신비하고 설명되지 않는 이유에서 그의 왕국이 재앙에 빠진 채 식물이 죽고 비가 오지 않아 불모지로 변한다고 전한다. 이런 나라의 재앙에 대해 종교적 순교정신에 충일한 가웨인(Gawain)같은 기사가 왕의 젊은 활기나 수려함을 회복하려는 목적으로 성배를 찾아 떠난다(Jessie Weston 20).

오닐은 왕이 앓고 있는 쇠약함은 현대인이 겪고 있는 영적 질병이며 중세기사가 떠나는 시련이 가득 찬 탐색의 길을 『털복숭이』의 양크와 『샘』의 쥬앙을 통해서 보여준다. 두 인물의 삶은 현대인이 저지르고 있는 오류의 전형이기 때문에 그들의 문제는 개인적이라기 보다는 인류 전체의 보편적 현상으로 확대 해석할 수 있다. 양크의 문명에 대한 숭배나 쥬앙의 권력과 야망의 추구는 현대인이 신에 대한 신앙 대신에 절대적인 가치로 숭앙하는 새로운 대안이다. 그러나 인간의 욕망에 의해서 비대화된 가치들은 인간의 영적 세계를 풍요하게 하기 보다는 소외감과 허무감에 사로잡히게 함으로써 황무지의 모습을 인간의 형상으로 나타낸 듯한 느낌을 주고 있다. 그러나 탐색의 여행을 떠나는 기사를 왕국의 환난의 원인을 찾아 떠나는 순례자로 본다면 양크와 쥬앙은 영적 질병의 회생자로서 그 원인과 치유책을 찾아 외적 또는 내적 탐색의 여행을 떠난다는 차이점을 보이기는 하지만 비교의 타당성은 충분히 지니고 있다.

『털복숭이』의 양크는 자신이 소속되어있다고 믿는 물질문명사회가 심한 질병에 걸려있다는 사실을 자각하지 못할 정도로 분별력을 상실한 자이다. 그는 옛날 선원들이 구가하던 자연과의 조화를 완전히 상실하고 지옥불을 연상시키는 화로의 불을 지피는 노예상태의 파수꾼으로 전락해 있다. 그러나 그는 전혀 자신의 처지를 사실적으로 바라보지 못하고 영적 고통을 느끼기 못하는 무감각증에 걸려있다. 그는 자연과 조화를 이루며 살았던 시절을 그리워하는 페디를 감상주의자로 매도하면서 산업문명의 전초병으로 자처한다. 그는 마치 자신이 문명의 주체인양 과시하면서 동료들을 질타하는 악의 세력의 대변자로 나타난다. 그는 철과 증기의 지옥 같은 비젼에 갈채를 보내고 갇혀있는 최고의 추진자로서 그 중심에 서있다는 잘못된 느낌을 표현한다(John Orr 168). 그러나 양크의 만용은 산업이나 사회의 구조적 모순에 대한 무지에서 연유된 동물적 포효에 불과하기 때문에 자신의 힘의 결과를 이해하지 못하고 다만 육체의 힘을 발휘하는데 만족할 뿐이다. 그는 자신의 형상이 더러운 동물을 닮았으며 그의 노고의 결과는 상류층을 위한 희생에 불과할 뿐 자기발전과는 무관하다는 사실을 깨닫지 못하고 있다. 결국 그들은 일부 특권층의 안락을 위하여 인간다운 생활을 탈취당하고 동물처럼 우리 안에 갇힌 채 정신적 혼란에 빠져있는 것이다.

오닐은 양크로 하여금 스스로 자초하여 갇혀있는 깊은 지옥 같은 화부실에서 탈출할 수 있는 전환점을 마련하여 "거짓된 문명화에 의한 진정한 원시성의 소외"에서 오는 충격을 느끼도록 한다(Orr 169). 그는 하얀 옷을 입은 창백한 미녀 밀드레드와의 짧은 만남에서 문명의 주체로서 인정받고 그녀의 사랑을 얻기 위해 신성한 사명을 부여받기 보다는 저주스러운 대상으로 경멸을 당하는 성배전설에서 탐색을 떠나는 성스러운 기사의 정반대적 원형으로 나타나고 있다. 그러나 양크는 중세의 기사가 추구한 왕국의 불가사의한 환난에 대해 해답을 찾기 위해 고난의 길을 떠났듯이 밀드레드가 나타낸 이해할 수 없는 혐오와 저주에 대한 의문을 풀기 위한 탐색의 여행을 떠나지 않을 수 없다. 그는 중세의 기사가 성지를 찾아 떠나는 기나긴 순례 대신에 문명의 성지인 뉴욕 중심지에 들어온다. 여기서 양크의 삶의 자세가 본질적으로 변화하였음을 알 수 있다. 이전의 삶은 문명에 의해서 왜곡된 형태의 동물성을 보이는 반면에 밀드레드와 접촉한 후의 삶은 탐색을 위한 사색을 하는 "사상가"(Thinker)의 이미지를 강하게 나타내고 있다. 이를 통해 그의 무의식과 의식의 접합상태를 알 수 있다. 밀드레드로부터의 충격 이전의 양크의 단계는 의식과의 조화로운 관계를 상실한 채 문명에의 허위적 소속감을 맹목적으로 주장한다. 반면에 문명의 상부구조에 속하는 밀드레드로부터 저주를 받은 이후의 단계는 해체된 소속감의 회복을 위한 탐색의 여정을 보여준다. 우리는 양크를 통해 문명의 횡포나 기만성에 의해서 작위적으로 형성된 영적 기반이 매우 취약하여 쉽게 파괴되고 있음을 발견할 수 있다. 이는 양크의 미숙한 의식의 분별력에 의해서도 현대인의 심각한 질병으로 진단할 수 있다. 이전의 세계가 제공한 가치관이 붕괴되었기 때문에 새로운 대체물을 구축해야하는 긴박한 문제에 봉착하게 되는 것이다. 그는 처음에 아직은 인간이라고 불릴 수 있는 가장 낮은 수준으로 축소된 채 모든 사람들의 경우와 마찬가지로 자신의 수준에서 우주의 붕괴를 갑작스럽게 대면하지 않으면 안 되었던 것이다(Marden Clark 381).

양크의 탐색의 여행은 이전의 비인간적 종속물이 아닌 정체성을 가진 인간으로서 문명사회 속에서 소속처를 찾는 순례의 여행이다. 그는 만나는 여러 부류의 인간에게 자신이 진단한 소속감(belonging)의 메시지를 전한다. 인간이 소속감을 가지기 위해서 인간적인 접촉과 이해가 선행되어야 한다는 것이다. 그러나 어느 누구도 그를 동등한 인간으로 취급하지 않으므로 그의 탐색의 여행은 무관심의 적들과 싸워나가는 험난한 노정만 놓여있을 뿐이다. 5번가의 행인, 교회에 가는 기독교인들, 감옥, 경찰 모두가 무관심의 가면을 쓴 채 서로 간의 소외의 벽을 세우고 영적 교감이나 공동체 의식을 피하는 분열분자로서 양크의 탐색의 순례 중에 극복해야할 용(dragon)의 분신들이라고 볼 수 있다. 바그너가 사용한 지그프리드 전설에 의하면 왕국의 재앙을 일으키는 악마는 용으로 화한다. 탐색의 기사는 악의 다면성을 나타내는 머리가 많은 용을 제압함으로써 공주의 사랑을 획득한다(Skinner 4).

노동조합 본부인 I.W.W에서는 양크의 파괴적인 제안을 기관원의 공작으로 오해하여 그를 냉정하게 내쫓다. 양크가 철강회사를 파괴하려는 것은 인간의 정신적 소속감을 파괴한 문명의 상징에 대한 징벌로 이해할 수 있다. 또한 그의 행위는 자신의 내면세계의 총체성을 회복하는 데 필수적인 과정이며 그의 메시지는 문명사회에서는 이해하기 힘든 삶의 내면적 본질이다. 여기서 양크는 현상적 수준의 인간의 허위성을 지적하는 예언적 사상가다운 통찰력을 보인다. 양크는 인간의 영적 구원이 노동조합이 추진하는 시간당 급료인상이나 작업환경 개선, 여권신장 등의 경제적 정치적 구호만으로는 불가능하다는 것을 깨닫고 있다.

> 원, 제기럴! 당신 무슨 생각하는 거야? 이건 당신 내면에 있는 것이
> 지 뱃속이 아니라구. 정면에서 도우넛이나 커피가지고는 그걸 만질
> 수 없다구. 그건 저 아래-바닥에 있다니까. 낭신은 그걸 쥘 수는
> 있지만 멈출 수는 없어. 그건 움직이거든 모든 게 움직인다구. 그게
> 멈추면 모든 세상이 멈추고 만다니까. (184)

여기서 양크가 추구하고 있는 심오한 내면적 본질의 총체성은 이기적이고 방어적인 가면을 쓴 현대인에게는 불가해하고 불온한 메시지로

여길 수 밖에 없다. 인간과 인간 사이의 접촉이란 인간의 공동체 의식을 형성하는데 가장 기본적인 요소이지만 양크가 만난 도회인들은 신분이란 가면을 쓰고 문명에 의해 왜곡된 동물성을 형상화한 그의 외모에 질겁하여 피하려한다. 그의 동물적 형상을 외면하려는 것은 자신의 본성 안에 있는 무의식을 인간의 영역에서 제거하고자 하는 문명인의 헛된 몸짓일 뿐이다. 그는 올비의 『동물원 이야기 *The Zoo Story*』에서 피터에게 인간적 접촉의 메시지를 필사적으로 전하고자 하는 제리(Jerry)처럼 상실된 내면세계에 대해서 무감각증에 걸려있는 현대인과 소속감을 공유하고자 노력하고 있는 것이다. 그러나 그는 자신과 최소한 공감대를 가진다고 믿었던 노동조합으로부터 축출 당한 뒤 심한 좌절을 느끼지 않을 수 없다. 이러한 현대인의 분열적 태도에 대한 좌절은 그로 하여금 "난 태어났어, 알겠어? 그렇지, 그게 죄야"(184)라든지 "자, 여기서 어디로 가야하나?"(184) 등의 실존적 문제에 봉착하게 된다. 즉 현상적 삶의 분열증에 대한 진단의 해답은 지그프리드가 자아의 죽음을 통해 성배를 성취할 수 있듯이 본질적 삶을 둘러싸고 있는 껍질을 벗겨내지 않으면 안 된다. 이러한 양크의 탐색의 여행에서 발견될 수 있는 것은 분명한 그의 실존적 인식의 발전이며 "짐승이 생각하기 시작했고 그런 동안에 감동적인 성인의식이 발동했다"는 클라크(Clark)의 주장은 실존적 시각에서 의미심장하다(377).

분열증을 심하게 앓고 있는 문명사회가 그의 접촉을 거부하기 때문에 양크의 선택은 무감각한 피터에게 자살을 통해 인간적 연대의 필요성을 호소하는 제리의 길을 갈 수 밖에 없다. 그는 동물원에 가서 화부로서 일했던 당시 소원했던 내면의 무의식 속의 동물성과 완전한 화해를 하려든다. 그러나 양크는 현대인이 저지르는 무의식과의 분열의 죄과와 자신의 과거의 과오에 대한 실존적 책임을 면할 수 없음을 안다. 그는 그 책임을 수용함에 있어 매우 적극적인 자세를 보여준다. 동물원 안의 고릴라와 포옹함으로써 양크에게 현상적인 파멸을 가져오지만 존재의 물자체와 통합할 수 있는 길을 죽음에서 구함으로써 영적 비법을 찾아 나서는 기사의 의연함과 존엄성을 획득할 수 있는 것이다.

양크의 탐색의 여행이 기존의 삶에 대한 강한 회의에서 시작되었듯이 『샘』의 쥬앙도 자신의 본성에서 벗어난 세속적 삶에 대한 염증에서 출발한다. 그의 탐색의 여행은 크게 두 시기로 양분할 수 있다. 전자는 스페인에서 포르토 리코로의 콜룸부스와의 세속적인 원정이고 후자는 포르토 리코에서 카타이로의 정신적 탐색의 여행이다. 전자는 쥬앙의 개인적 애국심과 콜룸부스의 광적인 기독교 신앙, 그리고 세속적인 무리들의 물질추구가 결합하여 만들어낸 결과라는 현상적인 성공과 더불어 영적 고갈상태를 불러온다. 하지만 후자는 쥬앙에게 현상적 쇠퇴를 가져오지만 영적으로는 충만해지는 것을 발견할 수 있다.

쥬앙은 자신의 삶 속에서 귀중한 본질적 가치가 되는 자연적 사랑을 억누르고 "그의 실제 애인인 스페인의 영광"이라는 허상에 매달려 귀중한 젊음을 낭비한다(Bhagwat Goyal 104). 그는 스페인의 제국을 위해 콜룸부스와 함께 원정을 나서 포르토 리코를 정복한 뒤 20년 동안 총독으로 재직하고 있다. 하지만 그의 삶은 애국심이란 추상적 개념에 얽매어 있어 자신의 본성이 필요로 하는 사랑을 누리지 못하는 처지이기 때문에 현재의 삶에서 충만함을 느낄 수 없다. 또한 피정복자들인 인디언들에게 행하는 스페인 동료들의 독단적이고 잔인한 행위에 대해서 강한 혐오를 느낀다. 퀘사다(Quesada)류의 신부들은 자신의 교리나 세례를 따르지 않는 인디언들에게 엄격한 체형을 가하거나 체벌을 가한다. 오비에도(Oviedo)같은 귀족들은 인디언의 영토을 탈취했으면서도 그들이 세금이나 노동을 자발적으로 제공하지 않는 것에 대해서 불만을 품고 끌려온 인디언 추장 나노(Nano)를 처벌하기를 원한다. 그러나 쥬앙은 자신의 이상과 어긋나있는 현재의 정체된 삶에 대해 강한 허무감을 느끼지 않을 수 없다. 그의 시각에 나타난 현상적 삶의 모습들이 물질적 욕망이라는 영적 질병에 사로잡힌 채 신앙의 본질이나 삶의 시상을 상실하고 있기 때문이다. 그는 정복을 떠나기 전에 인디언들에게 들었던 환상적인 젊음과 사랑의 샘에 대해 억제할 수 없는 갈증을 느낀다. 그는 나노를 통해 샘이 있다고 믿고있는 카타이로 인도해 줄 것을 요청한다. 이 극에서 스페인 정복자들이 보여주는 물질주의는 『마르코 밀리언스』의 마르코의 물질추구로 연결되며 오닐은 이것을 문명사회와 세속화된 교회의 영적 질병의 원인으로 지적한다. 오닐은 쥬앙의 새로운 탐색의 여행을 통해 영적 대안을 제시하고자 한다.

> 부식하는 물질주의와 삶의 영적 가치 사이의 외적 갈등과 궁극적인 실체에 대한 인간의 추구에 있어서 오늘의 몰두가 이 극의 기본적인 주제를 형성한다. 극은 기독교와 자본주의라는 현대세계의 강력한 쌍둥이의 부딪치는 힘에 대한 극적인 설명이다. (Goyal 104)

쥬앙의 탐색의 여행이 절실하게 부각되는 동기는 그를 사랑했던 마리아의 딸인 베아트리츠(Beatriz)의 출현이다. 그녀의 모습은 마리아의 분신으로 단테의 연옥편(Purgatorio)에 나오는 베아트리스의 모습에 비유될 수 있다(Robert Andreach 49). 그는 그녀가 전해준 사랑의 진실을 실천한 마리아의 마음의 선물인 "그에게 부드러움을 전해 줘"(194)라는 비밀스러운 말은 그의 사랑의 상실감을 더해준다. 그는 곧 베아트리츠

를 사랑하게 되지만 허구적인 야망을 채우려고 소모한 젊음은 회복할
수 없다. 그는 그녀의 사랑을 획득하기 위해 젊음의 샘을 추구해야 하
는 내적 절실성이 물질주의에 빠진 세속적인 삶에 대한 염증을 불러일
으켜 다른 차원의 탐색의 여행을 시작하게 된다. 그는 나노를 처형하라
고 반란을 일으키는 무리들을 황금의 도시인 카타이로 가는 길의 안내
자라고 속여 진정시킴으로써 젊음의 샘으로의 탐색의 인도자를 구하는
데 성공한다. 여기서 오닐은 황금에 눈이 멀어 이성을 잃어버린 스페인
정복자들의 우매함에 대한 효과적인 묘사를 통해서 그의 영적 황폐함과
속물성을 보여주고 있다.

　돈 쥬앙의 탐색의 제의적 여행은 시련의 불가피성을 지니고 시작한
다. 여행에 참여하는 동반자들의 목적이 상이하여 동상이몽의 상태를
보여주기 때문이다. 쥬앙이 사랑과 젊음의 회복을 위해 탐색한다면 그
를 따르는 무리들은 황금만이 유일한 가치인 것이다. 또한 여행의 목적
지를 인도하는 나노는 가족의 죽음에 대해 복수하기 위하여 쥬앙을 살
해하려는 음모를 꾸민다. 오랜 항해 후 나노는 몰래 빠져 나와 인디언
들을 매복시키기 위해 다른 부족의 인디언에게 도움을 청한다. 여기서
나노는 주술사에게 백인들의 영적 고갈과 물질주의가 예수를 십자가에
못박게 했다고 경멸조로 지적한다.

　　그들은 사물 뒤에 있는 영혼을 보지 못하고 오직 사물만을 보거든.
　　그들의 마음은 사슴들이 짓밟은 연못처럼 진흙투성이야. 들어보라구.
　　그들의 목사가 오래 전에 사람의 몸으로 온 신에 대해 말했어. 그는
　　사물을 경멸하라고 가르쳤어. 그는 사물 뒤에 있는 영혼을 찾으라고
　　가르쳤다는거야. 그들은 복수로 그를 죽였어. 그들은 악마에 대한 희
　　생물로 그를 고문했다는 거야. (214)

나노의 지적은 인디언의 동양적인 정신세계와 서양의 물질주의의 갈등을 보여주며 쥬앙의 탐색의 여정이 극복해야할 어려운 난관임을 시사해준다. 나노는 쥬앙을 유인하여 인디언들이 매복하고 있는 숲 속으로 인도한다. 쥬앙은 자신이 절실하게 염원하던 영원의 샘이 환상과는 달리 초라한 샘인 것을 보고 실망한다. 전설 속에 나타난 생명의 샘은 "황금 열매가 달린 나무와 시녀들"(220)이 나타났는데 그를 살해하기 위해 인도된 샘에 그런 신비한 모습이 나타날리가 만무하다. 그러나 그의 충만한 영적 갈망은 평범한 샘의 물을 생명수로 변환시킬 수 있는 힘이 된다. 그는 샘의 물을 마심으로써 활기를 상실한 왕국의 노쇠한 왕이 건강을 되찾듯이 젊음을 회복하여 베아트리츠의 사랑을 획득하고자하는 열망으로 가득 차 있는 것이다.

쥬앙이 물을 마시기 위해 머리를 숙이자 나노의 신호에 따라 매복해있던 인디언들은 복수의 화살을 겨눈다. 쥬앙은 물을 마신 후 젊음이 돌아오지 않은 것을 알고 나노에게 배반자라고 외친다. 그 순간 그는 인디언들의 화살에 맞아 쓰러지게 된다. 10장은 가사상태의 쥬앙이 죽음을 목전에 두고 육체적인 젊음이 아닌 영적 생명을 얻고 쥬앙이 물을 마시기 위해 머리를 숙이자 나노의 신호에 따라 매복한 인디언과 투쟁하는 모습을 보여준다. 이 상태는 지그프리드가 자아의 죽음을 통해서 성배의 비밀을 알게되는 형식과 일치한다. 그의 희미한 의식 속에 중국의 시인, 무어족들은 복수의 화살을 겨눈다. 쥬앙은 물을 마신 후 젊음이 돌아오지 않은 것을 알고 나노를 배반자라고 외치다가 인디언들의 화살을 맞고 쓰러지고 만다. 광대, 자애로운 신부 루이스가 손을 잡고 춤을 춘다. 이 모습은 분열을 겪고 있는 인류의 현상인 인종적 그리고 문화적 분열이 영원 속에서 통합될 수 있다는 암시로 해석될 수 있다

(James Robinson 107). 쥬앙이 젊음의 비결을 구하는 기도에 응답하여 나타난 늙은 인디언 부인의 접근을 거부에서 수용으로 자세를 바꾸었을 때 비로소 그의 원하던 기적이 일어난다. 오묘하게도 그 부인의 모습은 베아트리츠로 변한다. 그는 "베아트리츠! 노년과 젊음-그건 영생의 같은 리듬이구료!(225)라고 기쁨의 찬탄을 표현할 수 있게 된다. 결국 쥬앙이 발견한 영원한 생명은 통합의 비결을 인식함으로써 가능한 정신적 가치이며 베아트리츠는 육체적이고 현상적인 아름다움의 상징에서 영적 통합과 조화의 상징으로 승화될 수 있게 된다. 쥬앙은 통합과 조화를 추구하는 신에게 "오 신과 샘, 그대들은 하나 속에 있는 모두이고 모두 속에 있는 하나구나·아름다움은 영원한 생성이야!"(226)라고 경배하며 정신적 혼란에서 완전히 벗어난다. 그는 루이스에게 구원되어 수도원으로 옮겨진다. 그가 샘에 도착했을 때 자신의 탐색이 물질적인 측면에서는 실패했다는 것을 깨달았다. 속물적인 욕망에 가득 차 있는 쥬앙 앞에 내면 속에 살아있는 베아트리츠가 나타날 리 만무하다. 그러나 육체적 욕망의 좌절에 이어 영적인 깨달음이 온다. 그는 샘의 진실한 의미에 대한 통찰력을 주는 신비한 동요가 마음 속에 일어나는 것을 느끼게 되는 것이다(Goyal 105).

쥬앙이 획득한 영원성이란 현상적인 생성과 소멸의 경계선을 무력하게 만드는 우주의 위대한 법칙이며 물질과 세속에 눈이 먼 인간이 일으키는 분열적인 영적 질병을 극복할 수 있는 통합적 수용을 의미한다. 샘물은 문명사회의 고갈된 정신세계를 회복시킬 수 있는 치유의 물줄기이며 샘으로 통하는 물의 지류는 통합의 기능을 나타내는 영적 상징이다. 샘의 물줄기는 모든 개체적 궤도를 둘러싸고 있고 샘의 원형적 움직임은 모든 적대적인 것들을 용해시켜서 하나의 리듬, 즉 우주적 흐름으로 변화시키는 것이다(Robinson 107). 이러한 영원성을 상징하는 샘물은 전능한 신과 일치하며 그 물줄기를 마시며 사는 모든 인간들은 한 형제라고 볼 수 있으며 신의 영원성을 증명하는 종속물일 뿐이다. 그래서 세대로 이어지는 인간 역사의 지속성은 개체의 파멸이나 소멸로 단절되기 보다는 개체적 삶의 연속으로 영원성을 획득한다. 돈 쥬앙이 마지막 장면에서 조카와 베아트리츠의 결합을 기쁜 마음으로 축복할 수 있는 것은 신의 영원성 속의 한 지체로서 전체와 통합될 때 진정한 탐색의 기사의 사명을 행할 수 있다는 인식에서 가능한 것이다.

3. 디오니소스적 제의

디오니소스는 제우스(Zeus) 신과 시밀(Semele)이라는 여인 사이의 소생으로 술과 풍요의 신이며 트라스(Thrace)를 통해 그리스로, 프리기아(Phrygia)로부터 소아시아로 들어와 무아지경의 제의를 보여주어 사람들에게 많은 사랑을 받아온 신적 존재이다(Kirk 128). 디오니소스를 숭배하는 여인들은 꼭지에 담쟁이 덩굴이 매달린 막대로 땅을 두드리며 신에 대한 경배와 황홀경에 이르는 제의에 참여하였다(Kirk 129). 유리피데스의 작품인 『박케 *Bacchae*』에서 나타나는 대부분 여성으로 이루어진 디오니소스의 광란적인 추종자들은 반나의 모습으로 산과 들에서 자연과 친화하며 살아간다. 그들은 디오니소스가 부여한 괴력으로 큰 나무를 쓰러뜨리고 맹수를 죽여 날고기를 먹는 인간의 원시성을 나타내기도 한다. 그들의 제의는 산 속에서 "신의 권세를 나타내는 덩굴 지팡이의 주위를 맴돌며 춤을 추는" 광란의 형태를 보여주며 포도주와 산양의 우유를 마시며 황홀함에 전율을 일으키는 장면을 연출한다. 유리피데스는 디오니소스를 중심으로 한 "인간 내부의 비이성적 요소"와 팬디우스(Pentheus)의 "이성과 사회적 관습" 사이의 갈등을 이 극을 통해서 제시하고자 하였다. 즉 디오니소스는 반대자인 팬티우스를 파멸시킴으로써 추종자들이 보여주는 이성과 관습으로부터 해방과 원시적 본능의 자유와 조화를 신성한 가치로 승화시킨다.

디오니소스 제의는 타이탄 족에 의해서 해체되었던 디오니소스의 육신이 다시 재생되는 기쁨을 숭배자들의 승리의 노래에 의해서 암시한다(Silk & Stern 64). 즉 디오니소스의 몸의 해체는 인간이 "본래의 통일체의 분열"과 "많은 요소와 개체로의 변환"을 상징한다고 보았다(72). 또한 해체된 디오니소스의 몸의 재생은 분열된 개체가 통합되어서 본래의 통일체를 이루어 분열의 아픔을 치유하려는 상징적인 의미를 지니고 있다.

> 개체화는 모든 고통의 궁극적인 원천이며 신의 재생의 비전에서 암시된 개체화의 목적은 강열하게 바람직하다. 왜냐하면 순간적인 흔들림 즉 개체의 파괴에 의해서 원래의 통일 체가 회복될 수 있기 때문이다. (72)

디오니소스 제의의 통합의 형태는 인간의 존재가 개별화의 한계에 의해서 현상적으로 분열되지 않을 수 없는 운명에 놓여있지만 개체의 비극적인 파멸에 의해서 궁극적인 통합을 이룰 수 있다. 디오니소스에 대한 경배 중에 "개체로 해체됨으로써 감추어진 최초의 통합, 즉 자연의 경외로운 통합"의 정신을 신비롭게 불러일으킨다. 오닐은 『느릅나무 아래 욕망』, 『결합 *Welded*』, 『얼음 장수 오다 *The Iceman Cometh*』에서 분열자들이 디오니소스적인 통합의 정신으로 화해와 조화를 이루는 모습을 묘사한다. 그가 니체(Nietzsche)의 『비극의 탄생 The Birth of Tragedy』의 영향을 많이 받았다는 사실은 이미 언급된 바 있으며 특히 디오니소스 정신에 심취되었던 오닐의 비극의 중요한 요소로서 제의의 형태를 분석하는 것이 당연한 것이다.

『느릅나무 아래 욕망』은 흔히 유리피데스의 『메디아 Medea』에 나오는 유아살해나 『히폴리투스』에 나오는 근친상간의 극적형태를 이용하고 있다는 점에서 그리스극과 자주 비교되지만 『박케』의 디오니소스 제의도 오닐의 비극관은 물론 이 극의 극적 구조에 많이 영향을 끼쳤다 (Sinha 51). 특히 『박케』에서 코러스를 통해서 들려주는 디오니소스 제의에 참여하는 무리들의 풍요와 조화를 상징하는 행위는 이 극의 에벤과 에비의 열렬한 사랑의 행위와 비유할 수 있다. 펜티우스와 디오니소스 사이의 대립구조는 청교도적인 카보트와 무도덕적인 사랑의 연인들인 에벤과 에비 사이의 갈등과 매우 유사하다. 펜티우스는 테베에 빠르게 파급되고 있는 새로운 신 디오니소스를 부정하고 박해하는 왕으로 국법과 윤리를 상징한다(Diller 357). 그의 권위적인 모습은 기존의 가치관을 기반으로 하며 디오니소스 추종자들의 자유분방한 행위를 부도덕한 일로 판단하고 억압에 앞선다. 카보트는 펜티우스처럼 가부장적 권위로 아내와 자식들의 자연적인 애정의 욕구를 융통성이 결여된 청교주의 가치관으로 억누른다. 디오니소스의 추종자들은 산과 들에서 사슴 가죽을 걸치고 산짐승을 찢어먹으며 원시적 동물성을 충족시키고자 한다. 또한 이를 가로막는 반디오니소스 세력에 대해서 잔인하게 복수하는 모습을 보이기도 한다. 아가우에(Agaue)는 펜티우스의 모친이지만 디오니소스 제의에 몰입한 나머지 황홀경 속에서 아들을 사자로 잘못

알고 사지를 찢어 죽인다. 산짐승을 찢어 산야에 흩뿌리는 행위는 디오니소스에 대한 희생의 제물을 바치려는 의도이므로 아들을 살해하는 행위도 도취 속에서 본래의 통합체를 이루기 위한 현상의 파괴로 파악해야할 것이다. 에비는 아기가 에벤과의 사랑을 가로막는 장애물이 되며 농장을 가로채기 위한 수단으로 오해를 받고 있는 것을 알고 어린 생명조차 기꺼이 제거한다. 카보트의 청교도적인 관점에서 유아살해는 엄청난 죄악이지만 디오니소스적인 관점에서 자연과의 본래의 통합을 이루기 위해 방해가 되는 펜티우스왕의 죽음이 통합적 차원에서 이해되는 것처럼 애비의 유아 살해는 총체성을 획득하기 위한 부분의 희생적 제물화일 뿐이다.

에벤은 에비가 자식을 죽였다고 고백하자 보안관에게 살인죄로 그녀를 고발하지만 돌아오는 도중에 그녀의 헌신적인 사랑을 깨닫는다. 또한 자신도 에비를 진심으로 사랑하고 있음을 인식하고 그녀가 저지른 죄과를 함께 나누어지기로 결심한다. 즉 에비의 행위가 단순한 정욕의 발로가 아니고 분열의 위기를 맞고 있는 두 사람의 애정을 다시 통합하고자 하는 소망에서 나왔다는 것을 인식하는 것이다. 그녀는 농장에 대한 소유욕의 상징으로 인식되는 아기의 죽음을 통해서 파괴적이지만 통합에 대한 긍정적인 디오니소스적 열정과 도취를 지향하고자 한다. 이를 통해서 권위적인 청교도의 규범을 내세우는 카보트를 펜티우스의 이성과 윤리의 분신이라고 본다면 사랑의 도취 속에서 몰아지경을 보이며 통합성에 대한 강력하고 잔인한 에비의 의지를 디오니소스 신봉자들의 광란과 풍요의 상징으로 보아야할 것이다. 풍요와 사랑의 화신인 에비는 카보트류의 남성들처럼 지구의 부분이며, 여호와의 상징이 돌이라면 에비의 것은 풍요와 모성의 원초적 상징인 나무인 느릅나무인 것이다

(Engel 129).

또한 에비와 에벤의 사랑이 그들의 욕정의 수준을 넘어서 자신들이 부분으로 속해있는 전체성의 상징인 자연과 조화를 이루고 있다는 점에서 디오니소스 제의와 비유될 수 있다. 두 연인은 유아의 죽음에 대한 책임을 회피하지는 않지만 그들이 참여하고 있는 황홀경의 사랑이 제의가 시작되면 그들의 의식은 사랑의 일치를 위해서 몰입하는 것을 보여준다. 그들에게 도덕적인 가책은 디오니소스적 보편적 조화보다 낮은 가치이기 때문에 전자에서 오는 아픔이 후자의 기쁨을 파괴할 수 없다. 그래서 에벤과 에비가 보안관에게 감옥으로 끌려가는 장면은 전형적인 디오니소스 제의 형태로 이해할 수 있다. 그들은 속물적인 욕망으로 농장을 소유하려는 현상에 대한 분열적인 집착을 극복하고 자연이 가지는 영원한 아름다움을 본질적으로 이해하고 수용할 수 있는 성숙을 보여준다. 그들이 끌려가는 현실적인 고통을 전혀 보이지 않고 "해가 떠오르는군. 아름답지?"(348)라고 자신의 전체성을 상징하는 자연에 대한 찬미를 할 수 있다. 그들은 유아살해와 근친상간의 죄과에 대해서 진정하기를 거부하고 감옥으로 끌려가다 멈추고 그들의 사랑을 재확인하고 일출을 찬양할 수 있는 디오니소스적 도취를 보여준다(Engel 132). 그들의 초월적인 자세는 끌고 가는 보안관의 속물성과 비교하여 뚜렷한 차이를 보인다. 농장은 보안관에게 찬미의 대상이 아니라 "참 멋있는 농장이라는 건 부인할 수 없어. 저걸 가지면 얼마나 좋을까!"(348)라고 말하는 것처럼 소유욕의 대상으로 머무르고 있는 것이다. 연인들의 정신적인 성장은 사물에 대한 물질욕으로 사물의 내면적 본질을 파악할 수 없는 현대인의 영적인 황폐함에 대해 오닐이 제시하는 치유책으로 볼 수 있다.

에비와 에벤의 열정적 재결합이 도취적인 디오니소스적 통합의 전형을 따르고 있듯이 『결합』의 미카엘과 엘리너도 이기적인 자아에 의해서 분열된 사랑의 조화를 디오니소스적 제의형태를 통하여 회복하고 있다. 그들은 사랑의 절정을 이루기 위해 침실로 가는 도중 뜻하지 않은 죤의 방문을 두고 개인적인 이해관계나 질투심에 의해서 의견이 충돌되는 사태를 맞는다. 그들의 갈등은 더욱 심화되어 미카엘은 매춘부와 엘리너는 죤과 부정행위를 통해서 사랑을 파괴하려는 분열현상으로 발전한다. 여기서 오닐이 다루고 있는 결혼은 단순히 파국을 지향하는 남녀갈등 관계로 이해되어서는 안되며 종교적인 관점으로 조명되어야 한다. 오닐에게 결혼은 남녀간의 육체적 결합보다는 영적 유대가 선행되어야 하는 신성한 것이기 때문이다. 분명히 오닐은 그가 종교의 대체물을 결혼관계에서 발견하였다. 그러나 결혼의 정신적 유대란 미카엘처럼 절대적 이상을 내세워 상대방의 현실을 받아들일 수 없는 배타적인 가치가 아니다. 오히려 모든 모순이나 비이상적인 현실을 수용하고 흡수하여 아름다움으로 재창조하는 사랑의 사원의 역할을 담당해야 한다. 이러한 측면에서 미카엘이 만나는 창녀는 도덕적인 타락의 상징이 아니라 모순에 의해서 고통받는 남성들을 위로하고 힘을 주는 풍요의 상징이 될 수 있는 것이다. 겔브(Gelb)는 오닐의 무도덕적 여성을 밝히며 여성은 추상이 아니며 오닐이 가장 좋아하는 상징의 하나로 위로하고 모성적 대지 즉 매춘부이다(Gelb 519).

미카엘은 자신의 도덕적 이상의 척도로 창녀의 세계를 측정하기 때문에 엘리너와의 관계처럼 갈등을 일으킨다. 그는 여자에 대한 정열을 위해 창녀에게 접근하지 않고 아내에 대한 복수라는 배타적 목적으로 접근했기 때문에 '여성'(The Woman)이 상징하는 무도덕적 풍요정신을 이해할 수 없다. 그는 그녀에게 원하지 않은 사랑의 행위에 대해 돈으로 보상하며 이를 자신의 이상에 맞지 않는 추한 것으로 간주한다. 아내를 사랑한다면 그녀를 있는 그대로 수용하고 그를 현실에 적응시키라는 그녀의 충고에 대해 "안돼! 하지만 그건 사실이야. 그건 생명에 대한 보상으로 우리 모두가 삼켜버리는 모욕이라구"(476)라는 분열적인 태도를 견지한다. 그러나 그의 비디오니소스적인 이성적 자세와 성에 대한 상품화에 반발하여 돈을 되돌려주고 벽으로 밀어내는 창녀의 반발에 미카엘은 자신의 잘못을 깨닫게 된다. 그는 그녀의 미와 추를 초월한 삶 그 자체에 대한 긍정적 찬양을 수용하고 그녀가 참여하고 있는 디오니소스적 제의에 참여할 것을 다짐한다.

> 그래! 바로 그거야! 정확하게 그거라구! 그건 지혜보다 심오한 거지. 삶을 사랑하는걸 배우는 것−그 것을 수용하고 찬양하는−그 것이 우리에게 남겨진 믿음이라구! 난 네 교회에 가입한 거야. 집에 가야지. (478)

한편 엘리너는 마카엘의 질투와 자신에 대한 소유적 태도에 화가 나서 존에게 달려온다. 그녀는 마카엘과 마찬가지로 결혼의 유대를 파괴함으로써 자신을 종속시키려는 마카엘의 속박으로부터 벗어나려 한다. 그녀는 존과 부정을 저질러 자신의 파괴적인 목적을 달성시키려한다. 존의 품에 몸을 던지며 "왜 당신은 내가 그를 생각하게 하세요? 난 당신 것이 되고 싶어요!"(465)라고 말함으로써 결혼의 신성함을 파기하려는 의도를 밝힌다. 그러나 그녀의 말은 미카엘에 대한 보복적 의지에 불과하며 실제 마음은 결혼에 대한 미련을 버리지 못한다. 그래서 그녀는 존이 입맞추며 접근하자 경직된 자세를 숨기지 못한다. 존은 그녀가 미카엘을 아직도 사랑하고 있음을 알고 집으로 돌아가라고 권유한다. 그는 "결국 내 타입의 그림 속에서는 우정이 더 건전하고 올바른 거지?"(470)라고 말하며 그녀의 사랑에 대해 정중하게 체념하고 만다. 결국 엘리너는 사랑이 없는 부정행위에서 벗어나게 되며 그녀의 사랑은 미카엘과의 결혼의 유대 속에서 추구할 때 완벽하게 몰입할 수 있다는 것이 확인된다.

오닐은 3막에서 미카엘과 엘리너 부부가 분열을 치유하고 통합을 위한 디오니소스 제의를 보여준다. 그들은 무사히 결혼이라는 사원에 다시 돌아온 사실에 안도의 기쁨을 나눈다. 그들은 서로 소유하기 위해서 속박하기 보다는 해방시킴으로써 진정한 생명을 주고자 한다. 미카엘은 자신의 온전함이 그녀와 통합함으로써만 가능한 것임을 고백하고 지난날 잘못된 이상의 십자가에 상대방을 못박았던 오류에 대해 용서를 빈다.

> 들어봐! 난 가끔 한밤중에 칠흑의 세계 속에서－수억 년의 어둠 속에서 혼자 깨어난다구. 난 살아있다는 것 때문에 신에게 자비를 베풀어달라고 소리쳐 울고싶어지는 거야. 그 때 나는 본능적으로 당신을 찾고 내 손은 당신을 만지는 거야! 당신은 거기에 있거든－살아서 말이야－당신과 하나가 되고 진리가 되지, 인생이 수억 년을 통해서 당신에게 나를 인도 하는 거야. 종말에 대한 통합성에 대한 신념을 내가 가질 수 있도록 통합에 있어서 시작을 가르치거든! 난 너를 사랑해! 내가 저지른 모든 걸 용서해! 내가 저지른 모든 일을 말이오! (489)

이 극의 마지막 장면은 디오니소스 제의에 참여한 여인들처럼 사랑의 황홀함에 몰두하고 있는 이 부부의 모습을 묘사하고 있다. 이제는 외부의 어떤 간섭도 그들의 결합에 침입하지 못하며 제의의 절정에 이르고자 하는 "시험적인 고양"을 발견할 수 있다(Timo Tiusanen 207). 침실에 오르는 그들의 모습은 단순한 육체적 욕구를 충족시키려는 일차원적 이미지가 아니라 사랑과 통합의 종교예식에 참여하는 경건한 분위기가 충만한 디오소스적 도취를 보여준다.

> 엘리너: 더 심오하고 더 아름다워요! (그녀는 계단의 꼭대기에 올라
> 그를 아래로 내려다보며 서있더니 열정적이고 부드러운 몸
> 짓으로 팔을 내뻗으며) 이리 와요!
> 케이프: (뛰어오르며 – 강열하게) 나의 여인이여!
> 엘리너: (깊고 열정적인 부드러움으로) 나의 연인이여!
> 케이프: 나의 아내여! . . . 왜 그렇게 서 있는거요?
> 엘리너: (머리를 뒤로 젖힌채 눈을 감고 – 천천히 꿈길처럼) 아마
> 난 기도하고 있나봐요. 모르겠어요. 사랑해요.
> 케이프: (매우 감동하여) 당신을 사랑하오.
> 엘리너: (마치 매우 멀리서 하듯이) 우린 사랑하는거요! (489)

마지막 장면에 이 부부가 포옹하고 있는 모습은 십자가를 연상시킴으로써 사랑의 신의 제단에 바쳐진 제물의 이미지를 내포하고 있다. 이러한 종교적 의도를 이 작품에 대한 오닐의 언급을 통해서 확인할 수 있다.

> 마지막 두 작품 – 『샘』과 지금 쓰고 있는 작품에서 현대에서 가능하
> 다면 가장 뒤로 즉 연극에서 종교적인 것까지 돌아가고 있다고 느낀
> 다. 종교를 회복할 수 있는 유일한 길은 진리에 대한 환희를 통해서,
> 삶에 대한 환희에 찬 수용을 통해서이다. (Gelb 520)

오닐이 주장하는 종교성은 삶에 대한 환상과 이상화된 가치를 추구하는 것이 아니라 꾸밈없는 삶과 진실을 수용하고 찬미하는 것임을 의미하고 있다. 즉 마이클과 엘리너는 서로에 대한 허위적인 환상을 버리고 상대방을 정직하게 바라봄으로써 상대방의 진실한 자아를 자신의 반려로 삼을 수 있게 된다. 따라서 상대방의 이상에 집착할 때 느끼던 허무감이나 배신감을 극복할 수 있으며 부부가 포옹하며 만드는 십자가 형상처럼 완전한 조화를 이루게 되는 것이다.

오닐은 후기극인 『얼음 장수 오다』에서도 디오니소스 제의 형태를 원용하고 있는데 『느릅나무 아래 욕망』이나 『결합』의 경우보다는 삶에 대한 찬미의 정도가 다소 퇴조하고 있음을 발견할 수 있다. 오히려 삶의 잔인함을 회피하기 위한 망각의 도구로 주신제적 형태가 등장하여 본래의 디오니소스 제의의 의미를 흐리는 결과를 낳았다. 그러나 히키(Hickey)의 등장으로 파괴된 몽상가들 상호간의 보편적인 조화를 회복하는 수단으로 삼고 있다는 점에서 분열의 치유책으로 통합적 제의의 의미를 찾을 수 있을 것이다. 몽상가들은 현실을 직시하라는 히키의 주장이 자신의 죄를 감추기 위한 위선이었음을 고백한 후에 주신제를 통해 상호간의 불화를 씻어버리고 화해를 시도하려한다. 그들 사이에 사라졌던 웃음과 친밀한 감정이 되살아나 오히려 삶의 활기를 되찾을 수 있게 된다. 오닐은 『밀짚 The Straw』의 스티븐처럼 "희망없는 희망(hopeless hope)"을 가져야만 잔인한 현실의 고통을 이겨낼 수 있다는 생각을 이 극에서 발전시키고 있다.

해리 호프(Harry Hope)를 위시로 한 몽상가들은 술잔치를 벌리기에 앞서 상호간에 쌓였던 불화를 청산하는 과정을 가진다. 해리는 히키가 그들에게 베풀었던 이전의 호의를 고려하여 그의 잘못을 잊어버리도

「얼음장수」 (NewYork, 1946)

록 동료들을 설득하여 상호간의 친밀성을 회복시키려고 노력한다. 그는
"불쌍한 히키! 우리는 그가 한 짓에 대해서 책임지도록 해서는 안돼. 그
건 잊어버리고 이전에 우리가 알았던 식으로만 그를 기억하자구 . . .
세상에 가장 친절하고 관대한 친구로 말일세"(753)라고 말하며 몽상가
들의 동의를 유도한다. 몽상가들은 디오니소스 제의에 참여한 무리들
처럼 집단적인 합창으로 화답하며 "옳은 말이야, 해리! 멋진 친구지! 최
고의 친구라구!"(753)라고 소리친다. 이러한 화해의 움직임은 분열자간
의 보편적인 조화를 보여주는 디오니소스적 정신의 특징으로 볼 수 있
으며 무리들의 분위기를 고조시키는 역할을 하는 것이다.

해리 호프를 주축으로 한 몽상가들의 술잔치는 히키의 현실직시라는 교리의 영향으로 경직되었던 분위기가 풀어지면서 웃음이 되살아나기 시작한다. 그들은 과거처럼 유모어를 되찾고 서로에게 애정을 보일 수 있게된다. 이러한 모습에 대해서 해리는 "자, 다시 웃는걸 들으니 좋구먼! 불쌍한 히키가 여기 있을 때는ー항상 그랬었지 . . . 자, 취해오는데 그게 좋다구"(753)라며 술잔치가 가져오는 화해정신을 반긴다. 루이스와 웻조앤은 다시 보어전쟁에 대한 환상을 즐길 수 있고 매춘부로 무시당했던 마기와 펄은 다시 환영을 받을 수 있다. 로키는 조롱당하지 않도록 하겠다고 약속하며 "그 매춘부 건은 잊으라구. 누구든지 당신들을 매춘부라고 부르면 때려눕히고 말거야!"(756)라고 다짐한다. 이러한 화해는 분열을 가져온 아폴로식 개별화를 극복하고 디오니소스식 보편적 조화로 발전하는 제의적 과정을 보여준다. 더욱이 해리의 생일잔치에서 축제 분위가가 고조되면서 디오니소스 제의의 특징인 도취의 형태를 보여주기 시작한다. 잔치의 주최자로서 해리는 제의의 참여자로서 몽상가들에게 마음껏 술을 즐기도록 "자, 앉아요, 볼품없는 친구들. 집에 온 걸 환영해요! 마시라구! 실컷 마셔, 자! . . . 마비가 되도록!"(756)라고 권하여 제의의 절정을 가속화시키는 역할을 담당하고 있다. 또한 몽상가들의 집단적인 노래와 도취는 디오니소스 제의의 형태를 이해하는데 효과적인 도구가 된다.

그러나 몽상가들의 술잔치가 완벽한 디오니소스 제의의 원형으로서 의미가 퇴색하는 이유는 디오니소스 신봉자들이 보여주었던 제의는 결코 현실을 망각하는 수단이 되지 않고 오히려 현실이 주는 파멸의 고통을 통해서 우주의 총체성을 발견하고자 하는 숭고한 종교적 경건성이 담겨있었던 것이다. 반면에 해리 호프 무리들은 현실을 직시하지 못하고 술이 주는 망각으로 도피하는 부정적인 모습을 보인다. 또한 그들의 정신적 중심이 되는 래리가 철학적인 고독으로 소외되어있는 것도 전체적인 조화를 손상시키는 요소가 된다. 하지만 이러한 부정적인 요소들은 현실과 환상의 공존과 희망없는 희망(hopeless hope)의 불가피성을 주장한 오닐의 비극관과 상관관계를 가지기 때문에 그리인들이 유지하고자 하였던 현실과 환상의 중용적 측면에서 이해되어야할 것이다. 더드리 니코라스(Dudley Nicholas)는 "난 이 연극이 염세적이라고 생각하지 않는다. 그건 결코 우울한 연극이 아니다. 오닐 자신은 이 연극의 웃음을 즐겼다. 그는 매춘부나 다른 인물들에 대해 낄낄거렸고-모두를 사랑하였다 . . . 우리는 환상에 빠진 사람을 좋아한다. 어떤 행복한 사람도 실제와 좋은 관계를 가지며 사는 사람은 없다"라고 호프 무리들의 환상에 대한 옹호를 하고 있다(35). 그의 옹호는 현대인의 삶에 있어서 환상이 가지는 불가피성과 무거운 비중을 깨닫고 있기에 가능한 것이다. 다만 래리가 가지는 환상과 현실의 조화를 몽상가들이 가지지 못한 것은 부인할 수 없는 사실이다. 그러나 래리와 무리들이 정서적인 친밀함을 유지하고 래리의 중용적인 판단력을 수용함으로써 환상에의 몰입에서 오는 결함을 치유할 수 있다는 점은 매우 긍정으로 평가해야 할 것이다.

4. 기독교적 제의 형태와 통합

오닐은 현대인들의 정신적인 질병이 전통적인 기독교 신앙의 상실에서 기인한다고 진단하고 이를 대체할 수 있는 새로운 신앙을 찾고자 노력했다는 사실은 전기나 작품을 통해서 쉽게 발견할 수 있다. 오닐 자신이 소년시절에 이미 기독교 신앙에 회의를 느끼고 교회를 떠났다는 전기적 사실도 이미 언급된 바 있다. 그러나 그에게 기독교에 대한 대체적 신앙의 근간은 결국 기독교에 두지 않을 수 없다는 불가피성 때문에 그의 무의식의 근저에 어린시절의 캐토릭 신앙이 면면히 흐르게 하였다. 세번째 아내 카롯타(Carlotta)에게 바치는 극으로 알려진 『끝없는 날들 *Days without Ends*』은 그가 어린시절의 캐토릭 신앙으로 회귀하는 결말을 보여줌으로써 기독교 신앙이 그의 내면에 숨어있는 영적 세계의 근간임을 확인시켜 주었다.

기독교에서 사순제는 예수의 광야에서의 40일간의 금식과 고난을 기념함으로써 그리스도의 헌신적인 삶을 본받고자 하는 기독교인들이 참여하는 고행의 제의 형태이다. 그래서 봉재 수일에는 부활절 전날까지 술과 고기에 대한 절제와 금식 및 참회를 통해서 영적인 성장을 획득하고자 노력하는 모습을 보여준다. 기독교인들은 이 제의를 통해서 그리스도의 구원활동에 나타나는 인간에 대한 절대주의 사랑을 되새긴다. 그들은 그리스도가 제시한 가르침에 따라 살지 못한 속세의 삶에 대해 참회함으로써 신앙의 중심에서 분열된 삶을 통합하고자 구도하는 것이다. 폴 존스(Paul D. Jones)는 기독교의 참회를 위한 제의가 늦은 겨울의 추위에서 시작하여 새 생명이 돋는 봄에 절정을 이루며 참여자로 하여금 죄와 죽음에서 벗어나 그리스도의 헌신적인 삶으로 회귀하도록 하는 기도와 활동을 하며 보내야 한다고 보았다(23).

참회의 제의로서 캐톨릭 교회에 가장 보편화되어 있는 제도는 고해성사라고 볼 수 있다. 이 제도는 죄사함의 영적 권위를 부여받은 신부에게 자신의 죄를 고백하여 "우주와의 조화를 재건하고자" 한다. 또한 고해성사는 "신과 인간 사이에 그리스도가 중재"한다는 것을 강조한다. 그래서 이 제의에 참여하는 사람은 과거의 죄를 용서받고 현재와 미래의 삶을 성스럽게 살아갈 수 있는 계기를 마련하는 것이다. 개인과 전체적인 인간의 과거와 현재 그리고 미래가 인간과 신성의 이 화해 속에 포함되어있는 것이다(Lourin Porter 89). 이 고해성사의 형태는 오늘의 작품에 가장 많이 사용되는 기독교 제의이며 분열된 남녀관계와 가족관계의 화해를 위한 장치로서 효과적인 역할을 하고 있다. 부부나 남녀간의 고해는 『모든 신의 아이들 날개가 돋다 All God's Chillun Got Wings』, 『끝없는 날들』, 『밀짚』 등에서 나타난다. 그리고 부자나 모자 사이의 고해는 『밤으로의 긴 여로』와 『사생아를 위한 달 A Moon for the Misbegotten』 등에서 나타난다.

기존의 성인식 제의는 참여자를 일정기간 사회에서 격리시키는데 반해서 기독교적인 성인식은 참여자의 몸에 물을 부어 그리스도의 신자로 재생시킨다. 세례는 아직 그리스도교에 입문하지 않은 비신자를 "입문한 공동체"로 들어오도록 "형식적이고 제의화된 환영식"을 하는 기독교 특유의 제도이다. 이 제의에 참여하는 자들은 이를 통해 과거, 현재, 미래의 자신의 삶과 절대주와의 관계를 정립하여 영적 변화를 경험하게 된다. 즉 과거에 "어두움의 피조물로서 사탄의 지배하에 있었다"는 사실을 인정하고 현재 "세례의 물을 부음으로써 사탄의 손아귀에서 빠져나와 절대주의 아들이 된다"는 재생의 기쁨을 누린다. 그리고 그들은 미래를 "기독교 전도의 책임을 수용하는" 시기로 제의에서 가장 중요한 단계로 여긴다. 이러한 세례의 형태를 『안나 크리스티』에서 바다와 접촉함으로써 삶의 변화를 가져오는 안나의 변화과정과 비교할 수 있을 것이다.

융이 남성과 여성의 조화로운 합일을 신성한 이상으로 보았듯이 오닐 또한 이성이나 부부 사이의 화해를 통해서 불화에서 통합으로 발전시키고 있다. 오닐은 스트린베리처럼 양성 사이의 적대적 관계의 필연성은 인식하고 있었지만 갈등의 결말은 부정적인 파괴보다는 화해와 참회를 추구한다. 『모든 신의 아이들 날개가 돋다』, 『끝없는 날들』에서는 모두 남성과 여성 사이의 관계가 조화를 이루지 못하고 파국에 직면하고 있다. 짐(Jim)과 엘라(Ella), 머레이와 에이린, 죤과 엘사는 사랑이라는 유대로 결합되어 있다. 그러나 이들의 결합은 엘라, 머레이, 그리고 죤의 이기적 자아에 의해서 본래의 조화를 잃고 갈등과 분열의 고통을 겪게 된다. 이러한 분열은 양성이 결합의 필연성과 함께 적대성도 가지기 때문에 개별성의 한계를 지닌 남성과 여성의 자아만으로는 조화를 이루기 어려운 상황이다. 융은 양성간의 적대성을 모든 현상으로 확대하여 언급하고 있다.

> 남성과 여성은 결합한다 할지라도 활성화되면 치명적인 적대성으로 퇴보하는 화해할 수 없는 적대자를 나타낸다. 이 원초적인 한 쌍의 적대자들은 발생할 수 있는 모든 쌍들의 인지 가능한 적대자들을 나타낸다. 뜨거움과 차가움, 밝음과 어두움, 북과 남, 건조함과 축축함, 선과 악, 의식과 무의식 등을 상징하는 것이다. (Jung 106)

이 적대성은 엘라로 하여금 백인의 우월감으로 짐을 좌절하게 하거나 인종적인 한계를 극복할 수 없는 부부가 되게 하고 머레이가 작가로서의 성공이라는 세속적인 욕망에 사로잡힌 나머지 에이린의 애절한 사랑을 깨닫지 못하게 한다. 또한 죤은 엘사와의 결혼의 순결성을 지키지 못하고 아내의 친구인 루시(Lucy)와 부정을 저질러 그녀의 생명을 포기하는 상황에 이르게 하는 것도 양성간의 필연적인 적대성에서 기인하는 것이다. 이 세상의 남녀의 유대는 사랑의 중심에서 분열되어 이기적인 자아에 집착함으로써 본래의 통합체로서 존재할 수 없는 상황에 이르게 된다.

스트린베리의 『아버지 The Father』와 『줄리양 Miss Julie』는 이성에 대한 남성이나 여성의 지배욕구를 자연주의적으로 그리고 있다. 수단과 방법을 가리지 않고 남성을 이기고자 하는 로라(Laura)에 의해서 캡틴(Captain)은 광증으로 파멸하게 되고 줄리는 쟌(Jean)에 의해서 파멸의 길을 걷는다. 그녀는 쟌에 의해서 능욕당한 자신의 귀족성에 대한 대응책으로 자살을 선택하고 만다. 스트린베리는 분열되고 갈등하는 적대자 사이의 화해의 가능성을 배제함으로써 사실성을 획득하고 있다. 그러나 오닐의 비극관은 분열로 인한 파멸에 머무르지 않고 인간성의 개별성을 극복하는 초월성을 추구한다. 초월성은 양성 사이의 갈등을 극복하여 화해를 가능하게 하는 제의에 의해 가능해지는 것이다. 제의는 개체와 공동체적 의식과 믿음 안에 있는 초월성으로부터 힘과 초점을 획득하는데, 초월성이 효과적으로 기능하기 위해서는 인간적인 과정에 개입함으로써 경험해야한다. 왜냐하면 그 곳에서 제의적 행위에 대한 자극이 발견되기 때문이다(Jones 6). 오닐의 적대자들은 인간의 자연주의적 한계에 의해서 분열과 갈등이 증폭하기 보다는 기독교적 제의를 통해서 자신들의 한계를 초월하여 통합된 전체성을 회복하고자 한다. 그들은 자신의 허물과 죄를 신에게 고해하듯이 상대방에게 분열의 행위에 대해 용서를 구하는 것이다.

『모든 신의 아이들 날개가 돋다』의 마지막 장면에서 엘라는 짐에게 자신의 잘못을 고해한다. 그녀는 자신이 증오하는 흑인에 대한 우월감을 손상당하지 않으려고 짐이 시험에서 실패하기를 원하는 기도를 하였다고 자백한다. 신에게 기도했던 내용은 두 사람의 화해를 방해하는 "오, 하느님, 그를 합격하지 않게 하소서!"(234)이었다. 그러나 죽음을 앞둔 엘라는 성장하면서 왜곡되었던 흑인에 대한 증오의 감정에 대해서 뉘우치고 인종의식이 있기 이전의 순진한 시절로 돌아가고자 한다. 짐과 엘라가 피부색깔에 관계없이 평등한 인간으로 정을 나누었던 동심의 시절로 환원함으로써 오염된 의식의 죄악에서 벗어날 수 있다. 엘라의 고해성사를 주관하는 신부는 짐이다. 엘라는 순진무구한 유아처럼 조잘대듯 맹세한다.

> 난 그저 너의 작은 소녀가 될 거야. 짐 너도 옛날처럼 작은 소년이 되는 거야. 기억나니, 너와 나는 좋은 짝이었잖아. 나는 검은 구두약을 얼굴에 바르고 흑인인 양 할거야. 그리고 너는 얼굴에 분필가루를 발라서 백인이 되는 거야. 옛날처럼 공기놀이를 하자구. 넌 언제나 남자애가 될 필요는 없거든. 넌 종종 오랫동안 우리와 함께 지내온 친절한 늙은 엉클 짐이 되어야 해. 그렇게 해주겠지, 짐? (234)

엘라는 고해의 제의를 통해서 인간적인 처절한 노력에도 불구하고 완전한 결합에 실패했던 짐과의 조화로운 화해를 할 수 있다. 그녀는 육체적인 죽음을 앞두고 현재의 현상적인 시간을 넘어서서 상실했던 낙원의 상징인 어린시절로 진입하고자 한다. 그녀가 구하는 초월적인 삶은 속세적인 세계를 포기하는데서 오는 고통의 과정을 경험함으로써 가능하다. 그녀는 짐과의 영원한 결합을 구하며 "넌 나를 결코, 결코, 결코 떠나지 않겠지, 짐?"(234)라고 호소한다.

엘라의 영적인 변화에 대해서 감동한 짐 역시 속세적인 성공만이 사랑을 성취할 수 있는 기반이라고 믿었던 과거의 속물적인 사고를 뉘우친다. 짐이 엘라의 사랑에 대해 가치있는 존재가 되는 발판은 법관이라는 세상적인 지위가 아니고 그녀의 정신적인 안식처가 될 수 있는 "친절한 늙은 엉클 짐"이다. 그녀는 엘라의 변화에서 영적 개안을 경험한다. 그는 이제 현상적인 존재의 무의미성을 깨닫고 영적 생명을 얻고자 노력한다. 또한 그는 그녀의 순수한 상태를 닮아 조화로운 결합을 기원한다.

> 하느님, 저를 용서하세요 – 나를 가치있게 만들어주소서! 이제 당신의 빛을 다시 보나이다! 이제 당신의 목소리를 듣나이다! 하느님, 당신을 모독한 죄를 용서하소서! 이 불타오르는 고통의 불로 하여금 나의 이기심을 정화시켜주시고 당신께서 앗아가는 여인을 위하여 나를 보내주신 아이에 걸맞게 만들어주소서. (234-5)

엘라의 죄의 고백을 들어주던 사제로서의 짐은 그녀에게 받은 정신적인 고통에도 불구하고 오히려 자신을 낮추는 신앙적인 겸양의 태도를 가질 수 있다. 인종적인 편견과 굴욕감에서 기인하는 사랑의 왜곡상태를 현상적인 사회의 지위를 변화시켜 해결하려던 과거의 실책을 깨닫게 된다. 그는 신의 뜻을 사회적이고 개인적인 문제에 국한시킴으로써 사랑의 영적 가치를 인식하지 못했던 오류에 대해서 참회하고 사랑의 참된 의미를 획득한다. 도리스 포크는 고해에 대한 엘라의 수용과 결합을 감상적으로 보고 자신을 상실함으로써 자아를 발견하기 보다는 자신을 영원히 잃어버리고 말았다는 부정적인 평가를 내리고 있다(90). 그러나 그녀의 관점은 오닐이 추구하고 있는 종교적 비젼을 경시한 결과이며 오히려 "신과의 신비적 통합"과 "복음의 진리를 인식하는" 순간으로 해석한 엥겔의 접근이 오닐의 비극관에 적합하다고 보아야 할 것이다 (Engel 125).

『밀짚』과『끝없는 날들』은 남성이 여성에 대한 배반과 참회를 다룬다는 면에서 유사한 갈등구조를 보인다. 머레이와 존은 각각 다른 동기에서 에이린과 엘사와의 사랑의 통합체를 파괴시키는 분열의 죄를 저지르지만 고해성사의 제의에 참여함으로써 초월적인 통합이 가능하게 된다. 전자의 머레이는 자신을 격려하여 문학적으로 성공하게 한 에이린의 절박한 사랑의 고백에 무관심으로 응답하여 그녀의 삶의 의욕을 꺾는 비인간성을 보인다. 그는 건강을 회복하여 요양원을 떠나 뉴욕으로 온 후 세속적인 일에 묻혀 에이린의 사랑을 망각하는 오류를 범한다. 후자의 존 역시 엘사와의 결혼의 신성한 약속을 저버리고 그녀의 친구 루시와 부정한 관계를 가진다. 그는 이 관계를 자신의 소설의 플롯에 비유하는데 여기에서 참회와 용서에 대해 모호한 입장을 취하여 아내가 생명을 포기하는 지경에 이르게 한다.

두 작품 모두 신성한 성처녀 마리아의 이미지를 닮은 진실한 사랑의 소유자인 여성 주인공들이 남성의 죄과에 의해서 세상적인 삶을 포기하는 위기상황을 설정하고 있다. 그러나 이들의 위기는 육체적 생존의 문제가 아니고 정신적 가치를 상실한 인간의 삶의 무의미성을 암시하고 있는 것이다. 그러므로 두 쌍의 남녀관계의 회복은 그들이 상실한 영적 가치를 되살릴 수 있는 종교적 기능인 제의에 의존하지 않을 수 없다. 그들은 기독교적 참회와 고해의 제의에 참여함으로써 분열된 관계를 통합으로 발전시키고자 한다.

기독교적 고해성사나 세례가 가지는 공통점은 제의 이전의 삶이 악마의 영향 아래 있었으나 제의의 초월적인 과정을 통해서 현재와 미래의 삶을 새롭게 재생시키는 기능을 가진다. 머레이와 존은 여성들이 죽음을 목전에 두고 자신들의 죄를 인식하고 참회하는 고해성사의 과정을 거친다. 머레이는 우연히 자신의 건강을 검진하러 왔다가 에이린의 위급한 상황을 발견하고 과거의 무관심을 뉘우친다. 그는 그녀의 삶의 의욕을 불러일으키기 위해 자신이 결핵에 다시 감염되었다고 거짓말을 하고 구혼을 한다. 그의 참회는 그녀와의 화해를 위해 자신의 생명을 희생물로 던지는 종교적 행위라고 볼 수 있다. 머레이는 위험스럽게도 죽음에 밀접하여 사랑할 수 있는 힘과 여성적인 본능과 치유적인 접촉을 통해서, 그리고 자신을 기꺼이 희생함으로써 작가로서 좌절된 능력으로부터의 해방을 발견하는 것이다(Skinner 65). 그는 작가로서의 명성이라는 세속적인 꿈을 버리고 참회를 통해서 그리스도의 삶을 본받아 에이린과의 영적인 결합을 추구하는 모습을 보여주고자 한다. 그는 의사들이 절망적으로 보는 그녀의 병의 상태에 대해서 '희망없는 희망'을 가지지만 그것은 단순한 환상이 아니고 현상 뒤에 있는 영적인 가치와 힘에 대한 신념을 나타낸다. 그들의 결합을 사실적으로 해석하는 알렉산더 울코트(Alexander Woollcott)의 견해는 오닐의 제의적 관념과는 거리가 멀다. 이 시점에서 무대 밖에서 바라보는 방관하는 의사, 간호사 그리고 관객은 그들이 기만에 묻혀있고 작품이 홍분된 희망으로 쓰여졌다는 것을 알고 있으며 그리고 그녀가 살 수 있는 시간이 얼마 남지 않았다는 것을 알고있다는 것이다(Cargil 156). 자신의 육체적 생명을 그리스도적 사랑의 제물로 바치는 행위는 자기 기만적 위로라는 소극적인 도피가 아니고 사랑의 본질을 획득하려는 적극적인 구도행위라고 보는 것이 타당하다. 이런 관점에서 "죽음에 대한 진정한 사랑의 승리라고 보는 카펜터(Carpenter)의 해석이 기독교적 제의를 통한 통합의 비젼에 가깝다고 할 수 있을 것이다(45).

존의 참회는 머레이 경우와 같이 기독교적 성격이 농후한 고해성사이다. 그는 메피스토펠레스적인 가면을 쓴 러빙이 분신으로서 동행하기 때문에 참회의 제의에 참여하는데 끊임없이 방해를 받는다. 러빙은 인간의 내면세계에 존재하는 악의 대변자로 양심의 소리에 귀를 기울이는 존을 유혹한다. 그리스도가 광야에서 금식할 때 끊임없이 죽음의 세력인 사탄의 시험을 받았듯이 존은 그의 유년시절의 잃어버린 신앙에 복귀함에 있어 러빙의 강한 저항과 시험을 당한다.

존: 아냐! 사랑이 있었어!
러빙: 증오와 조롱의 상징이야!
존: 아냐! 사랑의 상징이라구!
러빙: 바보! 무릎을 꿇고 굴복해! 소용없어! 기도하려면
         믿어야해!
존: 난 당신에게 돌아왔어!
러빙: 말뿐이야! 소용없어!
존: 당신의 사랑을 다시 믿게해주소서!
러빙: 당신은 믿을 수 없어!
존: 오 사랑의 하나님! 저의 기도를 들으소서!
러빙: 하나님은 없다구! 죽음뿐이야!
존: 저희를 불쌍히 여기소서! 엘사를 살려주소서! (154)

죽음의 세력을 대표하는 러빙의 강력한 유혹에도 불구하고 사탄을 질책하는 그리스도처럼 존은 처절하게 "당신은 길이요, 진리요, 부활과 생명이시니, 당신의 사랑을 믿는 자는 그 사랑이 영원히 죽지 않으리라!"(156)라고 간구함으로써 상실한 신앙을 회복하고 있다. 이교적인 영적 분열에 대한 존의 승리는 그의 내면세계를 분열시키던 러빙이 신의

권능 아래 굴복하고 "하나님께서 이기셨나이다. 하나님은 끝이십니다. 존 러빙의 저주받은 영혼을 용서하소서!"(156)이라는 참회의 결과를 가져온다. 즉 존과 러빙으로 분열되었던 인간의 내면세계가 비로소 통합될 수 있는 것이다. 러빙의 시체가 십자가 밑에 통합의 제물로 누워 있는 마지막 장면은 참회의 제의의 증거물이 된다. 또한 엘사도 그에 대한 불신을 씻어버리고 그를 용서하고 자신의 삶의 의지를 가지게 된다. 결국 남녀간의 진정한 일치는 현상적인 육체적 결합을 초월하는 정신적 조화이기 때문에 각자의 영적 통합 없이는 불가능하다고 볼 수 있다. 십자가 앞에 머리를 숙여 영적 위로를 받으려하는 존의 노력은 캐톨릭으로의 귀향을 의미하기 보다는 그리스도와 같은 구원자가 그의 내면에 태어났음을 함축하는데, 그는 이제 인간을 자신으로부터 구원하려는 인간을 겸손하게 사랑하는 사람이 되기를 결심한다(Goyal 97-8).

이 극의 결말을 오닐의 기독교 신앙의 회복과 일치시키려는 캐톨릭 친구들의 "좌절에 대한 그의 승리의 선언서"라는 해석과 실제로 작가 자신의 신앙에 대한 부정적 증언 사이의 갈등은 그의 비극관을 이해하는데 혼란이 생긴다(Carpenter 144). 그러나 이 극은 모순된 삶으로부터 해방되고자 하는 그의 절실한 종교적 필요성의 예술적인 표현으로 단편적인 사실적 진술보다 진실에 가깝다고 볼 수 있을 것이다.

오닐은 후기극인 『밤으로의 긴 여로』와 『사생아를 위한 달』에서 고해성사의 제의를 통해 가족 사이의 참회와 이해 그리고 용서를 구함으로써 분열된 가족들의 통합을 보여주고자 한다. 앞 작품의 고해성사는 에드먼드가 고해신부가 되고 타이론과 제이미가 참회자가 되어 어머니에 대한 죄의식으로부터 해방되어 평안을 획득하고 있다. 특히 이 극은 오닐의 실제 가족을 다루어 오닐을 괴롭히던 가족의 분열과 소외를 초월적인 제의를 통해서 통합시키고자 하는 작가의 고뇌 어린 노력을 발견할 수 있다.

『밤으로의 긴 여로』의 고해성사 제의는 에드먼드의 결핵 치료에 대한 타이론의 인색한 태도로 심화되던 분열과 갈등이 4장에서 해결의 장을 마련하면서 이뤄진다. 타이론의 인색함에 대한 공격은 이 극의 주악상(leit-motif)으로 파상적으로 나타나며 가족 간의 갈등의 동기를 부여하며 극을 이끌어간다. 에드먼드를 값싼 의사인 하디(Hardy)에게 치료하게 하는 타이론은 제이미에게 숙식의 대가를 치루라고 호통을 친다. 그의 인색함은 위스키병에 잔유량을 표시한다든지, 현관의 전등의 조명을 어둡게 하는 등 현재의 인간관계를 악화시키는 동기가 되고 있다. 또한 메리를 돌팔이 의사에게 치료시켜 마약중독의 원인을 제공했으며 약 대신에 위스키를 사용하여 제이미의 알콜중독을 간접적으로 유발시킨 장본인이기도 하다. 이러한 인색한 가정 운영은 메리에게 가정이라는 안식처를 마련해주지 못하는데 이는 과거에 가족을 분열시키는 근본적인 요인이었음을 시사해준다. 즉 타이론은 가장으로서 인색하게 살아온 현재와 과거라는 현실적 한계에 갇혀있는 상태이기 때문에 그들이 내면적으로 회구하는 가족의 통합은 불가능한 상태인 것이다. 그들이 현상적인 시간의 노예 상태에서 벗어나기 위해서는 제의가 제공하는 시간에 대한 초월성이 필요불가결하며, 과거와 현재를 새롭게 이해함으로써 관련된 시간에 대한 새로운 화해의 관계를 마련해야 한다. 왜냐하면 제의가 보여주는 영원성의 시점에서만 현상의 시간을 극복할 수 있으며 그로 인해 초래된 왜곡 현상을 치유할 수 있기 때문이다.

제의는 시간의 일시적인 정지를 허락함에 있어서, 제의적 시간의 경험은 과거, 현재, 미래 를 무너뜨려 한 순간으로 만든다. . . . 신은 과거,

현재, 그리고 미래의 구분을 짓지 않는다. 마치 니체의 영원한 귀환과 엘리아드의 우주진화론적 제의의 틀처럼 영원한 현재 속으로 포함된다. 그래서 믿음의 현존 속에서 제의의 문맥 안에서 신성의 국면을 두드릴 수 있는 참여하는 신자는 외부 시간의 한 순간을 경험할 수 있다(Porter 71).

에드먼드의 고해신부 역할의 자질은 그가 현상을 뛰어넘어 사물의 본질과 접촉할 수 있는 힘을 가진 유일하다는 점이다. 타이론은 지나친 물질욕에 사로잡혀 있고 메리의 마약중독을 통한 환상이나 제이미의 알콜중독을 통한 퇴폐적 도피 등은 세속성을 벗어나지 못하고 있다. 그러나 에드먼드는 인간의 욕망을 초월한 우주와의 신비적 일체감을 느낄 수 있는 영적 능력을 가지고 있다. 그는 차라리 유한적인 인간의 굴레를 벗어버리고 우주의 영원성을 표현할 수 있는 존재로 승화하고 싶은 종교적 열망을 보이고 있다. 4막에서 에드먼드는 타이론에게 신비적 체험을 들려줌으로써 "그래, 너에게는 시인적 기질이 제대로 들어있어"(154)라는 초현실적인 자질에 대한 인정을 받는다. 그는 제의를 주관하는 사제로서 현상적인 공간과 시간의 한계를 극복하고 사물의 본질이나 종교적 절대자와 접할 수 있는 체험을 고백한다.

> 난 뒤를 보며 제일사장에 누워있었어요. 물이 포말이 되어 내게로 몰려오고, 닻을 모두 올린 돛대들은 내 위로 높이 솟아서 달빛을 받아 하얗게 빛나고 있었죠. 난 그 아름다움에 취해서 그 리듬에 맞추어 노래하다가 순간 정신을 잃고 말았어요 — 정말로 망연해진 거죠. 자유로워진 거예요! 내가 바다 속에서 용해되어 달빛이 되고 배와 높고 희미하게 별빛이 비치는 하늘이 되었다구요! 전 과거나 미래도 없이 평화와 통합 그리고 거친 기쁨에 안에서 저 자신의 삶이나 인간의 삶보다 큰 어떤 것 안에서 삶 그 자체에 속하게 된 거죠! 아버

지께서 원하시는 대로 말한다면 신에게 말이에요. (153)

에드먼드는 타이론과 마주앉아 솔직하게 서로의 마음을 털어놓을 수 있는 시간을 통해서 아버지가 인색하게 가정 운영을 해왔던 것을 뉘우치는 고해성사의 형태를 가지게 한다. 그는 가정의 파국에 대한 죄의식으로 자기 변명에 급급한 타이론으로 하여금 집안 살림이나 자신의 결핵 치료에 대해 관대한 마음을 가지도록 유도한다. 그는 "난 엄마와 같단다. 모든 일에도 불구하고 널 좋아하지 않을 수 없어"(142)라고 말하면서 가족의 유대감을 느끼게 하여 지금의 인색함이 어린 날의 가난에서 비롯되었음을 고백한다. 타이론의 고백은 점점 자기 변명에서 벗어나 자신의 오류를 진정으로 참회하는 고해의 성격을 띠게 된다. 그는 삶의 본질에서 벗어나 물질 추구가 자신의 인생의 행로를 왜곡시켰다고 처음으로 인정한다. 이 순간 권위적인 가부장에서 겸손한 고해자로 변화한다. 그는 물질적인 성공을 가져다준 허위적인 삶에 의해서 상실된 예술가로서의 본질적 자세를 갈망하는 참회를 할 수 있다.

> 애야, 전에는 어느 누구에게도 이 것을 인정한 적이 없단다. 하지만 오늘 밤에는 너무 가슴이 아파 모든 것의 종말에 온 듯 하구나. 그리고 거짓 자만심이나 가식이 무슨 소용이 있겠니. 노래 한 곡 때문에 그 빌어먹을 극본을 샀는데 대단한 성공을 거두었지─대단했다구─쉽게 돈을 벌 수 있다는 전망 때문에 그게 날 망치고 말았지. 다른 어떤 것도 하고 싶지 않았거든 내가 그 빌어먹을 놈의 것의 노예가 되고 말았다는 사실을 깨닫고 다른 극을 하려고 해보았지만 이미 때는 너무 늦어버린 거야. (149)

타이론의 인색한 가정운영은 물질에 대한 노예상태에서 유래된 것이며 이로 말미암아 그는 재능을 가진 예술가로서 바른 길을 가지 못하고 '크게 돈 버는 사람'으로 전락하고 만 것이다. 결국 세속적인 욕망을 채울 수 있는 물질을 가지게 되었지만 예술가로서 생명인 영혼을 상실한 죄책감을 초월적인 가치를 추구하는 에드먼드에게 고해하지 않을 수 없다. 타이론과 에드먼드는 고해성사를 통해서 서로를 깊게 이해하게 된다. 또한 선택하지 않은 예술가의 길을 회복할 수 있다면 그가 누리고 있는 물질적 성취를 포기하겠다고 고백함으로써 그의 미래의 삶이 변화될 가능성을 엿볼 수 있다.

이 극의 4막에서 보여주는 또 하나의 고해성사는 제이미가 에드먼드에게 행하는 고백이다. 시내에서 술에 만취되어 돌아온 그는 자신이 동생에게 보여온 애증병존의 모호한 태도에 대해서 털어놓게 된다. 위층에서 거닐고 있는 메리를 "마약 중독자"라고 비난하자 에드먼드는 그의 뺨을 친다. 제이미는 어머니가 동생에게 더 친밀한 것에 질투했던 일과 그녀의 마약중독의 원인이 된 동생의 출생에 대해 숨겨놓았던 감정을 털어놓는다.

> 네가 성공해서 비교하여 내가 더 나빠 보이는 것을 원치 않았었지. 네가 실패하기를 원했거든. 항상 너를 질투했었지. 엄마의 아이이고 아빠의 귀염둥이였거든! 그리고 엄마가 마약을 시작하게 한 것도 너의 출생 때문이었어. 그건 네 잘못이 아니라는 건 알아. 하지만 마찬가지지, 빌어먹을 놈. 널 미워할 수 없구나. (165-6)

그러나 그는 동생에 대한 미움보다 사랑이 더 크다는 것을 강조함으로써 분열보다는 가슴 속의 죄책감을 씻어내고 싶은 종교적인 갈망을 보인다. 그의 고백은 애증에 의해 갈등을 겪고 있는 인간의 한계상황을 여실히 보여주는 심리적 장치이기도 하다. 그래서 모순에 가득 찬 고해의 내용에 대해 도덕적 심판을 보이기 보다 죄사함과 정화작용을 기대해야 한다. 제이미는 자신의 고해를 통해 에드먼드에 대한 죄의식을 정화시키고 평안과 새로운 미래를 시작하고자 한다.

> 그것 뿐이야. 이제 기분이 낳아졌어. 고해성사를 한 거야. 네가 죄를
> 사해준거니? 넌 이해할거야. 넌 정말 좋은 놈이지. 그래야 하구 말
> 고. 그래 가서 회복해야지. 나 때문에 죽지 마라. 넌 내가 남긴 모든
> 거야. 신의 가호가 있기를. (167)

에드먼드를 중심으로 한 타이론 가족의 고해성사는 단지 서로를 비난하는 대신에 자신들의 죄를 기꺼이 고백함으로써 상호간의 비난의 악순환이 부서질 수 있다는 희망을 제시하며 이것은 참여자로 하여금 새로운 삶을 시작하도록 허용하는 제의의 기능이다(Porter 89). 그러나 이 고해성사는 마약중독에 빠져있는 메리가 불참함으로써 제의가 지향하는 공동체 구성원 사이의 총체적 교감의 의미가 반감되지 않을 수 없다. 뿐만 아니라 마지막 장면에서 메리가 현실적인 가족의 유대로부터 과거의 환상으로 퇴행하는 상태는 제의가 지향하는 현상적 시간과 공간의 극복이 한계에 이르러 가족의 통합이 불완성 단계에 머무르게 된다.

오닐은 자서전적인 가족의 이야기를 다루는『사생아를 위한 달』을 가족사의 연장선상에서 다루어 가족의 통합에 미진했던 고해성사 제의를 완성시키고자 한다. 특히 메리의 마약중독에 대해 신랄한 비난을 표현했던 제이미의 도덕적 갈등을 해소하고자 한다. 이 극은 타이론과 메리가 죽은 후 토지를 관리하고 있는 제임스 타이론 주니어(James Tyrone Jr.)와 소작인 호간(Hogan) 사이의 토지 판매를 두고 벌어지는

회극적인 일화를 보여주지만 오닐이 중점을 두고있는 부분은 3막의 달빛 아래의 참회의 장면이다. 작가는 전반부에서 토지를 얻어내기 위해서 딸 죠시(Jossie)를 성적도구로 이용하려는 호간의 희극적인 계략을 3막에서 종교적인 참회와 구원으로 전환시킴으로써 이전 극에서 미진한 고해성사를 완성시키려고 한다. 아이러닉하게도 신체가 불균형적으로 거구인 죠시가 호간이 기도한대로 물질획득을 위한 성적도구로 전락하지 않고 오히려 짐을 구원하는 사랑의 성모 마리아로 발전한다는 점에서 케토릭적인 고해성사의 형태를 강화시키고 있다.

어머니 메리에게 그녀가 죽는 순간까지 술에 취해있는 모습을 보여주었기 때문에 그녀로 하여금 삶보다 죽음을 택하게 했다는 자책감으로 짐은 괴로워한다. 또한 죽은 어머니의 시체를 운구하는 기차 안에서 술에 취한 채 창녀와 성적 관계를 가졌던 과거의 기억에 의해서 현재와 미래를 알콜중독의 망각 아래 묻어버리고 죽음 같은 삶을 영위하고 있다. 그는 죄의식의 무게에 의해서 잠시도 평안을 느낄 수 없다. 죠시는 엄청난 부도덕한 행위에 놀라지만 "당신은 마음 깊은 곳에서는 그녀와 비슷해. 그래서 당신에게 말하는 거야"(393)라는 짐의 호소를 수용한다. 또한 자조하며 떠나는 그를 붙들고 "이제 당신을 이해해요. 그리고 당신이 세상에서 이해하고 용서할 수 있다고 생각하는 사람으로 내게 왔다는 것이 뿌듯해요. 그리고 난 용서해요!"(394)라고 말하며 기꺼이 구원의 포옹을 한다. 죠시는 자신의 따뜻하고 아늑한 가슴 위에 짐의 머리를 뉘이며 성모 마리아의 영원한 사랑과 용서의 능력을 부여받아 고해신부의 역할을 완벽하게 수행한다.

극의 절정의 장면에서 어머니의 죽음 전후로 술에 취해 방탕한 짓을 했었다는 기억으로 고통을 당하고 있는 짐은 그가 다시 술을 마시기

시작한 것이 그녀로 하여금 기꺼이 죽게 했다고 확신한다. 그는 은
빛의 월광 아래에서 죠시에게 그의 죄를 고백하자 그녀는 기적 적으
로 그의 어머니와 성모 마리아 그리고 모성적 교회로 동시에 변화한
다. 제의의 효과는 탁월하며 그는 그의 죄의식을 평안하게 뉘일 수
있다. 그는 과거의 폭정으로부터 벗어난 것이다. (Porter 11)

　　짐은 달빛 아래에서 신비한 고해의 밤을 보낸 후 아침을 맞는다. 그
는 매춘부들과 자고 맞는 아침과는 판이하게 정화된 모습을 보인다. 그
는 비로소 죄의식에서 벗어나 평안을 찾았으며 함께 밤을 보낸 죠시를
창녀가 아닌 성모 마리아로서의 메리의 이미지와 일치시킴으로써 『밤
으로의 긴 여로』에서 미진했던 통합의 고해성사를 완성시키고 있다. 이
극에서 오닐은 짐의 고해를 통해 알콜중독으로 회생되었던 친형의 영적
구원을 시도했으며 동시에 분열의 고통을 겪었던 지난 날 가족간의 정
신적 통합을 기원하고 있는 것이다.
　　고해성사가 낳는 죄에 대한 정화작용에 버금가는 기독교 제의는 침
례나 세례로 기독교에 귀의하는 교인들이 필수적으로 거쳐야할 과정이
다. 고해성사가 일상의 죄를 고해하는 교인들의 임의적이고 수시적인
성격을 지녔다면 침례나 세례는 입교하는 자에게 제한적으로 베푸는 제
의이다. 이 제의를 통과한 자는 사탄의 영향 아래 있는 과거와 단절하
고 기독교의 절대적 신의 은혜로 중생의 기쁨을 누리게 된다. 이와 동
시에 그는 정화된 교인으로 세상에 빛과 소금의 사명을 다해야 한다.
『안나 크리스티』는 육지 생활에 의해서 오염되어 매춘부의 타락된 삶
을 영위했던 안나가 바다와 접하자 정화된 모습으로 변화되는 것을 보
여준다. 안나의 변화는 바다에 대한 크리스의 부정적인 시각과는 달리
그녀의 왜곡되었던 영적 세계의 쇄신으로 기독교의 침례나 세례의 기능

과 동일한 현상을 나타낸다.

2막에서 바다와 안개를 접한 영적쇄신을 상징하는 외적변화를 뚜렷하게 보여준다. 오닐은 그녀를 "그녀는 변화되어 건강하게 보이며 자연적인 색이 얼굴에 돌아온다"고 묘사하고 있다. 또한 안개 속에 오래 머물러있으면 건강에 좋지 않다는 크리스의 충고에도 불구하고 바다의 경이로움에 빠져있음을 보여준다. 그녀가 바다 분위기에 침잠되어 있는 모습은 마치 기독교 입문자가 영적 변화를 위해서 물 속에 들어가 침례의 제의에 참여하고 있다는 이미지를 보여준다. 또한 그녀는 자신이 지내온 매춘부로서의 삶을 청산하고 바다의 정화작용에 의해서 새로이 태어나는 것이다. 다시 말하면 기독교적 침례에 의해서 사탄의 영향에서 벗어나 선한 인간으로 중생의 과정을 체험한다. 안나는 크리스에게 침례에 의한 정화의 기쁨을 끈기있게 설명한다.

> 왜 내가 그렇게 느낀다고 생각하는 거죠. 마치 내가 잃어버려서 찾고 있었던 것을 찾은 것처럼 말이에요, 마치 이 곳이 내게 맞는 바로 그 곳인 양 말이에요? 그리고 난 망각한 것 같아요-일어난 모든 일을-전혀 일어난 적이 없는 것처럼. 그리고 난 정결하게 느껴져요, 목욕한 직후에 그렇듯이 말이죠. 그리고 난 이번만은 행복해요-그래요, 정직하게! 이전에 어떤 곳에서 보다도 행복하다구요. (61)

일단 침례나 세례를 받은 기독교인은 이전의 삶과의 단절과 새로운 삶에 대한 진정한 서약을 해야한다. 그리스도를 삶의 중심으로 모시기 이전의 삶과 분명한 단절을 보여주어야 하며 동시에 자신이 맹약한 기독교 공동체에 대한 강한 소속감을 보여야 한다. 이러한 관점에서 안나가 내륙에서의 삶에 강한 혐오를 나타내며 "난 차라리 세상의 모든 농장보다 한 방울의 바닷물을 가지겠어! 정직해요! 당신도 농장을 좋아하지 않구요. 여기가 당신이 속한 곳이라구요”(60)라고 바다에서의 삶에 강한 소속감을 나타내는 확신으로부터 제의를 통해 변화된 기독교인의 자세와 동일한 현상을 발견할 수 있다. 메트 버크가 그녀를 성모 마리아의 이미지로 인식하여 사랑에 빠지게 되는 것도 안나의 정화된 모습에서 가능한 현상이다. 그러나 그는 안나가 제의의 신비한 작용에 의해서 변화할 수 있다는 사실을 깨닫지 못하고 그에게 인식된 성모 마리아의 절대적인 순수성을 고집함으로써 애정의 분열을 일으킨다. 그는 안나를 하나의 인간으로 받아들이지 못하며 그녀가 아닌 상당한 인물, 그가 그녀라고 생각하는 상당한 인물이 되도록 끝없이 노력할 것이다 (Winther 133).

메트 버크는 기독교인이라고 자처하면서도 그리스도의 관대한 사랑과 용서를 받아들이지 못하고 “세계에 존재하는 지극히 존재하는 극도로 변화할 수 있는 인간 경험을 측정하기 위하여 절대적 기준을 사용하는 낡은 윤리적 이론”에 의해서 안나와의 사랑에 상처를 주게 된다 (Winther 134). 그러나 안나는 메트에게 바다에 의한 정화작용을 강조하며 “만약에 내가 이 배에서 나가 바다에 있었던 일이 마치 내가 경험했던 것이 내가 아니며 중요하지 않고 마치 전혀 일어나지 않은 것처럼 나를 변화시켰고 전혀 다른 사람으로 만들었다고 말하면 당신은 비웃겠죠?”(88)라고 말하며 이해를 구하고자 한다. 그는 상호간에 고통스러운 갈등과 고민을 겪은 후에 그녀의 사랑을 받아들인다. 그가 신의 도움으로 다음날 아침에 결혼할거라고 선언하는 것은 제의에 의한 안나의 영적 정화를 수용하게 되었음을 밝혀준다.

오닐의 극에서 발견할 수 있는 성인 입문식, 탐색제의, 디오니소스 제의, 기독교적 제의는 작가가 연극의 종교성을 끊임없이 추구하였다는 것을 시사해준다. 그가 극장의 기능을 사원과 같은 치유적 효과에서 찾으려했다는 점을 주목할 때 전반적인 분열현상을 앓고 있는 현대인에게 연극을 통한 통합의 처방을 주고자 한 그의 분명한 의도를 간파할 수 있다. 그는 물질의 노예가 되어 내면의 영적 소속처를 상실한 현대인에게 새로운 종교적 대안을 제공하고자 한다. 또한 그는 대부분의 작품을 통해서 신앙을 상실한 현대인들이 겪고 있는 영적 귀소불능을 구원할 수 있는 제의적 삶을 재현하려고 노력하였다.

> 멜빌의 실질적이고 가상적인 항해처럼 자전적이고 상징적인 오닐의 극들은 구원과 의미에 대한 그의 끊임없는 추구를 암시하는 것 같다. (Carpenter 170)

참고 문헌

● 오닐의 작품들

Long Days Journey into Night. New Haven, Conn.: Yale University Press, 1956.

More Stately Mansions. New Haven, Conn: Yale University Press, 1964.

Selected Plays of Eugene O'Neill. New York: Random House, 1954.

　　— 이 책에서 사용된 작품은 『안나 크리스티』, 『위대한 신 부라운』, 『이상한 간막극』, 『상복이 어울리는 엘렉트라』, 『얼음 장수 오다』 등이다.

The Later Plays of Eugene O'Neill. New York: The Modern Library, 1967.

— 이 책에서 사용된 작품은 『시인의 기질』, 『사생아를 위한 달』 등이다.

Seven Plays of the Sea. New York: A Division of Random House, 1947.

— 이 책에서 사용 된 작품은 『카리비의 달』, 『카디프 동쪽을 향하여』, 『고
향으로의 먼 항해』, 『지대에서』, 『고래기름』, 『십자가를 만드는 곳』 등이다.

Days without End. New York: Random House, 1934.

Eugene O'Neill. Middlesex: Penguin Books Ltd., 1966.

— 이 책에서 사용된 작품은 『털복숭이』, 『모든 신의 아이들 날개 달다』,
『황제 존스』, 『느릅나무 아래 욕망』 등이다.

The Plays of Eugene O'Neill. New York: Random House, 1982.

— 이 책에서 사용된 작품 은 『마르코 밀리언스』, 『결합』, 『달라요』, 『원시
인』, 『황금』, 『밀짚』 등이다.

Engene O'Neill Complete Plays: 1913-20. New York: The Library of
America, 198.

— 이 책에서 사용된 작품은 『지평선 너머』, 『샘』 등이다.

● 참고문헌

Bate, W. J. *Criticism: The Major Texts.* New York: Harcourt Brace Jovanovich,
Inc., 1952.

Berlin, Normand. *Eugene O'Neill.* London: The Macmillan Press Ltd., 1982.

Bigsby, C. W. E. *A Critical Introduction to Twentieth-Century American
Drama Vol. I. 1900-1940.* Cambridge: Cambridge University Press,
1982.

Bocock, Travis. *Ritual in Industrial Society: A Sociological Analysis of*

Ritualism in Modern England. London: George Allen & Unwin Ltd., 1974.

Bogard, Travis. *Contour in Time: The Plays of Eugene O'Neill.* New york: Oxford University Press, 1972.

Boulton, Agnes. *Part of a Long Story.* New York: Doubleday & Company, Inc., 1958.

Brustein, Robert. *The Theatre of Revolt: An Approach to the Modern Drama.* Boston: Little, Brown & Company, 1962.

Cargil, Oscar. Fagin, N. Bryillon. Fisher, William J. ed. *O'Neill and His Play.* New York University Press, 1961.

Carpenter, Frederic I. *Eugene O'Neill.* New Haven: Twayne Publishers, Inc., 1964.

Chabrowe, Leonard. *Ritual and Pathos: The Theatre of O'Neill.* London: Associated University Press, Inc., 1947.

Clark, Barrett H. *Eugene O'Neill: The Man and His Plays.* New York: Dover Publications., Inc., 1947.

_____. *Eugene O'Neill: The Man and His Plays.* New York: Robert M. McBridge & Company, 1929.

Cronin, Harry. *Eugene O'Neill: Irish and America-A Study in Cultural Context.* New York: New York Times Company, 1976.

Dahlstrom, Carl Enoch William Leonard. *Strinberg's Dramatic Expressionism,* Ann Arbor: University of Michigan, 1976.

Engel, Edwin A. *The Haunted Heroes of Eugene O'Neill.* Cambridge: Havard University Press, 1953.

Falk, Doris U. *Eugene O'Neill and the Tragic Tension: An Interpretive Study of the Plays.* New Brunswick: Rutgers University Press, 1958.

Floyd, Virginia, ed. *Eugene O'Neill at Work: Newly Released Ideas for Plays.*

New York: Frederick Ungar Publishing Co., 1981.

Frenz, Horst. *Eugene O'Neill.* New York: Frederick Ungar Publishing Co., 1971.

_____. *American Playwrights on Drama.* New York: Hill & Wang, 1965.

_____ & Susan Tuck. *Eugene O'Neill's Critics: Voices from Abroad.* Carbondale: Southern Illinois Univ. Press, 1984.

Freud, Sigmund. *The Interpretation of Dreams.* Middlesex: Penguin Books, 1976.

Gelb, Arthur & Babara. *O'Neill.* New York: Harper & Brothers, 1960.

Goyal, Bhagwat S. *The Strategy of Survival: Human Significance of O'Neill's Plays.* Ghaziabad: Vimal Prakashan, 1975.

Horton, W. & Edwards, Herbert W, ed. *Background of American Literary Thought.* Englewood Cliffs, New Jersey: Prentice-Hall, 1974.

Jones, Paul D. S. J. *Rediscovering Ritual.* New York: Newman Press, 1973.

Jung, C. G. *Psychological Reflections.* ed. by Jolande Jacob & R. F. C. Hull. New York: Princeton University Press, 1953.

Kirk, G. S. *The Nature of Greek Myth.* Middlesex: Penguin Books Ltd., 1974.

Long, Chester C. *The Role of Nemesis in the Structure of Selected Plays by Eugene O'Neill.* The Hague: Mouton & Co., 1968.

Manheim, Michael. *Eugene O'Neill's New Language of Kinship.* Syracus: Syracus University Press, 1982.

Miller, Jordan Y, ed. *Playwright's Progress: O'Neill and the Critics.* Chicago: Scott, Foreman and Company, 1965.

Nietzsche, Fridrich. *The Birth of Tragedy and the Case of Wagner.* tr. by Walter Kaufman. New York: Random House, Inc., 1967.

Orr, John. *Tragic Drama and Modern Society.* second ed. London: Macmillan

Pressn Ltd., 1981.

Porter, Laurin. *The Banished Prince.* Ann Arbor/London: U-M-I Research, 1988.

Raghavacharyulu, D. V. K. *Eugene O'Neill.* Bombay: Popular Prakashan, 1965.

Raleight, John H. *The Plays of Eugene O'Neill.* Carbondale; Southern Illinois University Press, 1965.

_____. *Twentieth Century Interpretations of Iceman Cometh: A Collection of Critical Essays.* Englewood Cliffs: Prentice-Hall, Inc., 1968.

Ranand, Magaret Loftus. *The Eugene O'Neill Companion.* Westport, Conn.: 1984.

Robinson, James A. *Eugene O'Neill and Oriental Thought.* Carbondale: Southern Illinois University Press, 1982.

_____. *O'Neill's Expressionistic Grotesque: A Study of Nine Experimental Plays by Eugene O'Neill.* Ann Arbor, Michigan: Xerox University Microfilms, 1975.

Segal, Erich, ed. *Oxford Readings in Greek Tragedy.* Cambridge: Cambridge Univ. Press, 1981.

Silk, M. S. & Stern, J. P. *Nietzsche on Tragedy.* Cambridge: Cambridge Univ. Press, 1981.

Sinha, C. P. *Eugene O'Neill's Tragic Vision.* New Delhi: New Statesman Publishing Co., 1981.

Skinner, Richard D. *Eugene O'Neill: A Poet's Quest.* New York: Longmans, Green & Co., 1935.

Smith, Susan Harris. *Masks in Modern Drama.* Los Angels: New York: Longmans, Green & Co., 1935.

Spiller, Robert E. *The Cycle of American Literature.* New York: The Free

Press, 1955.

Stamm, Rudolf. *The Shaping Powers at Work.* Heidelberg: Carl Winter Universitatsverg, 1967.

Styan, J. L. *Modern Drama in Theory and Practice: Realism and Naturalism*(Vol. 1). Cambridge: Cambridge Univ. Press, 1981.

Styan, J. L. *Modern Drama in Theory and Practice: Expressionism and Epic Theatre.* Cambridge: Cambridge Univ. Press, 1981.

Tiusanen, Timo. *O'Neill's Scenic Images.* Princeton University *Press, 1968.*

Tornquist, Egil. *A Drama of Souls: Studies in O'Neill's Super-naturalistic Technique.* Uppsala, Sweden: Almqvist & Wiksells Buktyckeri AB., 1968.

Turner, Victor. *From Ritual to Theatre: The Human Seriousness of Play.* New York: Performing Arts Journal Publications, 1982.

Valgemae, Mardi. *Accelerated Grimace: Expressionism in the American Drama of the 1920c.* London & Amsterdam: Feffer & Simons, Inc., 1972.

Weston, Jessie L. *From Ritual to Romance.* Garden City, New York: Doubleday & Company, Inc., 1957.

Wilson, Robert N. *The writer as Social Seer.* Chapel Hill: The Univ. of North Caroline Press, 1979.

Winther, Sophus K. *Eugene O'Neill: A Critical Study.* New York: Russel & Russel, 1961.

_____. *Eugene O'Neill: A Critical Study.* New York: Random House, 1934.

● Article

Andreach, Robert J. "O'Neill's Use of Dante in *The Fountain* and *The Hairy Ape*," *Modern Drama.* May, 1967.

Blackburn, Clara. "Continental Influence on Eugene O'Neill's Expressionistic Dramas," *American Literature,* 13 (1941): 109-133.

Clark, Marden J. "Tragic Effect in *The Hairy Ape*," *Modern Drama.* Vol. 10, No. 4.

Lee, Robert C. "The Lonely Drama," *Modern Drama.* Feb., 1968.

Mueller, Carl R. "Jungian Analysis," *The Drama Review,* Vol. 22, Sep., 1978.

Nethercot, Arthur H. "The Psychoanalyzing of Eugene O'Neill: Postscript," *Modern Drama.* Vol. 8, No. 2, Sep.., 1965.

_____. "The Psychoanalyzing of Eugene O'Neill: P.P.S.," *Modern Drama.* Vol. 16, No1, Jun, 1973.

Robinson James A. "Taoism and O'Neill's *Marco Millions*," *Comparative Drama..* Vol. 14, Fall, 1980.

Trilling, Lionel. "Introduction," in *The Emperor Jones, Anna Christie, The Hairy Ape.* New York: Modern Library, 1937.

Winther, Sophus K. "Eugene O'Neill: The Dreamer Confronts His Dream," *The Arizona Quarterly.* Vol. 21, No. 3, Autumn, 1965.

_____. "O'Neill's Tragic Themes: *Long Day's Journey into Night*," *The Arizona Quarterly.* Vol. 13, No. 4, Winter, 1957.

제 2부 핀터, 한스베리와 제의

1장 로레인 한스베스의 『태양 속의 건포도』에 나타난 성인식

I

한스베리가 미국흑인이 처한 어려운 입장을 매우 보편적으로 극화하여 일약 브로드웨이에서 선풍적인 인기를 모은 작품이 『태양 속의 건포도 *A Raisin in the Sun*』이다. 한스베리의 첫 작품인 이 극은 상업적인 성공을 거두었을 뿐 아니라 최우수 작품에게 주는 뉴욕비평가상을 획득하여 예술성 또한 인정을 받았다고 볼 수 있다. 1960년대에 미국연극계에 폭발한 흑인예술운동은 르로이 존스나 에드 불린스 등의 흑인 극작가로 이어지고 이것은 흑인사회에 깊게 자리잡은 분노의 저장고에서 나왔다고 볼 수 있다(Wilkerson 91). 그녀가 흑인 인권 운동에 참여했다는 사실은 여러 기록에서 확인할 수 있다. 60여 개의 잡지, 신문기고, 극, 시, 연설에 기고를 하거나 직접 참여하기도 하였다. 인권운동 시위나 작가회의에서 연설을 했으며 디프 사우스(Deep South)에서 에프비아이(FBI)의 역할에 대해서 로버트 케네디(Robert Kennedy)와 토론회를

월터(시드니 포이티어), 마마(클라우디아 맥닐), 루스(루비 디), 트라비스(그린 터맨),
베니사(다이애나 샌드) (Brodway, 1959)

통해 격론을 벌리기도 하였다(Wilkerson 92). 이런 맥락에서 한스베리의
첫 작품이 브로드웨이에서 상업적으로 성공하고 영화화되는 등 백인 관
객들에게 인기가 있었다는 사실은 앞뒤가 안 맞는 듯 하다. 일부에서는
한스베리가 유년기에 매우 유복한 중산층 출신이라는 점을 들어 그녀의
성향이 원래 온건주의자이기 때문이라고 생각하기도 한다. 그러나 그녀

의 가족이 백인거주지역으로 이사하려고 가옥을 매입하기 위해서 대법원에 법정투쟁을 벌려야 했던 일이나 흑인들의 거주지역이 일정한 구역으로 엄격하게 제한을 받는 주거 분리 지역이었다는 사실을 보면 그녀가 다수의 흑인과 동떨어진 생활을 했다고 볼 수 없다. 더욱이 그녀의 가족이 그 집에 이사했을 때 인종주의 폭도들이 공격을 하여 위기에 처하기도 하였다. 그들이 던진 돌이 유리창을 깨고 그녀를 가까스로 비켜 갔으며 그로 인해 유년기에 정신적 상처를 입기도 하였다. 또한 그녀는 유복하지 못한 다른 흑인 아이들과 친밀한 교우관계를 유지하였다는 사실은 그녀가 흑인사회에 뿌리를 두고 있었음을 증명한다(Wilkerson 92).

한스베리는 흑인의 문제를 자신이나 일부 계층의 특수성으로 국한시키지 않고 미국 흑인의 보편적인 인간 본연의 문제로 확대시키고자 했다. 보수적인 백인 위주의 물질문명 속에 던져진 채 정체성을 상실한 흑인들의 혼돈을 주시하고 또한 그들이 자신의 뿌리를 인식해가는 과정을 아프리카 흑인문화 속에 뿌리깊은 성인식(Initiation, Survival)의 제의 형식을 빌어 보편화시키는 전략을 구사하고 있다. 특히 한스베리 자신이 미국흑인의 아프리카적 유산은 영광스러운 것이며(Carter 36) 아프리카인은 서로 떼어놓을 수 없고 웅장하고 영원히 함께 묶여있다는 의식을 가지고 있다(The Negro Writer and His Roots 6).

이 작품에 나타나고 있는 성년식을 이해하기 위해서는 그 제의과정을 살펴볼 필요가 있다. 오스트레일리아나 아프리카에서는 성년기에 이르는 청소년들에게 성년식이라는 제의의식을 치루게 하여 미성년에서 책임 있는 사회의 일원이 되게 한다. 사회가 제시한 이 필수과정을 통과해야만 성년으로 인정받을 수 있었다. 반 게넵(Van Gennep)은 이 과정을 분리, 전이, 통합으로 구분하고 있다. 분리과정은 속되고 세속적인 공간과 시간으로부터 신성한 공간과 시간으로 분리시키는 과정이며 전이과정은 제의에 속한 자들이 서로 모순되는 요소들을 겪게 되는 모호성의 시기와 지역을 통과하는 단계이다(Victur Turner 24). 특히 이 과정에서는 자신이 소속되어 있었다고 믿었던 가치에 대한 회의와 이에 따른 고통이 수반하게 된다. 위험한 지역을 통과한다든지 암흑의 공간에 갇혀있는 시련을 인위적으로 제공함으로써 사회나 가족으로부터 보호만 받아온 그들이 스스로 문제를 극복하게 하여 독립된 존재로 바로서게 하고 또는 부족을 지켜낼 수 있는 용기있는 전사로 성장시키고자 하는 것이다. 마지막으로 통합과정은 제의의 참여자들이 전체사회에서 상대적으로 안정되고 잘 정의된 위치로 새롭게 회귀하는 단계를 말한다(Victor Turner 24). 이 작품의 비극적 주인공인 월터(Walter)나 베니사(Beneatha)가 보여주는 정신적인 발전은 가족의 축인 마마(Mama)라는 촉매를 통해서 이뤄지고 있는데 마마는 마치 제의를 주제하는 제사장이라고도 볼 수 있을 것이다.

과연 본 작품의 주인공인 월터 리나 베니사가 비극의 주인공이 될 수 있을까. 물론 비극의 주인공의 위대한 초월적 인격이나 고통에 대한 인내력, 죽음과 같은 실존 상황에서의 존엄성의 발현 등의 자질을 보여주어야 비극의 주인공이라고 고전적으로 주장되어 왔다. 실제로 월터나 베니사는 엄청난 미국의 물질문명 앞에서 왜소해 보인다. 그러나 한스베리의 비극적 주인공의 개념은 아더 밀러의 현대 비극의 개념과 유사하다. 그녀는 미국의 상업주의나 물질주의의 위력이 가공할만한 미케니즘을 가졌다는 점은 잘 숙지하고 있다. 그러나 그 앞에선 인간이 외형적으로 왜소하게 보일지라도 내면의 잠재력은 그 것을 극복할 수 있는 힘을 지녔다는 신념을 가지고 있다. 한스베리는 외형적 왜소함이 결코 인간을 덜 영웅적으로 만드는 것은 아니라고 편지에 기록하고 있다. 또한 자연주의자들이 주장하는 것처럼 인간이 환경에 종속되고 희생되는 것이 아니라, 자신의 운명을 스스로 조종할 수 있다는 것이다(Lester Julius 21). 이러한 믿음은 한스베리의 낙관적 역사주의를 가능하게 해준다. 비극의 주인공들은 환경이나 운명이라는 커다란 적 앞에서 왜소하게 보이지만 인간의 한계상황에 도전하며 정신적으로 성숙한 면을 보여준다. 한스베리는 인간이 세상이나 삶에 압도되지 않으려고 투쟁하는 뛰어난 능력을 가지고 있다고 생각한다. 그녀는 이런 투쟁에서 일종의 깨달음을 보여주는 극이 훌륭한 극으로 평가한다. 왜소한 범인들이 나름대로 환경이나 삶에 대해서 저항하고 이를 통해 정신적 성숙을 보여준다면 비극의 주인공 못지않은 평가를 받아야 한다고 볼 때 이 작품의 월터나 베니사 또한 동일한 관점에서 해석할 수 있을 것이다. 또한 가족공동체를 지키기 위해 영적 위대성을 불어넣어 주는 마마에 대해서도 전체성과 조화를 위한 희생적 촉매제로서 영웅적 자질을 어떻게 보여주고 있는지 연구해 볼 필요가 절실한 것이다.

II

『태양 속의 건포도』는 미국흑인사회에서 자라난 젊은이들이 가지는 절망감과 정신적 혼돈을 하류층 가정의 경제적인 문제와 더불어 극화하고 있다. 이 집안의 경제적 상황은 누추한 집안 내부에서 물씬 풍겨나온다. 협소한 주거 공간이며 낡은 가구들은 이들의 당면한 문제를 암시하여준다. 식탁이나 의자를 이용하여 양탄자의 닳아빠진 곳을 감추려는 시도들이 그들의 무의식적 욕망을 설명해주고 있다. 부엌은 거실과 식당으로 사용되는데 이 곳은 조그만 창문을 통해서 비치는 적은 채광에 의해서 조명이 된다. 이 것은 부족한 채광으로 인해 집안의 전체적인 우울함을 만들어가기도 하고 이 가정에 대한 미국의 물질문명의 혜택이 상대적으로 희박한 상태임을 상징적으로 말해주기도 한다. 막이 오르면 잠자리에서 일어나지 않은 트라비스와 월터를 깨워 다른 입주자

마마(에스더 롤), 베니사(킴 얀시), 월터(데니 글로버), 루수(스타레타 유좌)
"American Playhouse" 텔레비젼 제작, 1989

들보다 먼저 샤워실을 사용하라고 종용한다. 건물 입주자들이 공용으로 쓰는 샤워실을 두고 다투는 모습은 슬럼가에 있는 이 가족들의 각박한 생활을 말해준다. 더욱이 학교에 가지고 갈 "50센트"를 달라는 아들의 요구를 거절하는 루스와 이에 불만을 품는 아들 트라비스에게서 흑인 가정의 경제적 궁핍이 가족관계의 온전성을 왜곡시키고 있음을 알 수 있다.

월터는 슬럼가에 사는 노동계층의 흑인 남성을 상징한다고 볼 수 있다. 그는 흑인 구역에서 태어나서 고생하며 평생을 살아가는 부모를 보아왔다. 그는 백인의 기사로서 일하고 있으며 아내는 하녀로 가계를 꾸리고 있다. 하지만 문제는 어려운 생활이 미국의 전반적인 상황이 아니라는 데 있다. 그는 직업상 미국의 풍요와 접촉하게 되어있고 시내의 훌륭한 식당에서 값비싼 음식을 즐기는 백인들을 선망의 눈길로 바라본다. 그리고 미국사회가 삶을 물질적 관계에서 정의하고 그 정의를 의문 없이 받아들인다는 점이다(Julius Lester 6). 월터는 부모들이 살아왔던 과거의 유산이나 뿌리와는 완전히 단절된 사고를 지니고 있다. 마마가 주도하는 이 가정은 월터와 베니사가 흑인으로서 자기인식을 하지 않았던 단계에서는 공통의 배경과 경험을 바탕으로 끈끈한 유대의식이 있었다. 월터의 부모는 자식들이 흑백이라는 인종차별에 상처를 받지 않고 온전하게 살아가게 하고 싶었다. 뉴올리언스에 있는 성가브리엘 카톨릭 학교의 교장인 루시우스 길로리(Lucius M. Guillory)는 면담에서 미국흑인들의 성인식을 코이노이아(Koinoia), 로거스(logus), 메타노이아 (metanoia), 케리그마(kerygma), 디다쉬(didache), 유카리스티아 (eucharistia) 등의 여섯 단계로 나누었다. 이 글에서는 빅터 터너(Victor Turner)의 분리, 전이, 통합이라는 기초적인 개념을 바탕으로 길로리의 여섯 단계를 작품에 응용하면서 성년식의 과정을 살펴보고자 한다. 길로리는 현실을 모르는 상황에서 가족적 유대가 흠집이 나있지 않은 상태, 즉 완전한 순진무구한 상태(Innocence)를 코이노이아로 보았다. 이 작품은 코이노이아 단계가 깨어지기 시작하여 월터가 흑백의 경제적 차이에서 오는 굴욕감으로 인한 심한 심리적 열등감으로 고민하기 시작하는 시점에서 시작되고 있는 것이다.

월터는 정신적으로 미발육상태에서 벗어나지 못하고 있다. 그나마 르나가 지배하는 이 가정에서 어떤 결정을 스스로 내릴 기회가 없었다. 성년식에 참여하는 자들은 미성년 단계에서 부모의 보호를 받아오다가 그들의 슬하를 떠나서 숲이나 격리된 곳에 가야되며 그 곳에서 위험한 상황을 뚫고 나가야 한다. 그동안 월터는 백인사회의 위계 질서를 운명으로 받아들이고 운전기사라는 노동자 신분으로 살아왔다. 그러나 그는 이런 식으로 살아가는 생활에 대해서 회의를 느끼게 된다. 아내인 루스가 억지로 깨워서 내쫓아야 마지못해 출근하는 모습은 그가 자신의 일에 대해서 염증을 느끼고 있음을 느끼게 한다. 그는 본능적으로 백인과 같이 물질적 풍요를 누릴 기회를 찾고 싶어한다. 그래서 그는 돌아가신 아버지로 인해 나오는 보험금을 이용하여 불확실한 주류 사업에 투자하여 자신이 염원하는 백인사장 같은 수준으로 신분 상승하고자 하는 허황된 꿈을 꾸게 된다. 그는 스스로 어머니를 설득하지 못하고 아내를 통해 의견을 제시한다. 하지만 루스가 르나에게 보험금을 받으면 백인 여자들처럼 여행을 다녀오라고 말하면서 월터의 주류 사업을 제시하지만 그녀는 기독교 신앙에 어긋난다고 거절한다. 1막 2장에 오면 월터 가족의 유대가 더욱 흔들리고 있음을 발견할 수 있다. 아내의 임신이 알려지지만 오로지 자신의 주류 사업에만 신경을 쏟는 월터의 부부관계나 주류사업 투자가 르나로부터 거절되자 자신의 직업이 아무런 보람이 없었다고 호소하는 월터의 가족에 대한 무책임감은 가족관계가 매우 위기에 처해 있음을 반증한다. 특히 이전에 가졌던 코이노이아 단계가 부모들의 기독교적 윤리관을 자식들이 수용하지 않음으로 인해서 상실되고 있음을 알 수 있다. 즉 자식들은 부모의 윤리관이나 보호막 아래에서 가졌던 사회공동체에 대한 일체감이 사회에 참여하면서 변질되고 만다. 월터는 자신이 백인 지배하의 경제구조에 있어서 하수인에 불과하다는 열등감에 사로잡히고, 베니사는 흑인 인종주의라는 이데오로기에 대항하여 증오심을 키우는 운동에 참여하고 있는 것이다. 이런 깨달음의 단계를 로거스라고 길로리는 분류하고 있다. 이 단계에서 흑인들은 충격을 받기도 하고 그들이 목격한 인종주의에 의해서 영원히 불구가 되기도 한다. 이 단계에 이르면 흑인들은 자신의 사회공동체에 대한 순진한 믿음을 상실하게 된다. 즉 깨달음의 순간이며 순진성의 상실(loss of innocence)을 의미한다(Brown-Guillory 82). 르나가 과거에 가졌던 흑인들의 순응과 묵종의 가치관은 현재의 월터와 베니사를 설득할 수 없다. 이 순간은 아마도 "흑인이 자신이 검둥이(nigger)임을 발견하고 혼돈에서 심리적인 질서를 가져오기 위해 그의 정신상태가 기어를 넣고 기나긴 언덕을 올라가기 시작하는" 때인 것이다(Patterson pp. ix-x).

자신이 뿌리를 내리고 있었다고 믿었던 공동체가 허구일 따름이고 새로운 질서를 세우기 위해서 여행을 떠나야 하는 단계를 중세기사들의 일종의 성배탐색에 비유할 수 있을 것이다. 이 세번째 단계를 메타노이아 단계라고 분류할 수 있으며 이 기간에 일종의 변환이나 우회 등의 행태가 포함되며 혼돈이나 실망으로부터 구원을 받기 위한 추구, 탄압에 대항하려는 투쟁, 시련과 실수가 따르는 오르막 등반 등이 있게 된다(Brown-Guillory 83). 『태양 속의 건포도』에서 두드러지게 이러한 현상이 흑인의 제의로 나타나는 것은 2막 1장에서 베니사가 아사가이가 선물한 나이지리아 예복을 입고 전통 음악에 도취되어 춤을 추는 장면이다. 베니사는 자신이 속해있는 백인 주도 하의 미국 물질문명에 대해 강한 거부감을 지니고 있으며 자신이 이질적인 존재임을 나타내고자 하는 내적 욕망이 충일한 상태이다. 물론 같은 반 친구인 나이지리아 출신의 아사가이가 촉매적 역할을 하고 있다. 아사가이의 접근을 의식적으로 조절하고 있지만 그녀는 잠재의식 속에 숨어있는 아프리카적 본능의 돌출을 막을 수 없는 것이다. 춤추는 장면에서 술에 취한 월터가 등장하여 춤의 의식에 동참한다. 그는 베니사의 춤의 의식에 동화되어 상상 속의 창을 들고 마치 용맹스런 아프리카 추장처럼 광란의 전쟁춤을 춘다. 이 춤은 아프리카 부족의 주술사가 동료전사들이 전쟁에 나가는 것을 준비시키는 과정을 모방하고 있다(Carter 36). 이 두 사람은 백인문명에 억압되어 숨어있던 아프리카인으로서의 정체성을 찾아 무의식 속으로 탐색여행을 출발한 것이다. 비록 이 제의적 의식이 짧은 시간이지만 그들의 뿌리에 대한 각성의 불을 질러주는 계기가 되었다고 볼 수 있다.

베니사는 미국의 자본주의에서 선별적으로 풍요를 누리고 있는 남자 친구 죠오지에 대해서 거부감을 느끼고 그가 제안하는 물질주의적 취향에 반발한다. 즉 죠오지가 상징하는 물질주의가 보편적으로 제안하는 '미국인의 꿈'의 허구성을 그녀는 어느 정도 간파하고 있다. 월터 또한 자신이 무의식적으로 보여주었던 아프리카적 정체성에도 불구하고 죠오지가 대표하고 있는 물질적 성공에 의존하려고 자신의 사업에 관심을 가지도록 유도한다. 그러나 죠오지가 회피하자 흑인 대학생들의 현학적 위선을 공격한다. 그를 벌레 보듯이 피하며 베니사와 데이트를 나가는 죠 오지는 그를 조롱하며 "프로메테우스"라고 별명을 짓는다. 이는 그의 행 위가 사회의 범상적인 양태를 벗어나고 있으며 사회로부터 소외되고 있 음을 반증한다. 즉 월터가 가족이나 사회로부터 일탈하여 좌충우돌하며 정신적 방황을 시작하고 있다고 보아야 할 것이다. 더욱이 2막 1장 마지 막 장면에서 르나가 낮에 받은 보험금으로 집을 샀으며 그것이 트레비스 것이라고 선언하자 월터는 크게 반발한다. 월터는 르나가 집안을 독선적 으로 이끌어왔으며 자신의 꿈과 희망을 망쳐버렸다고 대들고 집을 나가 버린다. 그야말로 월터가 메타노이아 단계에 본격적으로 돌입했다고 볼 수 있다.

월터의 오딧세이적 방황은 2막 2장에서 자신의 직장을 나가지 않고 삼일동안 떠돌아다니면서 절정에 이른다. 월터가 일하고 있는 아놀드의 아내로부터 전화를 받고 이 사실을 알게 된 루스는 깜짝 놀란다. 루스와 마마의 추궁을 받고 그는 자신의 좌절 속의 탐색의 여행을 고백한다.

> 어머니-어머닌 사내가 이 도시에서 어떤 레져를 가질 수 있는지 모
> 르시죠 . . . 이게 뭐죠? - 금요일 밤인가요? 글쎄 - 수요일 나는
> 윌리 해리스의 차를 빌려서 드라이브를 나갔죠 . . . 단지 나와 나 자
> 신과 나는 차를 몰고 또 몰았다구요 . . . 멀리 말입니다 . . . 남부
> 시카고를 지나서 차를 주차시키고 앉아서 하루 종일 제철소를 쳐다
> 보았어요. 그저 차 속에 앉아서 몇 시간이고 커다란 굴뚝을 쳐다보
> 았다구요 그리고는 다시 차를 몰고 그린 햇으로 갔어요 - (생략) -
> 그리고 목요일에는 - 목요일엔 다시 차를 빌려 타고 다른 쪽을 향해
> 서 차를 몰았어요 - 몇 시간동안 - 위스콘신을 향해서 위로 위로, 그
> 리고 농장을 쳐다보았죠 그리고는 차를 다시 몰아서 그린 햇으로 갔
> 어요. (105)

그는 이틀 동안 자신이 잃어버린 삶의 목적과 정체성을 찾아서 정처없이 헤맨 경험을 늘어놓고 있다. 시카고 지역의 공장지대에 가보기도 하고 위스콘신의 농업지대에 가서 몇 시간씩 굴뚝을 쳐다보지만 자신이 소속할 수 있는 곳은 없다. 미국이 대표하는 엄청난 규모의 공업지대나 끝이 보이지 않는 농장을 쳐다보아도 자신을 받아줄 곳은 없다고 인식하는 것이다. 그는 마지막 날인 오늘은 흑인들이 모여있는 사우스 사이드(Southside)로 걸어서 방황의 여행을 계속했다고 진술하고 있다.

> 그리고 오늘은-오늘은 차를 타지 않고 그냥 걸었어요. 사우스 사이드 온통 말이에요. 나는 깜둥이들을 쳐다보고 그들은 나를 봤죠. 드디어 나는 삼십구번가와 사우쓰 파크에 있는 연단 위에 걸터 앉았어요. 그 곳에 그저 앉아서 지나가는 검둥이들을 지켜보았어요. 그리고는 그린 햇으로 갔죠. 여러분 모두 슬프세요? 모두 우울하냐구요? 그리고 내가 지금 어디로 가는지 아세요- (105)

월터의 절박한 호소는 르나의 마음을 움직인다. 르나는 자신이 월터를 너무 미숙한 미성년으로 취급했다는 사실을 깨닫는다. 그래서 월터가 스스로 출발한 성숙으로의 여정에 불을 붙여준다. 그녀는 집을 사고 난 돈을 제외한 돈 일체를 월터에게 맡기고 그 결정권을 부여한다. 그러나 월터는 아직 신중한 가장으로서의 면모를 갖추지 못하고 있다. 그는 기껏 자신이 꿈꾸던 물질적 이상을 몽상적으로 그리는 수준에서 벗어나지 못한다. 이러한 '미국인의 꿈'에는 어느 구석에도 흑인으로서의 정체성을 찾아볼 수 없으며 실현하는 과정에서 일어날 어려움에 대한 인식이 결여되어 있다. 마치 모든 사람이 하고자 하는 의지만 있으면 사회에서 기꺼이 행복을 보장한다는 환상에서 맴돌고 있는 것이다. 돈을 받아 주류업의 동업자에게 넘기고 난 후 자신의 성공이 마치 아무 장애나 어려움 없이 성취될 수 있는 양 착각하여 아들인 트레비스에게 들려주는 미래의 꿈은 그가 책임 있는 성년이 되기 위해서는 더 많은 시련이 필요하다는 것을 보여준다.

> 넌 아직 이해하지 못하지만 네 아빠는 사업을 하려는 거야 . . . 우리 생활을 바꿀 사업거래를 말이다 . . . 그게 바로 네가 열일곱 살이 되는 어느 날 집에 왔을 때 난 매우 피곤할 것이고, 내 말 알지, 하루 종일 회의를 하고 비서들이 일을 잘못 처리를 해서 말이야 . . . 중역들의 생활은 힘들단다, 애야. ─(말을 더 할수록 더 멀어진다) 그리고 난 차도에서 차를 세워서 . . . 그저 평범한 검정 크라이슬러말야, 내 생각에는 하얀 내벽이 있고 타이어가 있는 차지. 더 우아할거야. 부자는 번쩍거릴 필요가 없거든. (108-9)

월터가 꿈꾸는 세상의 성공이란 아프리카적인 정체성이나 자신의 부모가 추구했던 가치를 기초로 하고 있지 않다. 월터는 흑인들이 좋아하는 원색적인 것들이 아니라 백인 부자들의 취향인 우아하고 요란스럽지 않은 색깔을 높게 평가한다. 그는 자신이 백인사업가의 운전기사를 하면서 피상적으로 보고 꿈꾸어 온 것을 그대로 모방하고자 하는 것이다. 그러나 그는 자신의 꿈을 달성시켜줄 자본의 축적이 어떤 방법으로 이루어져야 하는지에 대한 구체적인 전략은 가지고 있지 못하다. 그는 백인 엘리트주의와 유사한 허황된 물질적인 '미국인의 꿈'을 아들에게도 심어주고자 한다.

우리는 미국의 모든 훌륭한 학교의 카타로그를 가지고 바닥에 앉아

있는 너를 보러 네 방에 간단 말이다. 그리고 난 말하지－좋아, 얘
야－네 열일곱 살 생일이구나, 어떻게 결정했니? . . . 말해봐라,
무엇이 되고 싶은 거지－그러면 될게다 . . . 무얼든지 말이다.－
됐지! 그저 이름만 얘기해봐, 얘야. 그러면 세상을 너에게 주겠다!
(109)

월터와 루스 부부는 보험금을 손에 넣고 백인 구역에 있는 큰 집으
로 이사를 가게 되자 사회적 또는 경제적 현실을 제대로 파악하지 못하
는 미숙함으로 보인다. 월터는 자신의 투자에 대해서 조금도 의심을 하
지 않으며 루스와의 불화를 청산하고 영화를 보러가는 여유까지 보인
다. 그는 2막 3장에서 회회낙낙하며 밖에서 들어온 뒤 축음기를 틀고
루스와 춤을 추는 모습을 보여주어 초반의 불만에서 완전히 벗어나 있
음을 알 수 있다. 루스는 남편의 허약함을 느끼면서도 슬럼가에서 벗어
날 수 있다는 기대감 때문에 들떠있다. 백인 구역에 이사를 가면 어떤
현실적 어려움이 있을 것이란 분석을 하지 않는다. 그러나 그들의 환상
은 메타노이아 단계에서 일련의 시도와 실수가 동반되면서 흑인이란 결
국 돼지 취급을 받아왔지만 그들 또한 가치있는 존재이고 평등하게 대
우를 받아야한다는 인식에 이르게 되는 것이다(Brown Guillory 83).
    네번째 단계는 언어적이거나 신체적 폭발의 단계이다. 털어놓고 발
설하고 "용(dragon)을 살해하는" 케리그마 단계에 도달했음을 뜻한다
(Brown-Guillory 83). 흑인으로서 인종차별의 거대한 용의 위세에 눌
려 순응하며 살아온 흑인들이 이를 대응하여 부당함을 지적하고 투쟁하
는 용기를 보여주어야 한다. 더 나아가서 악마적인 용을 살해하여 중세
의 성배탐색의 기사처럼 순교할 수도 있어야 하는 것이다. 2막 3장에서
르나가 보험금으로 산 백인 거주지역의 주택으로 이사를 가기 위해서

준비하는 가운데 린드너란 클리번 파크 주민회 대표가 찾아온다. 그는 방문 목적을 설명하면서 사람은 누구나 자신이 원하는 이웃을 가질 권리가 있다고 주장한다. 그는 백인 지역사회가 흑인의 이사를 원하지 않는 인종차별의 문제를 인간 보편의 문제로 위장하고자 한다. 그는 그들의 자녀를 완벽한 환경에서 양육할 권리가 있다고 말한다. 또한 백인은 물론이거니와 흑인 또한 흑인끼리 모여 살아야 더 행복할 수 있다는 궤변을 늘어놓는다. 다인종 사회인 미국에서 인종 각자가 나뉘어 사는 것이 서로를 위한 대안이라는 논리가 결코 인종 차별주의가 아니라는 것이다.

> 그러나 여러분들은 사람이란 옳건 그르건 간에 어떤 특정한 방식으로 사는 이웃을 가질 권리가 있음을 인정해야 합니다. 그리고 저기 밖에 있는 전폭적인 다수의 사람들이 공통의 배경을 공유할 때 지역 사회 생활에 대한 더 많은 공통의 관심을 가지게 되고 잘 어울린다는 것을 느낍니다. 여기에 인종적인 편견이 개입되지 않는다는 것을 말씀드릴 때 저를 믿어주셨으면 합니다. 말하자면 이건 옳건 그르건 간에 우리 가족들이 자기 나름의 공동체에서 살 때 더 행복하다고 믿는 클리번파크 사람들의 문제입니다. (117-118)

미국 사회의 시민으로서 헌법이 보장하는 모든 권리를 누릴 수 있으며 모든 사람이 평등하게 살아갈 수 있고 '미국인의 꿈'이 모두에게 공평하게 기회가 주어진다는 순진한 믿음을 가지던 그들이다. 그러나 점점 현실의 세계에서 어두운 그림자가 드리워 오지만 그 엄청난 정체를 알 수 없는 '용'의 정체가 실체로서 다가오고 있다. 린드너의 현학적인 논리는 흑인들이 백인과 손을 맞잡고 평등하게 살아갈 수 있다는 이상적인 꿈을 산산조각을 낼 수 있는 인종차별의 '용'이다. 린드너는 흑인들이 돈을 갈구한다는 것을 알고 원래의 주택 가격에 웃돈까지 얹혀 주겠다고 유혹한다. 그러나 위기의 순간에 월터와 베니사는 분노하고 그를 집 밖으로 내쫓아버린다. 일단 월터는 자신의 인간적 존엄성을 위하여 커다란 상업적 악마에 칼을 빼들고 도전한 것이다.

케리그마 단계에 와있는 월터에게는 그가 미숙한 단계에서 판단을 내린 투자에 의해서 최대의 위기에 봉착하게 된다. 린드너가 대표하는 백인사회의 편견과 독선의 시련을 겪은 월터는 자본주의의 큰 덫에 걸린다. 그는 르나가 맡긴 돈을 동업자인 윌리에게 전달하고 모든 일이 순조로울 것으로 믿고 이사를 계획대로 추진한다. 그러나 보보가 나타나 윌리의 사기행각에 대해서 눈물을 글썽거리며 설명하자 미칠 듯이 흥분하게 된다. 주류 면허를 얻기 위해서 스프링 필드로 가기로 윌리와 약속을 했는데 그가 나타나지 않았던 것이다. 자본주의 속성상 인간적인 의리란 돈 앞에서 허약하기 짝이 없는데 단지 흑인이라는 동질성 하나만으로 쉽게 돈을 투자한 월터가 사회 현실에 대해 무지했음을 반증한다. 더구나 베니사의 교육을 위해서 할당한 돈까지 날려버리자 르나는 격분한 나머지 월터의 뺨을 갈기고 만다. 사랑과 관용으로 가족들의 유대를 강화해온 르나에게는 엄청난 충격이다. 가족 공동체가 와해될 수 있는 결정적인 실수를 범한 월터는 르나가 의식적으로 부여한 가장으로서 권위를 손상당하는 위기에 봉착하게 된 것이다. 르나는 남편의 노고를 회상하며 그 열매를 헛되게 만든 아들을 책망하며 신에게 용기를 청한다.

> 마마: 난 보았단다 . . . 그가 . . . . 밤이면 밤마다 . . . 들어와서.
> . . . 저 누더기를 보고 . . . 그리고는 나를 바라보았지 . . . 눈
> 에 핏발이 서고 . . . 머리에 혈관이 나왔지 . . . 난 그가 사

트라비스(킴블 조이너), 월터(데니 글로버), 미치 트럼보 사진

십이 되기 전에 야위고 늙어 가는 걸 지켜보았단다 . . . 누군
가의 늙은 말처럼 일하고, 일하고 또 일하고 . . . 스스로를
죽이면서 . . . 그런데 넌 - 모든 걸 하루 만에 없애버렸단 말
이야. (그를 다시 때리기 위해서 팔을 들어올린다)

베니사: 엄마

마마: 오, 하나님 . . . 여기를 굽어 살피시고- 저에게 힘을 보여주
소서. (129-30)

성년의 의식에 있어서 절정에 해당하는 단계는 디다쉬로 주인공이
흑인들에게 판결을 내리는 공식적인 메시지의 최저선이다. 그것은 판결
에 대한 오류에 대해서 주인공을 비난한 자들에게 주는 유산이다. 이
메시지는 판결하는 자를 위한 촉매가 되며 주인공을 성숙의 마지막 단
계로 발사한다(Brown-Guillory 83). 새 집으로 이사를 준비하던 월터
가족은 순식간에 책망과 침울의 분위기에 잠겨버린다. 베니사는 자기를
찾아온 아사가이에게 오빠인 월터가 어리석게 투자하여 돈을 잃어버린
행위를 냉소적으로 책망한다. 자신이 의사가 되려했던 목표를 바꾸게
이유를 설명한다. 어렸을 때 썰매를 타다 사고를 당하여 심하게 다친
루푸스라는 아이가 치료를 받고 약간의 상처를 제외하고 원상회복하는
것을 보고 병든 자를 온전하게 만들고 싶었다고 설명한다. 그러나 의료
행위가 구원을 위한 진정한 해결책이 아니고 이상주의일 뿐임을 인식하
게 되었다는 것이다. 결국 인간 사회에는 진정한 진보가 없으며 의사의
일로는 식민주의나 인종 차별을 해결할 수 없다고 주장한다. 베니사의
인간에 대한 염세적 관점은 월터의 어리석음에 대한 공격이고 그로 인
해 자신의 꿈이 깨어졌음을 한탄하는 것이다. 아사가이는 미국사회가
지니고 있는 병든 정신을 월터 가족의 문제를 통해 날카롭게 지적한다.
월터가 잃어버린 돈이란 베니사가 번 것이 아니고 또한 그녀의 아버지

가 죽지 않았다면 생기지도 않았을 물질로 간주한다. 그런데 모든 꿈을 없을 수도 있는 돈에 의존하고 있다는 것은 건전하지 못하다는 것이다. 더 나아가서 자신의 이상이었던 병든 자를 치유하는 꿈을 포기한다는 베니사의 자세는 그녀가 비난하는 월터의 행위 못지않게 세속적이다는 결론이 나온다. 인간이 가지는 생물학적 한계를 절대화하여 역사의 궁극적인 패배를 주장하는 베니사의 생각에 촉매제 역할을 하며 조절하는 자가 바로 아사가이가 된다. 인간사는 단지 쳇바퀴 돌 듯 원점으로 돌아오고 오히려 퇴보하게 된다는 베니사의 염세적 관점은 월터 가족뿐 아니라 사회 공동체를 감싸오는 '용'같은 악마적 관념이 아닐 수 없다.

> 베니사 곤궁으로의 종말! 어리석음으로의! 진실한 진보는 없다는
> 걸 모르겠어. 아사가이, 우리가 행진하는 건 커다란 원에 불과할 뿐
> 이야, 돌고 또 도는, 우리 각자가 우리 앞에 자신의 초상화를 들고―
> 우리가 생각하는 자신의 작은 신기루가 미래라는 거야. (134)

그러나 아사가이는 베니사가 지적하듯이 뜬구름 잡는 듯한 이상주의에 매몰되어있지 않다. 아사가이는 미국사회가 흑인들에게 강요하고 있는 한계적 상황이 현실적으로 부정적이라는 것을 알고 있지만 이것을 빌미로 좌절하는 것을 허용하지 않는다. 그는 역사의 관점을 진보적으로 보고 회귀적으로 보기보다는 끝없는 영원으로의 변화를 생각한다. 그가 상징하는 것은 변화와 혁명이다(Killens 273).

> 아사가이 네가 말한 것―원에 대한 것 말이야. 그건 원이 아니고―
> 단순한 긴 선이야―기하학에서처럼, 알겠지, 영원에 이르는 선이라
> 구. 그리고 우리는 그 끝을 볼 수 없기 때문에―또한 그 것이 어떻
> 게 변하는지도 볼 수 없어. 매우 이상하지만 변화를 보는 사람들―

꿈을 꾸며 포기하지 않는 사람들은 이상주의자라고 불리지 . . . 그
들은 단지 원만을 보는 사람들을—"사실주의자들"이라고 부르거든!
(134)

아사가이를 낭만주의자로 몰아세우고 오빠의 잘못에 대해서 '쁘띠
브르조아 선생' 또는 '신흥계급의 상징', '기업가', '조직의 거인' 등으로
쏘아대며 비난하는 베니사에게 아사가이는 관용과 끈기로 인생과 역사
의 고통과 좌절이 진보의 밑거름이 된다는 초월적인 설득을 곁드린다.
사실주의자나 염세주의자들은 한계를 지닌 개체를 독립된 존재로 보기
때문에 전체 속에서 개체의 역할을 간과하기 쉽다. 아사가이는 자신의
개체적 패배를 궁극적으로 인식하면서 나이가 들어 진부해진 자신의 파
괴를 바탕으로 새로운 세력이 진보를 이어간다는 역사의 진실을 꿰뚫어
보고 있다.

아사가이 아마 살아서 새로운 나라에서 존경받고 숭앙 받는 아주
늙은 사나이가 될 거야 . . . 그리고 아마 직위를 가질 것이고 이게
너에게 말해주고 싶은 거야, 아레이요. 내 조국에 대해서 내가 믿는
일들이 잘못되고 진부해 질 거야, 그리고 내가 이해하지 못하고 내
고집을 피우고 단지 권력을 유지하기 위하여 끔직한 일을 벌일지도
몰라. 영국 군인이 아닌 우리 흑인 국민들인—젊은 남녀들이 어느
저녁 그림자 속에서 나와서 쓸모없는 내 목을 자를 거라는 걸 모르
겠어? 그들이 항상 있어왔고 . . . 항상 있을 거라는 걸 모르겠어? 그
리고 내 죽음 같은 일들이 진보가 아닐까? 나를 죽일지도 모르는 자
들이 . . . 사실 나의 모든 것들을 다시 보충해 줄 거야. (136)

결국 성년식에 참가하고 있는 월터와 베니사는 스스로의 힘 만으로
는 역경을 이기고 성숙된 단계로 나아가기에 힘에 겹다. 베니사가 아사

가이의 도움을 받듯이 월터는 어머니 르나의 촉매적 협조를 받는다. '미국인의 꿈'이 미국의 모든 구성원들에게 약속된 선물이 아니고 먹고 먹히는 강자의 논리에 의한 정글의 법칙이 판치고 있음을 깨닫고 세상에 대한 올바른 이해보다는 복수의 칼을 내보인다. 돈을 날려버린 아들에게 분노를 터뜨렸던 르나는 이사를 통해서 슬럼가의 지옥에서 벗어나려던 루스의 희망과는 달리 자신들을 어려웠던 때로 회귀함으로써 문제를 해결하려 한다. 미국 자본주의에서의 패배를 상징하는 흑인들의 슬럼가에서 벗어나는 것을 구원으로 생각하는 루스는 극단적인 노동을 통해서라도 그 꿈을 이루고자 한다. 그러나 르나는 돈에 집착함으로써 생긴 욕망과 좌절을 물질적으로 마음을 비움으로써 평정을 되찾으려는 자세를 견지한다.

> 루스 르나ー저는 일을 하겠어요 . . . 시카고의 모든 식당에서 하루에 이십사 시간 일할 거라구요 . . . 해야 한다면 등에 아이를 들쳐업고 미국에 있는 모든 마루를 문지르고, 해야 한다면 미국에 있는 모든 시트를 빨겠어요ー그러나 우린 이사를 가야해요! 여기서 빠져나가야 한다구요!!

> 마마 아냐ー난 이제 상황을 달리 본다. 이 곳을 약간 손보기 위해 할 일을 생각해보았단다. 요전날 거기에 딱 맞는 맥스웰 거리에 있는 중고 옷장을 본 적 있어. 거기에 새 손잡이를 달고 칠을 약간 하면 새로운 상표처럼 보이거든. 그리고 부엌에 새로운 커튼을 달 수 있어 . . . 이 곳도 멋있게 보일게다. 기운을 내면 당면한 어려움을 잊을 수 있어 . . . (중략)ー가끔 너희들은 어떤 일을 언제 포기해야 하는지 알아야 해 . . . 그리고 너희들이 가진 것을 유지하는 것도 . . . (140)

남편의 보험금으로 인하여 가족의 행복과 구원이 가까워지는 것이
아니라 분에 넘치는 꿈을 가짐으로 인해 어려움에 봉착했음을 깨닫고
백인의 물질주의와 거리를 두려는 르나는 문제 해결에 있어서 매우 중
요하다. 르나와는 달리 월터는 백인의 인종주의를 적당히 이용하여 사
기당한 돈을 회수하려는 미성숙한 태도를 아직 가지고 있다. 이러한 모
습은 월터의 성년식 의식에 있어서 최대의 위기와 장애물이다. 그는 월
리가 그를 속이고 의리를 저버린 채 돈을 취했듯이 그 또한 정글의 법
칙대로 사회 공동체의 통합과 개혁보다는 악에는 악으로 갚는다는 태도
를 가지려고 한다. 백인들이 돈이란 무기를 통해서 흑백의 장벽을 더욱
높게 쌓으려는 전략에 일조함으로써 개인적 경제문제를 타결하고 도피
하려는 무책임한 자세를 보여준다.

> 난 기분이 좋아질 거예요, 마마. 난 그 개자식을 들여다보며 말할 거
> 예요—(더듬거린다)—"좋아요, 린드너씨"라고 말할거라구요—(더욱
> 더듬거리며)—그게 저 밖의 당신 이웃들 말이에요. 당신들은 당신들
> 이 원하는 이웃을 가질 권리를 가지고 있어요! 그저 수표만 쓰시
> 면—그 집은 당신들 것입니다. 그리고—난 말하렵니다—(목소리가
> 거의 끊어진다) "그리고 당신들은—내 손에 돈만 쥐어주면 이런 냄
> 새나는 검둥이들 옆에서 살 필요가 없을 거예요! (144)

　　월터의 이러한 굴종적인 발언의 진실성의 여부를 분석하기도 전에
성년식에 동참하고 있는 베니사는 최악의 심판을 월터에게 내린다. 그
녀는 "저건 사람이 아니에요. 저건 이빨도 없는 쥐새끼일 뿐이라구
요."(144)라고 소리지른다. 그녀는 더 나아가서 "그는 내 오빠가 아니에
요."라든지 "저 방에 있는 저 사람은 내 오빠가 아니라고 말했어요"라
고 극언함으로써 르나가 우려하는 가족의 최악의 상황이 전개된다. 가

족의 신뢰가 깨어지고 혈연관계마저 부인되고 있는 것이다. 르나는 베니사의 냉소적인 심판에 대해서 자조적으로 '용'이 가족에 죽음의 올가미를 씌우고 있다고 보고 있다.

> 그래-죽음이 여기 이 집에 오고 말았어. 내 자식들의 입술을 타고 내 집으로 걸어 들어 왔다구. 네가 다시 나의 시작이고 네가 나의 추수구나. (베니사에게) 네가-네 오빠의 죽음을 슬퍼하고 있는거니? (144)

그러나 월터는 베니사의 극단적 심판에도 불구하고 그의 성숙은 극적으로 반전된다. 그는 그의 전화를 받고 달려온 린드너에게 자신의 마지막 메시지를 전달함으로써 그가 성숙의 마지막 궤도에 오르고 있음을 입증한다. 월터는 자신이 내뱉은 말에 대해서 르나와 베니사가 어떻게 반응하고 있는지는 개의치 않는다. 린드너가 방에 들어오는 시점에 그는 명상에 잠겨있는 수도승처럼 침실의 구석에 조용히 앉아있다. 그는 그의 가족의 뿌리에 대한 정의를 내리기 시작한다. 자신의 아버지 빅월터는 평생 노동자였고 어머니 르나와 아내는 백인의 가정부로 일하며 자신도 평생 백인의 운전기사로 일했음을 린드너에게 밝힌다. 극의 초반에 가족의 배경에 대해서 열등감에 사로잡혀 있던 모습과는 대조적으로 가족들이 평범한 존재들이기에 자랑스럽다고 말함으로써 디다쉬 단계에서 가능한 결정적인 메시지를 전한다.

> 내가 말하려는 건 우리가 대단한 자존심을 가진 사람들이라는거요. 내 말은 우리가 대단히 자랑스러운 사람이라구요. 저기 있는 사람이 내 누이이고 의사가 될거예요.-그리고 우리는 매우 자랑스러운-(148)

그리고 우리는 아버지께서 — 우리 아버지께서 말이요 — 벽돌 한 장
한 장 번 것이기 때문에 — 우리 집으로 이사하기로 결정했오 (148)

　　성년식의 마지막 여섯번째 단계는 유카리스티아로 외부공동체와 내
적 온전성을 결합하는 것이다. 이 온전성이나 완성은 혈연적이든 영적
이든 간에 주인공으로 하여금 분열된 가족을 결합시키도록 한다
(Brown-Guillory 83). 흑인의 정체성과는 동떨어진 물질주의적 꿈을
꾸던 월터는 어머니 르나의 촉매적 도움을 영적으로 받음으로써 죽은
아버지 빅 월터의 과거를 자신의 정체성의 뿌리로 인정하고 그것을 자
랑스러워 한다. 단호한 월터의 선언에 자신감을 상실한 린드너는 르나
에게 마지막으로 호소한다. 그러나 그녀는 아버지의 정신적 유산을 물
려받는 순간 가장의 권위를 회복한 아들의 선언을 적극적으로 지지하고
나선다. 루스는 이제 슬럼가에서의 탈출이 물리적인 수준이 아니라 가
족 전체의 구원의 수단으로 받아들이며 "이삿꾼이 오면 빌어먹을 이 곳
에서 나가요!"라고 환호한다. 베니사는 자신과 결혼하고 아프리카로 가
서 의술을 펼치라는 아사가이의 청혼을 받아들이겠다고 선언한다. 이는
그녀가 흑인의 정체성에 대한 추상적이고 이데오르기적으로만 받아들
이던 수준을 넘어 몸으로 직접 받아들이고 있음을 의미한다. 르나는
"그애가 드디어 오늘 사내다워졌지 않니? 비온 뒤에 무지개가 뜨듯이 .
. . (151)"라고 말하며 월터의 성년식의 완성을 선언한다.

III

　　『태양 속의 건포도』는 미국사회에서 기본적인 소속감이나 사회가

공유하는 가치를 향유하고 싶어하는 흑인 가족들이 자신의 위치를 찾기 위해서 투쟁하는 것을 그리고 있다. 넬슨 알글렌(Nelson Algren)의 극단적인 주장대로 미국인의 병든 정신상태를 상징하는 '미국인의 꿈'에 기초한 "칼라 텔레비젼, 투도어 냉장고, 스포츠카, 중앙난방, 자동세척기, 에어컨 등을 소유하려는 새롭게 성장하는 상업계층 흑인들의 소망"을 그리고 있는지 모른다(Julius Lester 5). 그러나 그 꿈은 모든 미국인에게 공평하게 향유되고 있는 것은 아니다는데 문제가 있는 것이다. 그리고 그것을 성취했다고 해서 그들의 행복이 보장되는 것도 아니다. 이 작품의 제목이 유래된 랭스톤 휴(Langston Hughes)의 시 "지연된 꿈의 몽타즈(montage of a Dream Defered)"에서 휴의 주장은 꿈이란 태양 아래 건포도처럼 말라 비틀어질 수도 있고 좌절된 꿈은 폭발할 수도 있는 것이다(Judith Olanson 89). 물질화된 미국사회에서 흑인구역에서 살고 노동하며 살아가는 부모 아래에서 양육되었다 할지라도 월터는 백인의 운전사를 하며 미국 내의 백인 중심의 중산층들이 누리는 풍요를 보고 살아왔다. 그러하기에 그는 그들의 가족에게 유보되고 있는 꿈을 성취하고자 하는 욕망으로 가득 차있는 것이 당연하다. 폭발 가능성의 욕망을 소유한 그가 비극의 주인공이 될 수 있는 것인가는 인생을 원으로 보고 쳇바퀴를 돌다 쓰러지는 베니사의 자연주의적 관점으로서는 불가능하다. 성년식에 참가하여 정신적 성숙을 위해서 육체적 고통이나 좌절을 통과한 월터와 베니사를 현대 비극의 주인공으로 승화시킬 수 있는 관점이 한스베리의 낙관적 역사관에 연관시켜 규명하는 것도 매우 중요할 것이다.

미숙한 정신 상태를 가지고 있는 월터 리가 현대 비극의 주인공으로 승격될 수 있는 가능성은 어디에 있는 것인가. 그가 결코 오이디푸스나 맥베스 같은 영웅의 자질을 가지고 있지 않다. 노동자의 부모를 만나서 별로 세상에서 큰 일을 할 만한 능력이나 교육도 받지 못했다. 자신의 미래를 스스로 설계하지 못하고 죽은 아버지의 보험금에 기대어 운전기사 신세를 면하려는 비겁한 성격도 가지고 있다. 그는 백인 회사 중역처럼 기사와 정원사를 두고 주요한 회의를 주재하는 삶을 꿈꾸지만 월터 리는 결코 소유자나 경영자가 아니다. 아버지의 보험금으로 운영하리라고 기대되는 술 가게를 움직이는데 필요한 기술은 그의 능력 밖인 것이다(Riley 207).

이러한 월터가 과연 비극의 주인공의 범주에서 논의가 가능한가. 작품을 통해서 한스베리가 백인들에게 말하고자 하는 것은 흑인들이 그들과 똑같다는 점과 현재 상황을 심각하지 않게 손상하거나 대단한 희생이 없이도 완벽한 통합이 일어날 수 있다는 점이다(Carter 20). 진정한 통합을 막는 미국 사회 내부의 장애물은 외부의 문제이기 보다는 내면의 문제라고 볼 수 있다. 흑백이 똑 같은 물질을 누린다고 해서 흑백의 화해가 이루어지는 것이 아니다. 설혹 백인처럼 재물을 가지고 있다고 해서 흑인을 멸시하는 인종주의가 사라지는 것이 아니기 때문이다. 린드너의 제안을 받아들여서 월터가 잃어버린 재물을 회복한다 할지라도 월터 가족이 인간으로서의 존엄성을 획득할 수는 없는 것이다. 마틴 루터 킹목사 주장했듯이 흑인의 구원이란 배부른 돼지 같은 노예상태에서는 이루어질 수 없으며 흑백이 같은 인간으로서 손을 맞잡고 미국의 거리를 걸을 수 있을 때 가능하다. 그러나 '미국인의 꿈' 같은 왜곡된 물질주의에 물들어 있는 자본주의 사회에서 개인의 경제적 곤경에서 벗어나게 해줄 수 있는 돈을 제안 받았을 때 그것을 극복한다는 것은 엄청난 심적 고통 없이는 불가능하다. 사실 월터 리의 고통이 무대 위의 극적 행위로서 매우 중심이 되기 때문에 그런 꿈 속에 있는 사회적인 문제는 주변화되고 있다(Helene Keyssar 229). 린드너로 상징되는 백인들의 결정은 월터에 대한 개인적인 시험이다. 왜냐하면 상업적 가치를 위해서 그의 자존심과 고결함을 희생하도록 유혹을 하기 때문이다(Wilkerson 95).

월터는 아버지가 물려준 돈을 흑인 친구의 사기행각에 놀아나서 일시에 잃어버리고 만다. 그는 어머니 르나의 관용에 의해서 가장의 역할을 할 수 있는 기회를 부여받았었다. 그러나 남이 아닌 자신의 무능함에 의해서 가족의 처지가 곤경에 처하게 되는 최악의 상황에 몰리게 된다. 그 순간 단순한 자존심 손상의 차원에서 물리쳤던 린드너의 제안이 떠오른다. 궁지에서 풀려날 수 있는 유일한 해결책이라고 판단되었을 것이다. 그래서 그는 가족들에게 대단한 선언이라도 하듯이 린드너에게 전화를 해서 그가 온다고 알린다. 그리고 볼만한 사건이 벌어질 것이라고 장담한다. 어떻게 보면 허풍을 늘어놓는 듯 하다. 루스는 그가 린드너의 돈을 받고 그녀가 꿈꾸는 이사를 포기한다고 아우성이고 베니사는 영거 가족이 지녔던 꿈과 이상은 사멸되었다고 낙담한다. 그 또한 사내로서 아내 목에 진주를 걸어주고 싶다고 외친다. 극적 구성으로 볼 때 그가 백인들의 물질주의에 의해서 존엄성을 잃지 않을 수 없는 상황인 것이다. 그러나 그는 아버지 빅 월터가 번 돈으로 그 집을 샀기 때문에 이사를 가야한다고 선언함으로써 백인들이 제시한 돈 앞에 무릎을 꿇으리라고 예상했던 린드너에게 회심의 일격을 가한다. 가히 영웅적인 반전이다. 이 것은 자신을 거세한 것은 흑인 여성이 아니라 미국과 그 가치를 수용한 자신이라는 깨달음에서 가능하다. 어느 여성도 그를 사내로서 만들어줄 수 없고 스스로 결행을 해야하는 것이다(Julius Lester 1

1-12).

그를 둘러싼 음흉한 환경에 비해서 그의 전투장비가 너무 초라하기 때문에 영웅으로서는 부족해 보일지 모른다. 그러나 알라바마의 몬트고머리에서 "버스에서 자리를 내주기를 거부한 조용한 작은 흑인 여인에 견줄만한 동시대의 역사적인 인물"(Julius Lester 12)로 평가될 수 있다. 같은 맥락에서 죠오지가 상징하는 미국 물질주의의 유혹을 물리치고 아사가이와 함께 아프리카로 가서 의사로서 인술을 펼치기로 결심한 베니사 또한 현대판 영웅으로 인정할 수 있을 것이다. 또한 그녀는 흑인을 포함한 인간의 삶에 대한 염세적 관점을 아사가이의 촉매적 도움을 수용함으로써 사회와 역사에 대한 진보적 관점으로 고통 어린 전환을 할 수 있다는 것을 실증적으로 실천하려는 자세를 통해서 증명하고 있는 것이다.

참고문헌

Brown-Guillory, Elizabeth. *Their Place on the Stage: Black Women Playwrights in America.* New York: Greenwood Press, 1966.

Carter, Steven R. *Hansberry's Drama: Commitment amid Complexity.* Urbana and Chicago: University of Illinois Press, 1991.

Keyssar, Helene. "Rites and Responsibilities: The Drama of Black American Women," *Feminine Focus: The New Women Playwrights.* New York: Oxford Up, 1989.

Killens, John Olivier. "Lorraine Hansberry: On Time!" *Freedomways,* Fourth Quarter, 1979

Olanson, Judith. *The American Women Playwright: A View of Criticism and Characterization.* Troy: Whitston Publishing, 1981.

Patterson, Lindsay. *Black Theatre: A Twentieth Century Collection of the Works of Its Best Playwrights.* New York: Dodd, Mead and Co., 1971.

Turner, Victor. *From Ritual to Theatre: The Human Seriousness of Play.* New York: Performing Arts Journal Publications, 1982.

Wilkerson, Margaret B. "The Sighted Eyes and Feeling Heart of Lorraine Hansberry" *Essays on Contemporary American Drama* ed. by Bock, Hedwig and Albert Wertheim: Munchen: Max Hueber Verlog, 1981.

· Major Text

Hansberry, Rorraine *A Raisin in the Sun: Expanded 25th Anniversary Edition and The Sign in Sidney Brustein's Widow* ed. by Robert Nemiroff. New York: A Plume Book, 1964. xc.

2장 핀터의 『생일파티』와 『관리인』, 『귀향』에 나타난 제의와 패로디

I

핀터는 로렌스 엠 벤스키(Lawrence M. Bensky)의 끈질긴 질문에도 불구하고 관객들이 그의 극에서 발견하는 정치적 이데오르기나 메시지를 완강하게 거부한 바 있다. 그는 영국의 정치 조직에 대해서 아무런 위협도 받은 바 없다고 밝히면서도 그 영향으로 인해 수많은 인류가 고통을 받은 것은 인정한 바 있다(Peacock 134). 이러한 논란 때문에 핀터의 극을 정치적 각도에서 해석하는 경향이 빈번해진다. 또는 핀터극이 보여주는 모호성을 카프카의 실존적 작품이 보여주는 "신비성과 애매성"(Hayman 55)과 연결시키기도 한다. 에슬린 또한 카프가의 『심판』에서 설명할 수 없는 죄의식으로 고통을 겪는 주인공이 죽음의 사자에 의해서 처형되는 것이 『생일파티』와 유사하다고 보는 것도 핀터극의 실존주의자로 분류하는 근거가 될 수 있다(Esslin 87). 핀터의 극을 게임

해롤드 핀터가 살았던 런던 동부근교

의 형태로 보기 때문에 "작품들이 사상이나 감정을 직접 제시하기 보다
는 오히려 감추거나 적어도 위장하거나 거리를 둔다"(Morrison 4)고 주
장하기도 한다. 그래서 핀터의 극을 제의적 분석을 하는 것을 꺼릴 수
도 있으나 그 태도는 제의가 가지는 사회적. 정치적 내적 의미를 간과
하는데서 비롯되었다고 생각한다. 이 논문은 핀터의 극에 담긴 제의적
요소와 사회적, 정치적 연관성을 풀어보고자 하는 것이다.

　　연극의 연원 중의 하나라고 여기는 제의가 현대극에서 차지하는 의
미는 포스트모던 시대에 들어서서 매우 간과되고 있는 실정이다. 더욱
이 연극의 진지성이 흔들리고 하나의 언어의 유희나 게임으로 본다든지
기존의 모든 제도와 의미 체계를 파편화하고 전복하려는 시대적 흐름에

서 제의는 시대착오적인 일로 여겨지는 것 같다. 삶 자체가 종교성을 상실한 채 살아가는 현대인들은 고대인에 비해서 제의가 형식화되고 의미를 상실했기 때문이다. 그러나 현대인이 사회적 공동체에서 살아가는 이상 제의에서 벗어나기 어렵다. "제의란 사회의 근본적인 필요의 상징적인 극화"이기에 어떤 형식으로든 잔존하여 개체적와 사회공동체 사이에 존재하기 마련이다(Clyde Kluckhohn 43-44). 일본인 이마무라 쇼헤이 감독의 『나라야마 부시코 The Ballad of Narayama』에 나타난 독특한 산매장 풍습을 보면 제의의 사회적. 정치적 성격을 체감할 수 있다. 이 산골마을에서는 한정된 식량 때문에 노인이 70살이 되면 나라야마라는 산의 꼭대기 외진 곳에 버려진다. 더 이상의 과도한 자손 번식을 막기 위해서 장남 이외에는 결혼을 할 수 없도록 율법화되어 있다. 노인들을 산으로 보내기 전에는 자식들과 마을 장노들이 모여서 엄숙한 의식을 치룬다. 세상과의 미련을 끊고 기꺼이 죽음을 맞기 위해서 조금의 감상적 미련을 허용하지 않는다. 이런 제의는 사회공동체의 존속을 위해서 모든 구성원이 공감하지 않을 수 없는 필요의 소산인 것이다.

인간이 최초로 그리고 가장 밀접하게 접촉하는 상대는 가족관계이다. 가족이란 사회의 기본적인 단위이기 때문에 사회공동체의 관점에서는 전체적인 존립을 위해 가족간의 역할과 윤리가 절대적으로 필요한 요소이다. 제의에 자주 등장하는 아버지와 아들, 어머니의 관계는 구약 안에 나타나는 신화적 형태에서 비롯된다. 인간은 대부 뱀(Great Father Snake)의 아들로서 부성적인 요구에 대해서 놀라운 두려움을 느끼며 어머니는 보호자의 이미지를 보여줌으로써 친근감을 유발한다. 부성은 아들에게 미지의 세계를 헤쳐나가 신비를 경험하게 하고 이를 통해 생존에 대한 지혜를 주어야할 의무감을 지닌다. 그는 위험으로 가득 찬 삶의 정글로 가는 길의 안내자이며 언제 공격할지 모르는 위험세력에 대해 눈을 뜨게 하는 선각자이기도 하다. 이렇게 아들에게 세상에 대한 선악의 지식을 불어넣은 아버지는 낙원에의 침입자로서 간주되어 적의 상징이 된다. 그는 생존의 가능성이 없는 아들은 절벽에서 떨어뜨려 살해할 수 있는 잔인한 부성의 이미지로 나타날 수 있는 것이다.

프레이저는 『황금가지』에서 셀리그만 박사의 조사에 근거하여 실루크족의 왕을 위시한 여러 왕의 살해와 전복에 대한 정당성을 기록하고 있다. 황금가지(Golden Bough)는 네미(Nemi)에 있는 다이아나(Diana)의 신전에 있는 신성한 나무의 가지이다. 최근까지 유지되었던 아프리카의 왕위 세습은 네미의 사제들의 경우와 매우 흡사하다. 신전의 늙은 사제들은 강력한 경쟁자들에 의해서 살해되었고 이를 통해서 사제직이 바뀌는 것이 관행이었다. 현직의 사제들은 왕권을 겸직하지만 정신적. 육체적 쇠약함이 드러날 때는 경쟁자에 의해서 공격을 당하고 권력을 빼앗기고 마는 것이다. 그는 영광스러운 자리에 있지만 언젠가는 제거될 수밖에 없기에 항상 무서운 꿈과 불안에 시달린다. 그런 고통스러운 상황이 연속되다가 다음 경쟁자에 자리를 넘겨주는 이상한 왕위 승계는 비극적으로 보이지만 그 속에 담긴 의미는 매우 의미심장하다. 나이든 사제가 젊은 사제에게 자리를 넘겨주는 것은 노년이 상징하는 황무지의 불모성에 대한 청년이 지니는 녹음의 풍요성의 승리를 암시한다.

최근까지 유지되었던 아프리카의 왕위 세습을 살펴보면 왕의 자식들을 비롯한 왕위 계승권자들은 야음을 이용하여 왕을 공격하고 성공하면 왕위에 오를 수 있었다(『황금가지』 350). 세습에 대한 쇠약해진 왕을 살해하는 것은 오히려 왕에 대한 존경을 유지하고 그를 존재하게 하는 영혼을 보호하려는 생각에서 나온 것이라고 보았다.(『황금가지』 351)

이러한 생각은 아티스(Attis), 아도니스(Adonis), 디오니소스(Dionysus)의 제의의 원형에서 추적해볼 수 있다. 제사장은 수호신의 모형을 갈기 갈기 찢어발긴 후 죽었다고 선언한 후 추종자들과 애도를 하였다. 그들은 수호신의 조각을 다시 모아서 원형으로 환원시킨 다음 새로운 신성의 빛에 비추어 보임으로써 재생의 의미로 받아들였다. 신의 재생의 의식과 왕의 세습은 같은 맥락에서 이해해야 할 것이다.

고대인들은 왕을 신으로 추앙하였고 그의 죽음을 받아들이지 않았다. 그래서 왕의 전성기 직후에 그를 죽여서 그의 영혼을 다른 건강한 경쟁자에게 옮겨서 죽음으로부터 그의 영혼을 보존하고자 하였다 (*Golden Bough 310*). 사제-왕의 쇠퇴를 막는 것은 인류, 가축, 곡식의 쇠퇴를 방지한다고 믿었던 것이다. 이 의식은 이후 실제 왕을 죽이는 부담을 덜기 위해서 왕의 모형을 만들어 대신하거나 희생양으로 대체되기도 하였다. 이를 통해서 자기 종족의 고통과 죄를 대신하는 엄숙한 종교적 의미를 함양시키고자 하였던 것이다.

젊은 세대들은 기성세대들의 아버지의 권위에 대항하여 싸우고 이김으로써 사회의 새로운 기운을 유지할 수 있다. 그러므로 그들은 적으로서의 아버지를 파괴하여야 한다는 강박관념을 지니지 않을 수 없다. 사회가 정체되고 부패될 때 젊은 세대들이 부성적 권위로 형성된 체제에 대항하여 전복을 꾀하고 심지어 대중 폭동으로 발전하는 것도 이와 같은 맥락에서 이해해야한다. 공동체와 종족의 기성세대는 강성해지는 아들들로부터 자신들을 보호하기 위해서 토템의 제의를 통한 심리적 마술을 이용하여 자신을 보호하고자 한다. 무섭고 신성시되는 동물의 이미지와 부성을 동일화시켜 함부로 도전이나 전복을 꾀하지 못하도록 연출한다. 또한 그들은 자상하게 자식을 양육하는 어머니의 이미지로 가장하여 자신의 존재의 절실성을 심어주기도 한다. 이를 통해 그들은 자신들의 권위가 확립되고 안전이 보장된 낙원을 건설하고자 한다. 하지만 이 낙원은 보편성을 상실한 국지적 안전지대로 그들의 권위에 도전하는 적대적 세력은 포함되지 않는다. 그들의 공동체의 기준에서 선한 부모의 면모는 가려내고 불필요한 것은 밖으로 버려진다.

기성세대는 자라나는 세대에게 일정한 제의적 과정을 강제화한다. 그들은 이 제의를 통해 폭발적으로 몰려오는 자라나는 세대의 심리적 증오의 파도를 정화시킴으로써 완충의 효과를 노리고자 한다. 성장의 세대는 성인식의 결과로 완전에 대한 기대에도 불구하고 부분적으로 성장할 뿐이다. 기성세대가 성인식을 통해서 노리는 책임의식과 순응의 효과에 의해서 자아는 소멸되지 않으며 오히려 확장될 수 있다. 그들이 속한 공동체를 제외한 나머지 세계는 신의 영역 밖이기 때문에 그들의 동정과 보호 밖에 놓이게 된다. 바로 여기서 사랑과 증오의 원칙이 결별하게 되는데 '신의 도시'의 법은 종족, 교회, 국가, 계급 등의 일정한 공동체 내부 그룹에게만 적용된다. 영원한 성전(sacred war)의 불길은 양심과 성스러운 봉사의 의미에서 던져지며 비할례, 야만, 이교도, 이국의 사람들에 대항하게 된다.

성인식의 이름으로 자라나는 세대들에게 가해지는 제의는 사회공동체의 체제에 순응하고 책임을 다하도록 교육하고자 하는 기성세대들의 합법적인 폭력(할례, 유화된 거세)이라고 볼 수 있다. 또는 기성세대들이 제공하는 이 고통스러운 의식은 성장의 세대에게 고통스러운 상처를 가함으로써 부성살해의 충동을 일으킨다. 그들은 부성에 대해서 두려움과 경외심을 길러주는 기회로 삼을 뿐만 아니라 자애로운 자기 희생적인 면모도 각인시킨다. 성인식에 참여하는 소년들은 일정한 기간 동안 기성세대들에게서 새로 뽑아낸 피를 양식으로 한다. 오스트레일리아 원주민들은 선교사들로부터 영성체 의식에 대해서 설명을 듣고 자신들의 피를 마시는 성인식 의식을 비슷하다고 여겼다. 기록에 의하면 저녁에 남성들이 입장하여 자리를 잡으면 부족의 관행에 따라서 소년을 부친의 장딴지에 누인다. 나무잔을 외삼촌들 옆에 놓고 날카로운 코뼈로 그들의 팔을 찔러 잔에 채운다. 그 옆에 있는 다른 삼촌도 같은 행위를 계속한다. 이 제의가 행해지는 동안 소년의 눈은 부친에 의해서 가려지는데 그 이유는 그가 그 장면을 목격하게 되는 경우 부모가 모두 죽게 된다고 믿기 때문이다. 소년은 잔에 채워진 피를 마셔야하며 구역질 등으로 내뱉지 못하도록 부친이 목을 붙잡는다. 소년은 한 달 동안 인간의 피만을 마시도록 강요된다. 이 제의는 신화적 선조인 야밍가(Yamminga)가 만든 법이라고 믿어 어길 수 없다.

핀터의 작품 속에는 풍요제, 성인식 등의 제의 형태가 잠재해 있으나 제의가 추구하는 확실한 해결이나 대안을 제시하지는 않는다. 오히려 제의형태를 언어유희나 게임으로 변형시킴으로써 제의에 대해서 패로디하고 있음을 알 수 있다. 패로디는 원형의 주제, 플롯, 등장 인물 등을 유지하면서 문체 등을 바꿈으로써 공격이나 비평을 하고자 하기 때문에 매우 풍자적이 된다(Hutchinson 92). 스탠리의 성인식은 생일파티의 드럼놀이나 술래잡이로, 데이비스의 성배 탐색여행은 반영웅적 퇴행으로, 루스의 풍요제는 성적 유회 등으로 퇴화하여 현대인이 처한 영적 불모성이나 퇴행성을 패로디하고 있음을 밝히고자 한다.

II

『관리인』은 부랑자인 데이비스를 매우 풍자적으로 패로디하고 있다. 그는 마치 낙원에 침투하여 순진한 아들을 타락시키는 사탄같은 부성적 인물로 묘사된다. 그는 낙원 쟁취를 꾀하다가 패배하여 추방당하는듯한 성서적 신화 형태를 취하지만 실제로는 반영웅적으로 전락하여 원형을 완전히 전복하고 있다. 데이비스가 낙원 정복에 성공하기 위해서는 탐색의 기사처럼 성배을 찾아서 현재 난국의 원인을 제거하는 용감성을 보여야 한다. 그러나 영원한 떠돌이인 데이비스는 그의 확실한 존재를 낙원이나 이를 위해 통과해야하는 위험천만의 여행길과는 거리가 먼 아스톤의 독성적인 창고 속으로 은거한다. 그는 밀폐된 공간이 암시하는 기만적인 안정성과 미래가 보이지 않는 고정성에서 만족하고자 한다. 그가 운명적인 죽음이 뒤덮힌 세계를 낙원으로 변화시키고자 하는 탐색의 기사로서 필연적으로 통과해야 하는 위험한 여로는 목표점도 퇴로도 보이지 않는 불확실하고 모호한 지대이다.

데이비스가 자신의 사명을 완수하기 위해서는 자신이 속한 사회를 떠나서 성숙을 위한 고행의 길을 가는 성인식을 통과해야 하고 자신의 정체성을 찾아 이리저리 탐색의 여행을 하는 수행자로서 자신을 정체성을 확립해야 한다. 제의를 통해서 성숙하기를 원하든지 사회공동체에 참여하여 책임 있는 일원으로 거듭나기 위해서는 각고의 고통을 스스로 수용하지 않으면 안 된다. 그러나 핀터는 제의의 기존의 의미를 완전히 전복함으로써 희화화하려는 의도를 엿보인다. 그는 마치 성숙된 사회인으로 거듭나기 위해서 고행의 과정을 통해서 정체성을 확립하고자 하는 청소년처럼 불확실한 시간 속에서 방황한다. 그러나 그의 행위는 모호

성의 연막을 벗어나서 성숙하려는 결단을 보이기 보다는 이를 연장하고
자 한다.

  데이비스는 자신의 현실을 인정하지 않으려는 자기기만 속에 빠져
있다. 1막의 첫 장면에서 그는 전 직장에서 청소부로서 쓰레기를 치우
라는 명령을 받고 거부하다가 쫓겨난 사실을 아스톤에게 설명한다. 갈
곳이 없어 방황하는 그를 임시로 도와주려는 아스톤(Aston)에게 쓰레기
통을 치우는 일이 자신의 일이 아니라고 강변한다. 자신의 임무는 오직
마루 바닥이나 닦고 식탁이나 정리할 뿐이기 때문에 더러운 일은 자신
에게 어울리지 않는다고 생각한다. 또한 자신의 보스가 아닌 선임자로
부터 명령을 받을 수 없다고 여긴다. 자신은 그보다 나이가 들었기 때
문에 마땅히 존경을 받아야 한다는 것이다. 그의 설명에 의하면 자신의
권리를 주장하다가 해고당하는데, 그는 현실을 인정하지 못하고 걸맞지
않은 환상을 창조함으로써 자신의 정체성 추구에 장애물을 형성한다.

  1막에서 데이비스의 자존심을 세우기 위한 궤변 속에서 모순적인
독설과 심한 인종적인 편견을 발견할 수 있다. 아이러닉하게도 더러운
외관을 가질 수 밖에 없는 방랑자인 주제에 청결 콤플렉스를 지니고 있
다. 그는 주위에 흑인이 사는 것을 지나치게 꺼려하는데 그 이유로 흑
인들의 불결한 생활 환경을 내세운다. 그는 아스톤이 자신의 방에서 같
이 지내자고 제안하자 화장실을 흑인들과 같이 쓰지 않느냐고 반문하면
서 심한 인종차별 의식을 보인다. 그 뿐만 아니라 다음날 아침 잠자는
동안 데이비스가 신음 소리를 냈다는 아스톤의 지적에 옆 집 흑인들 탓
으로 돌린다. 그는 자신의 더러운 몰골에도 불구하고 아내와 헤어진 것
도 그녀의 청결 문제 때문이라고 주장한다. 결혼한지 일 주일도 채 안
되어 스튜 냄비에 그녀의 속옷이 가득했다고 푸념한다. 식기 안에 세탁

하지 않은 속옷을 넣어둔다는 것은 용납할 수 없는 행위라고 비난하며 헤어진 후 한번도 만나지 않다는 것으로 자신의 청결에 대한 신념을 강조한다. 그는 전에도 자신이 흑인, 그리스인, 폴랜드인 등의 이방인들을 위해서 일을 해야하는 것에 강한 불만을 가지고 있었다. 그는 스스로 속해 있는 세계가 이방인들보다 열악한 계급과 신분을 가지고 있음에도 불구하고 단지 백인이기 때문에 그들보다 우월하다는 허위의식에서 벗어나지 못한다. 그는 신분적 열등감을 인종주의를 통해서 보상받고자 하는 소시민적 배타성을 무기로 하고 있다(Baker 74). 이는 자신이 속한 사회에서 인정받지 못하고 있는 그의 정체성에 대해서 명확하게 증명할 수 없기 때문에 좀 더 광범위한 백인사회라는 불명확한 집단 속에서 안주하려는 미성숙성을 발견할 수 있는 것이다.

데이비스가 자신의 정체성을 찾지 못하는 상징적인 모습은 자신의 정확한 신분을 밝혀줄 증명을 찾으러 시드컵에 가야하는데 그 곳 까지 신고 갈 구두가 없는 것이다. 그는 수도원에 가서 수도승에게 구두 한 켤레를 부탁하면서 삼 일 동안 굶으며 어려운 탐색의 길을 걸었음을 밝힌다. 그가 수도원에서 구하려는 것은 영적인 구원도 아니고 정체성에 대한 탐색도 아니다. 그는 단지 어디론가 떠나기 위한 신발과 허기를 채울 수 있는 밥 한 그릇이다. 수도승이 이 형편없는 탐색의 기사에게 줄 수 있는 것은 냉소와 찬밥 한 덩어리일 뿐이다. 그는 자신을 개에 비유하며 선행을 하면 상급수녀에게 좋은 평가를 하겠다는 말도 안 되는 협상을 시도하다가 오히려 쫓겨 나는 상황을 설명한다.

> 그래, 그들은 나에게 말했어, 밥을 먹었으면 나가. 밥이라구? 난 말
> 했어, 날 어떻게 생각해, 들짐승인가? 당신이 준다고 듣고 그걸 얻으
> 려고 이 먼길을 온 구두는 어떻게 된 거지? 당신의 상관인 수녀에게

잘 말해줄 수 있는 선한 마음을 가지고 있다구. 그들 중 한 사람인
아일랜드 깡패가 내게로 오더라구. 도망쳐버렸지.

데이비스의 끝없는 방황의 이유는 탐색의 목적과 수행의 방법이 모
호하거나 미숙하기 때문이다. 성인 입문식이나 탐색의 제의에 참여하는
청소년이나 기사 또는 수행자는 미결단의 시기를 경유하지만 방황 후
새로운 출발점에 대한 방향의식을 지니고 있다. 데이비스는 사회의 책
임있는 인물이 되기 위해서는 정체성을 증명할 신분증을 확보해야 한
다. 그는 신분증을 찾을 수 있다는 자신감이나 확신이 결여되어 있다.
그는 마치 중세기사가 성배를 찾아 떠나는 것처럼 중도에 수많은 위험
이 도사리고 있음을 알고 있다. 그래서 그 길을 떠나기가 두렵고 될 수
있으면 안전한 곳에 숨어있고자 한다. 그가 떠날 수 없는 핑계는 신고
갈 구두가 없다는 것이지만 정작 구두가 제공되면 또 다른 구실을 만들
어댄다. 1막에서 아스톤이 숙소에서 구두를 신어보라고 하자 그는 좋은
신발이라고 인정을 하면서도 자기에게 맞지 않는다고 불평한다.

> 데이비스: 어쨌든 맞지 않아.
> 아스톤: 그래?
> 데이비스: 그래. 난 발이 폭이 매우 넓거든.
> 아스톤: 음.
> 데이비스: 이건 너무 뾰쪽하다구, 보라구.
> 아스톤: 그렇군.
> 데이비스: 일 주일 내로 발을 절게 만들거라구. 내가 신었던 이 구
> 두말이야. 좋지는 않지만 편하다구. 실톱이 많지 않지만
> 아프지 않거든. (15)

데이비스는 구두문제와 더불어서 날씨를 핑계로 구실을 찾고자 한

다. 중세의 기사처럼 모진 비바람이나 거친 날씨를 뚫고 국가와 민족을 구원하기 위해서 악마와의 투쟁의 길을 떠나는 숭고성은 찾아볼 수 없다. 오히려 핀터는 데이비스의 비굴한 모습을 보여주어 제의의 전복된 형태를 만들고자 한다. 그는 아스톤이 인간적인 관대함을 보이자 사회로부터 도피하여 숨을 수 있는 틈이라고 생각하고 그의 방에서 도피의 둥우리를 틀려고 한다.

데이비스는 자신의 신분을 숨긴 채 사회의 이방인의 도피성을 보인다. 모호성의 마스크를 쓰고 있는 데이비스에게 아스톤은 그의 진실한 모습을 보기 위해 이완된 심문의 절차를 갖는다. 인간 상호간의 진정한 신뢰는 서로 나누는 의사소통의 진실에서 가능하다. 그의 이름을 문자 가명이 버나드 젠킨스(Bernard Jenkins)라고 말하고 맥 데이비스(Mac Davis)가 실명이라고 밝힌다. 아스톤이 출생지가 웨일즈(Welsh)냐고 묻는 말에는 떠돌아다녔다고 얼버무리고 엉뚱한 말로 화제를 돌려버리고 만다.

> 아스톤: 당신 웨일즈 출신이요?
> 데이비스: 웅?
> 아스톤: 웨일즈 사람이냐구?
> (휴지)
> 데이비스: 글쎄, 떠돌아다녔는데, 당신 알지 . . . 내 말을 . . . 떠돌아다녔다니까 . . .
> 아스톤: 그러면 어디서 태어났소?
> 데이비스: (어둡게) 무슨 말이야?
> 아스톤: 어디서 태어났냐니까?
> 데이비스: 난 . . . 음 . . . 약간 어렵지, 가령, 정신을 되돌리기가 . . . . 내말 알겠지 . . . 기억하기가 . . . 좋은 길인데 . . . 약

간 길을 잃어버리고, 가령 . . . 이해하겠지만 . . . (25)

데이비스는 아스톤의 이완된 포용력에서 정신적인 틈을 발견하고 아스톤의 방에 은거할 수 있는 동기를 마련한다. 아스톤이 몇 푼 집어주면서 아량을 베풀자 고맙게 생각하기 보다는 자신의 공간을 확대하려고 획책한다. 그는 자신의 정체성을 추구하는 주체적 삶을 살아가기보다는 위험을 피하려는 도피적 태도를 보인다. 아스톤은 데이비스로 하여금 회복할 동안 창고방에서 머물도록 허락한다. 그러나 데이비스는 자기 나름의 삶을 지속하려고 노력하지 않고 그 정체된 공간에서 지배력을 확장시키려고 획책한다. 사실 데이비스의 진실한 은유적 이미지는 어떤 어려움에 불구하고 삶을 지속하려는 생명력을 연상시키는 '흐르는 시냇물'이나 '끊임없이 부는 바람'이다. 그래서 그가 이 답답한 창고방에 머무르려고 하는 것은 떠돌이로서의 자신의 실체에 대한 배반이다. 물론 잔인한 세계로부터 숨는 행위는 데이비스가 바람, 비, 서리에 대한 회피나 두려움을 아이러닉하게 보여주는 것이다. 그는 불편함을 종종 인식하고 제거하려고 하지만 거의 감정을 보이지 않는다. 그는 나락을 정상적으로 비실재를 존재의 한 양식으로 받아들이며 자신의 실체가 중요하지 않은 정신장애 상태로 영원히 살아간다고 볼 수 있다(Valerie Minogue 77). 데이비스는 일종의 여행으로 묘사될 수 있는 삶의 상징으로 나타낸다. 영원한 떠돌이인 데이비스는 그의 확실한 존재를 아스톤의 독성적인 창고의 기만적인 안정성이 암시하는 고정성에서 찾고자 한다. 하지만 그는 운명적인 죽음을 향해서 나아가는 탐색의 기사가 구원을 얻기 위해 필연적으로 통과해야하는 모험의 여행 동안 도사리고 있는 위협이 공존하는 불확실성과 공개성에서 찾아야할 것이다.

데이비스는 미크가 요구하는 신분증에 대한 심문을 대해서 기회주의적인 태도로 일관한다. 그는 구두가 없어서 신분증을 얻을 수 있는 시드컵에 갈 수 없다든지, "언젠가는 거기에 갈 거야. 오늘 가려고 했는데, 난 . . . 날씨가 풀리기를 기다리고 있는 거요"라고 둘러 부친다. 그는 아스톤을 감시하면서 잠든 체 하면서 담요로 얼굴을 숨기는 모습은 매우 우스꽝스럽다. "내가 보고있다는 것을 그는 모르지. 내가 자고 있다고 생각하거든. 그러나 나는 담요 사이로 그를 항상 감시하고 있거든, 알겠소?" 그는 미크가 그의 정체를 알아내기 위해서 감시하고 있으며 이 대화도 일종의 심문에 불과하다는 것을 알아채지 못하는 것이다. 데이비스가 미크가 이 건물의 주인이라는 말에 미혹되어 자신에게 도움을 준 아스톤을 오히려 감시하고 그에 대한 부정적인 진술을 서슴치 않는 모습에서 그의 기회주의적 태도를 발견할 수 있다. 이러한 기회주의는 실존적 존재(Dasein)으로서의 존엄성을 실추시키면서 인간관계를 왜곡시킨다. 데이비스와 미크가 타인을 감시하는 것은 인간이 실존적 존재로서 진지성을 유지할 수 없는 술래잡기 게임을 하는 것 같다.

『관리인』에서 특히 술래잡기의 규칙은 각각의 술래에게 두 가지 역할을 허용한다. 즉 각자는 타인에게 자신의 정체성 감추어야 하면서도 대신에 타자에 대해서는 더 많은 것 을 알아내려고 하는 것이다. 핀터의 시각에서 이 것은 특별히 위험한 게임이다. 왜냐하면 그들 모두는 놀램의 전망인 아는 것과 알려지는 것의 위험으로부터 도피하려고 노력하기 때문이다(Guido Almansi & Simon Henderson 52). 결국 자신의 진짜 신분을 숨기려는 속임수는 타인들로 하여금 그를 불신하게 만들고 그의 탐색자로서의 '자아(I-Self)'에 흠집을 내게 만든다. 아이러닉하게도 자신의 안전을 유지하기 위한 술래잡기 게임은 그를 사정없이 축출하게 하는 빌미를 제공하고 만다.

『관리인』은 아버지와 아들간의 권력투쟁이라는 제의의 형태를 보여준다. 이 극의 패로디는 데이비스의 행태를 통해서 여실히 드러난다. 그는 비참한 방랑자의 신세를 동정하여 은신처를 제공한 아스톤의 영토에 소유욕에 사로잡힌 나머지, 사악한 미크를 신임한 나머지 전복의 음모를 꾸미다가 실패하고 그가 처음 시작한 위치로 전락하여 추위 속에 밖으로 내쫓기고 만다. 데이비스의 성격을 통해서 인간의 자기 파괴적인 면을 발견할 수 있으며, 공동체의 한 부분으로 보다는 희생자가 되거나 승리자가 되고자 하는 독선적인 자아를 살펴볼 수 있다. 데이비스는 잔인한 네미(Nemi)의 사제의 이미지로 살아가고자 하는 이기적인 현대인의 모습을 패로디한다. 그는 짐짓 매우 논리적이고 약삭 빠른 면모를 보여주려 한다. 그는 아스톤의 사랑과 동정의 가치관을 대표하는 아스톤의 모성적 세계에 대해서 기회주의적이고 타산적이고 공격적이며 야비한 부성적 세계관으로 인해서 전복의 기회를 노린다. 그는 이기심이 배제된 아스톤의 관용을 인식할 수 없으며 아스톤의 숨겨진 세계를 미리 발견함으로써 비굴하게 자신만을 방어하려든다(Quigley 127).

이 극은 많은 핀터의 극이 그렇듯이 소유와 상실을 주제로 하며 집과 관련하여 그려지고 있다. 일종의 낭만적 꿈을 지닌 아스톤은 집을 지키는 역할을 하고 있다. 그는 여기에 만족하기 보다는 평생 자신의 꿈을 담은 집을 짓고 싶어한다. 한 때는 그 꿈을 실현하고 싶은 환상에 사로잡혀 백일몽이나 자기 현시적인 뜻 모르는 말들을 내뱉다가 정신병원에 갇히고 만다. 그는 사회공동체에 위협을 가하는 젊은 세대로 간주되며 성인식의 소년처럼 일정기간 격리되지 않을 수 없다. 또한 그 기간 동안에 야망가의 선조가 만든 법에 의해서 고통스러운 제의에 참여해야 한다. 그는 결국 사회가 가하는 합법적 폭력에 의해서 순응의 길을 걷지 않을 수 없다. 그는 사회와 그의 모친의 허락 아래 뇌에 수술이 가해지고, 이제는 그는 누구에게도 말을 걸지 않으며 환상도 보이지 않는다. 이제는 겨우 방에 온통 작은 조각들을 모아놓고 소심하게 작은 창고를 지을 것을 꿈꿀 뿐이다.

아스톤의 문제는 사회공동체가 밖으로 표방하는 성인식 제의의 이데올로기대로 책임감이 있고 정체성이 확립된 인간이 아니라 아스톤처럼 자기 방어적이고 소극적인 인간으로 존재한다는 것이다. 그의 관대함과 사랑의 가치관은 데이비스처럼 이기적이고 파괴적인 침입자에게 배반당하기 쉽다. 그는 자신의 의견을 논리적으로 개진한다든지 설득할 수 없다. 그의 자아는 성인식의 결과로 파편화되어 있다. 그는 주워 모은 조각들을 조립할 수 없듯이 자신의 자아를 짜 맞출 수 없다. 그는 또 하나의 승자-희생자 인물(victor-victim figure)이다. 사회에 의해서 희생된 적이 있기 때문에 네미의 사제처럼 다시 희생되고 싶지 않아 방어적으로 자기 위치에 서있을 뿐이다.

미크는 기성세대에 속하는 데이비스를 또다시 전복시키는 에이론(eiron)에 해당하는 행동가이다. 그는 Great Father Snake 데이비스가 아스톤의 모성적 세계에 세상을 헤쳐나갈 악의 논리를 확산시켜 세력확장을 꾀하는 데이비스를 패배시키는 신진세대이다. 로버트 아드레이(Robert Ardrey)는 인간이나 동물은 경계지역이나 영토에 대한 도전으로 부터 자극이나 정체성을 획득한다고 본다. 그는 기성세대인 아라존(alazon) 그룹의 특색인 권위적이지만 상황에 대한 대처 능력이 떨어지는 데이비스를 조롱의 대상으로 전락시킨다. 미크는 잘난 체 하지만 허약하기 짝이 없는 인간을 대표하는 데이비스를 보이지 않는 거대한 힘으로 조종하는 구약의 신으로 비유할 수 있다.

데이비스는 미크에 의해서 그의 허위성이 벗겨지는 수모를 겪는다. 미크는 데이비스의 신분이 불확실한 점을 이용하여 궁지에 몰아넣는다. 자신이 제의했던 관리인직을 실내장식가나 실내디자인이라고 덮어씌우는 언어폭력을 이용해서 데이비스를 "더러운 사기꾼" "야만인" "들짐승"이라고 부르며 굴욕적인 패배를 안긴다. 그는 데이비스가 이제는 쇠약한 왕으로 사회공동체에 냄새나 풍기는 존재이기에 왕국에서 추방당해야하는 "아라존-희생양"(alazon-scapegoat)라고 선고를 내린다. 에스린(Esslin)은 집에서 데이비스가 추방당하는 상황을 "낙원에서 아담이 추방당하는 거의 우주적인 비율을 가정"한다고 보았다. 이러한 주장은 데이비스의 불행을 초라한 한 인간의 상황으로 보지 않고 부조리한 상황에 놓여있는 인류전체의 보편적인 비극으로 확대하는 것이다.

III

핀터 극에 나타나는 풍요제적 요소는 『생일파티』, 『귀향』 등에서 확연히 드러난다. 『생일파티』는 파티의 형식을 취한 성적인 광란의식을 보여주며 스탠리는 모성과 연인의 이중적 역할인 메그를 부성적 인물인 골드버그와 맥캔에게 빼앗긴다. 『귀향』은 루스가 존경받는 교수인 남편 테디를 미국으로 홀로 보내고 오히려 영국에서 본능대로 살아온 동생들에게 모성과 연인, 매춘부의 역할을 자임하는 부도덕적인 모습을 보여준다. 프레이저가 제시하는 풍요제적 형태는 식물신의 죽음을 극복하고 재생을 위해서 모성적 대지(mother earth)에서 일하는 아들 아티스

(Attis), 아도니스(Adonis)는 어머니 신들의 사랑을 받을 뿐 아니라 아버지에게 반항하고자 어머니와 근친상간을 벌인다. 그들은 동물의 형태로 나타나는 분노에 찬 부친에 의해서 짧은 생을 맞거나 거세된다(Burkman 93). 그 밖의 풍요제의 변형적 형태는 계절의 순환에 따라 여름의 식물의 요정이 겨울에 의해서 살해당하고 봄에 다시 재생한다든지, 사계절왕(year-king)이 늙은 왕을 살해하고 왕비와 결혼한 후 거만해져서 전왕의 복수자에게 살해당하는 형태가 될 것이다. 왕비는 거투르드나 죠카스타처럼 남편의 살해자와 결혼할 수 있으며 클라이템네스트라처럼 복수자에 의해서 살해자와 함께 살해될 수 있다.

스탠리와 메그와의 성적관계나 루스와 테디가족의 남성들과의 혼잡한 관계는 사실주의적인 접근으로 이해한다면 관객은 도덕적인 딜레마에서 헤어나오기 힘들다. 문학 속에서 여왕적 모성(queen mother) 또는 대지적 모성(earth mother)은 그녀가 근친상간적 행위를 하거나, 여러 남성과 간통에 빠진다든지, 성적 욕망을 충족시키기 위해 살인을 저지르더라도 동정적으로 다루어진다. 그 이유는 성장의식(vegetation ritual)이 행해지고 있는 동안에는 도덕적인 판단을 유보하려는 사회적 공감대를 가지기 때문일 것이다. 초반에 언급했던 일본영화 『나라야마 부시코』에서 쇼헤이 감독은 죽은 남편의 뜻에 따라서 장남이 아니라서 결혼을 하지 못한 나머지 성욕에 굶주린 마을 모든 남성들에게 섹스를 제공하는 무도덕적 여성을 그리고 있다. 발산하지 못한 성욕을 주체하지 못하여 수간을 서슴치 않는 남성들에게 그녀의 행위는 대지적 모성으로서 불균형적 성분배에 따른 왜곡되고 불모화된 남성들의 성적 집착을 치유하는 긍정적인 각도에서 해석을 가능하게 한다. 또는 아들의 성에 대한 목마름을 달래주기 위해 늙은 모친인 오린은 친구에게 아들을 성적 파트너로 부탁한다. 친구가 대신하는 성행위는 무의식 속에서 아들을 성적 파트너로서 수용하고자 하는 태도를 보여준다고 할 수 있다.

『생일파티』의 스탠리와 메그의 성적관계는 핀터가 애용하는 모성과 매춘부의 동일시를 전형적으로 보여준다. 모성적 인물인 메그는 성적으로 무력한 부성적 인물 피티를 따돌리고 노골적으로 성적인 유혹을 연출한다. 1막에서 아침 빵에 대해서 물어보는 메그의 질문에 스탠리는 무심코 물기가 많고 맛있다(succulent)고 대답하자 메그는 즉시 성적인 의미로 전환시켜 청소년을 성적으로 일깨워 나가는 매춘부 역할을 한다. 더 나아가서 메그는 성적인 의미로서 무지한 스탠리에게 그 말을 사용한데 대해서 사과하라고 요구함으로써 도덕교육을 하려는 모성의 마스크를 쓰고 있다. 그녀는 스탠리 방에 조금이라도 더 오래 머물려고 노력하며 스탠리에게 빵이 아닌 자신이 성적으로 섹시한(succulent)지 묻는다. 이 대화는 스탠리가 음식을 먹도록 유도하는 모성-유아 게임의 형태를 취하고 있다. 그러나 대화의 기저에는 스탠리에 대한 성욕의 억제와 성인으로 보다는 소년으로서 게임에 참여하도록 되어 있다(Gordon 22). 방이 더럽다는 스탠리의 짜증에도 불구하고 그 방에서 가졌던 야릇한 추억에 젖어들며 스탠리의 팔을 농염하게 쓰다듬는다. 그녀는 마치 무도덕한 모성-매춘부처럼 성인 남성 이전 상태에서 답보하고 있는 아들 스탠리를 성적으로 이끌고자 하는 것이다.

그녀는 스탠리를 정상적으로 성장하도록 도와주기 보다는 미숙한 상태에서 영원히 소유하려는 이기적인 모습을 보인다. 메그는 자신의 성적인 파트너로 상대하다가도 스탠리가 자신의 영역에서 벗어나지 않게 하려는 이중적인 태도를 보여준다. 마치 자식을 지나치게 보호하는 지나친 모성애를 보여주는 듯하다. 스탠리가 외부의 불확정적인 조직에 대한 피해의식을 느낄 때는 "다시는 멀리 가지마, 스탄. 여기에 머물러 있어. 넌 좋아질 거야. 넌 너의 친근한 메그와 머물러 있으라구."라고 달래준다. 이런 현상은 스탠리의 미숙한 정신상태를 말해주며 "현재의 세상적 잔인함으로부터 회피하여 헛되이 숨으려는 안락한 정서주의"(Boulton 97)로 해석할 수 있다.

외부와의 건강한 관계를 가지지 못하고 방안에 틀어박혀 메그의 성적 노리개감으로 전락한 자신을 바라보지 못하는 스탠리에 대해서 루루가 접근한다. 스탠리가 수염도 깎지 않고 답답한 방 안에 칩거하는 것은 세상으로부터 도피하려는 소극적인 면모를 보여주는 것이며 소유욕에 사로잡힌 메그의 전략이기도 하다. 루루는 탁한 방안 공기를 지적하며 스탠리에게 밖의 신선한 공기를 마시도록 산책하자고 제안한다. 그는 선뜻 가자고 응답하지만 오랫동안 외부와 접촉을 끊어왔기 때문에 어디로 가야할 지 알지 못한다. 자신의 신분을 숨기려는 듯 색안경을 쓰고있는 스탠리에게 재차 밖으로 나가자는 루루의 재촉에도 불구하고 갈 수 없다고 선언한다. 그는 아직 밖이 의미하는 현실에 대해 대면할 만한 자신감이 부족한 것이다. 스탠리의 미성숙한 모습을 보고 루루는 체념하며 "낙오자"라고 냉소한다.

스탠리는 메그의 추근거리는 듯한 추한 접근에 대해 신경질을 내는 듯 하지만 미숙아가 모성의 보호를 청하는 것처럼 오히려 즐기는 아이러니를 보여준다. 그녀는 사회의 순응에 대한 시도를 견디지 못하고 도망쳐 나왔기 때문에 사회적으로 책임있는 존재로 거듭나지 못하고 부적응아 또는 미숙아로 전락해 있다. 그는 사회의 책임을 다하지 못하고 무력한 피티 대신에 강력한 부성적 존재가 나타나 그를 사회의 순응의식에 동참시키리라는 두려움에 사로잡혀 있다. 스탠리는 늙은 부성적

인물 피티를 절대적 가부장의 위치에서 무력화 시키려고 메그와 공모하는 형태를 취한다. 스탠리가 메그의 추근거림을 싫어하면서도 무의식적으로 용인하는 것은 사회라는 부성적 조직이 그에게 가하려는 폭력적 순응의식에 대한 거부감의 표현이다. 또한 오히려 그 부성에 대해 저항하고 더 나아가 제거하려는 오이디푸스 신화의 형태를 기조로 하고 있다(Gordon 21).

2막에서 골드버그와 맥캔은 스탠리의 과거의 죄에 대해서 심판을 받아야 한다고 요구한다. 스탠리는 그들의 공격을 모면하기 위해서 생일파티를 거부하려고 애쓴다. 그는 생일선물로서 받은 장난감 드럼을 폭발적이고 야만적으로 두들겨대는데, 이 행위는 그가 성년식의 사회적 제의를 받아들이지 않았기 때문에 사회로부터 미성년의 대접을 받고 있음을 무의식 속에는 강력한 성적 욕구가 잠복해 있음을 암시하는 것이다. 그는 안경과 드럼이 부서진 채 엎드린 루루를 보고 낄낄거리고 메그의 목을 조른다. 스탠리는 모성에 대한 반란과 능욕에 실패함으로써 자신이 성적으로 성인이 되었음을 증명하는데 실패한다(Trussler 40). 즉 어머니의 침대에서 아버지를 축출함으로써 정복자적 위치에 서려고 시도했던 그는 더 강력한 부성적 존재 골드버그와 맥캔의 등장으로 말미암아 사회가 요구하는 순응의 성년식에서 탈출한 미성숙의 소년으로 또다시 회귀하고 만다.

골드버그와 맥캔이 스탠리의 생일파티를 위한 게임으로 제안한 눈가리고 술래잡이는 사회적 또는 정치적 맥락에서 이해되어야 한다. 사회나 권력의 집요한 구심력으로부터 탈출하려는 개체의 노력이란 눈을 가린 술래처럼 희생물로 전락할 수 밖에 없다는 비유의 게임이다. 그는 지금까지 추적하고 있는 보이지 않는 움직임에 대해서 술래처럼 도망쳐

왔지만 게임을 통해서 죄의 성격과 범죄와 이에 대한 벌을 이해하게 된 것이다(Gordon 21). 공동체의 제도권 안에 들어온 자는 눈을 뜨게 하고 문제의 인물은 가린 상황에서 게임은 오히려 권력의 게임이 가지는 엄숙성보다는 우스꽝스럽게 패로디된 현대인의 딜렘마를 암시한다. 사회의 규약을 어기고 전지전능한 부성적 신의 눈을 피하여 어머니와 성관계를 가짐으로써 전복을 꾀했던 일시적 승리자 스탠리는 우주 모든 곳에 편재되어 있는 부성적 신의 분노를 샀기 때문에 그의 사신에 해당하는 골드버그와 맥캔에 의해서 형벌의 제의에 참가하지 않을 수 없는 것이다. 그는 마치 캐토릭의 교리문답의 심문을 받는다. 스탠리가 숨기고 싶었던 과거의 죄과들, 무의식 속에 감추었던 일들을 소나기처럼 퍼부어 대는 두 사내의 고문은 스탠리를 심리적 죽음의 상태로 몰고간다. 이 과정을 통해서 그가 돌아가 사회적 의무를 다해야하는 몬티로 돌아간다. 스탠리는 풍요제와 성인식을 거치면서 죽음과 재생의 과정을 거친 것이다. 그러나 성인식의 순응과정을 통해서 삶에 대한 도전이나 책임의식보다는 정체성을 발견하지 못한 채 무력화된 낙후자로 끌려가는 스탠리에게는 몬티라는 사회는 돌아가야 할 본향이 아니기에 그에게 강요된 성인식은 무의미하다고 볼 수 있다(Gillen 45).

『귀향』은『생일파티』보다 풍요제적 요소가 확연한 작품이다. 사실주의 작품으로 본다면 사회적으로 안정된 교수인 남편과 미국에 있는 자식들을 버리고 영국에서 경제적으로 불안하게 살아가는 레니와 춤을 추고 키스를 한다든지, 죠이와 침대에서 나둥그는 미국여성을 생각하기 어렵다. 더구나 그들과 영국에 머물면서 주부, 매춘부, 그리고 어머니로서 존재하려는 모든 행위가 가증스럽기 짝이 없다. 또한 테디의 소극적인 대응은 단지 성도착자로서의 아내를 버리고 가려는 회피적인 남편으로 밖에 헤아리기 어렵다. 그러나 그녀의 선택을 제의적으로 본다면 한결 해석이 가능해진다. 루스로서는 테디와 함께 살아온 미국의 삶이란 도식적이고 문명화된 나머지 오히려 영적으로, 또는 진정한 사랑의 측면에서 황무지에 해당한다. 그러나 그녀가 발견한 레니나 죠이, 맥스 등이 살아가는 환경은 원시적인 정글의 삶이다. 그녀는 여기에서 생명력 (life force)를 발견한다.

1막에서 루스는 한밤중에 거실에 있는 시동생인 레니와 초면인데도 불구하고 빠른 속도로 접근한다. 물론 어머니를 잃은 후 집안에 젊은 여자가 가까이 있다는 사실만으로도 그를 흥분시킬만 하다. 레니는 철학박사인 테디를 자랑스러워하며 감수성이 예민하다고 평가한다. 그는 자신도 테디와 비교해서 못지않고 감수성이 풍부하다고 소개하며 어느 늙은 여인과의 경험을 길게 설명한다. 폭설이 내린 날 봉사활동 차 새벽에 제설작업에 참가하고 있었는데 늙은 부인으로부터 다리미판을 찾는 일을 도와달라는 부탁을 받았다는 것이다. 그러나 그것은 반 톤에 가까운 압착롤라로 막힌 방에 있었다. 혼자 처리하기에는 너무 벅찬 일을 부탁해놓고도 정작 팔장을 끼고 구경만 하는 그녀에게 순간적으로 분노를 느끼지 않을 수 없었다. 그는 그녀의 복부에 일격을 가하고 밖으로 나와 버스에 올랐다는 민감한 충동을 설명한다. 테디의 감수성과는 다른 감정적인 충동에 불과하지만 그는 영웅적으로 자신을 내세운다.

이러한 레니의 장광설에도 불구하고 루스의 반응이 시원치 않자 컵 쪽에 있는 재떨이를 치워서 재가 카페트에 떨어지지 않도록 하겠다고 나선다. 재떨이를 치운 후 컵까지 문제를 삼으며 자신의 행동양식을 루스에게 강요한다. 자신의 장광설과 행동의 가치관으로 루스의 공간을 압박하지만 루스는 재떨이가 "방해가 되지 않아요", 또는 물 컵에 대해서 "내 생각으로는 충분하지 않아요"라고 반응을 보임으로써 레니의 남성적 영역에 대해서 순응하기보다는 자신의 입장을 분명히 밝힌다. 루스는 레니의 모친이 부르는 애칭인 '레오나르드'라고 그를 부른다. 이런 호칭을 통해서 레니를 한낱 풋내기 소년으로 격하시켜 버린다. 컵을 주지 않겠다고 거부하는 루스에게 달라고 고집하자 "네가 그 컵을 가지면 . . . 난 너를 가질 거야"라고 짓궂은 대응을 한다. 자신에게 사랑에 빠졌다고 생각하는 레니를 어린아이 다루듯 자신의 무릎 위에 앉아 자신의 컵의 물을 마시라고 달랜다. 레니가 생각하는 이성적 관계를 의미하기 보다는 모성적 포용력으로 성적 세계를 가르치는 역할을 자임하고 있는 것이다.

2막에서 루스의 대지-모성(earth-mother)의 역할은 더욱 적극적으로 변한다. 테디와 죠이가 서로 자신들의 논리를 내세우며 존재의 철학에 대해서 논쟁을 하자 루스는 그들의 관념적인 장광설을 무시하고 자신의 다리를 내보이며 육감적인 표현을 한다. 그녀는 실존이란 언어에 있다기 보다는 감각과 움직임에 있다고 주장한다. 그녀는 "날 봐. 난 . . . 다리를 움직인다구. 그게 다야. 그러나 나는 속옷을 입었는데 . . . 그건 나랑 같이 움직이거든 . . . 그것이 . . . 너의 관심을 잡아 붙든단 말이야"(52-3)라고 말하며 레니의 행동의 진정한 동기를 지적한다. 그녀는 더 나아가서 말의 내용보다도 움직이는 입술의 성적인 매력이 중요하다고 주장한다. 여기서 테디의 철학적 지식은 아무런 힘을 지니지 못하며 집안의 남성들은 점점 풍요의 여신으로서의 루스의 영향 아래 놓이게 된다.

철학이라는 관념적 세계에 사로잡혀 있는 테디는 다른 가족들과 이

질감을 느끼고 미국으로 돌아가자고 루스를 설득한다. 그는 미국에서 그녀가 누렸던 물질적 풍요를 상기시킴으로써 루스에게 현재 가족의 거친 원시성과 거리를 느끼도록 유도하고자 한다. 그는 미국에서 그녀에게 친구도 많고 대학의 생활이 대단하다고 자랑한다. 그는 "우리는 사랑스러운 집을 가졌고 . . . 모든 걸 누리고 있으며 . . . 우리가 원하는 모든 것을 소유하고 있어. 매우 대단한 환경이지"(50)라고 떠벌리며 자신의 관념적 철학과는 거리가 먼 미국생활의 속물성을 이용해서 그녀를 회유하고자 한다. 그러나 루스로서는 움직이는 다리와 입술에 더 의미가 느끼기 때문에 물질적 속물성을 탈바꿈시킨 관념적 추상성은 "현대적 삶의 불모적 무의미성에 대한 패로디"일 뿐이다. 그녀는 풍요를 지향하는 본능에 의해서 움직이는 육체의 움직임이 무의미한 현학적 언어 조합보다 훨씬 진실하다고 보는 것이다.

루스의 개방적 자세에 자극되어 레니는 더욱 충동적으로 접근하며 미국으로 떠나기 전에 재즈 춤을 추자고 제안한다. 루스의 코트를 들고 서 있는 테디 앞에서 춤을 추고 레니의 키스를 선선히 받아들이는 루스는 무도덕적인 풍요의 여신의 이미지를 확산시킨다. 이러한 루스의 개방성에 대해서 여자에 굶주려온 죠이는 "제길, 그녀는 활짝 벌렸군"(58)이라고 반응하며 그녀의 매춘부적 개방성에 놀란다. 루스는 레니에 이어서 죠이의 본능의 불을 당기며 두 남자의 애무를 동시에 받아들인다. 시아버지인 맥스와 남편 앞에서 아무 거리낌없이 두 남자의 성적인 회롱을 받아들이는 모습은 풍요제적 시각이 아니고서는 이해하기 힘들다.

두 남성과의 풍요제적 제의를 거친 후 루스는 테디의 학문과 가족에 대한 무관심함을 들추어낸다. 가족들에게 테디의 철학적 비평을 읽어본 적이 있느냐는 묻지만 어느 누구도 아는 바 없다. 테디 또한 가족들에게 책을 보내려는 생각을 해 본 적이 없는 것이다. 이런 깨달음은 그가 루스와의 결혼 사실을 알리지 않았으며 가족과의 유대의식이 상실되었음을 의미한다. 그는 가족들의 무식함을 지적하면서 책 전달의 무의미함을 강조하지만 풍요제가 지향하는 통합적 조화나 도취적 화해와는 거리가 있다. 그는 과거에 가족에게 자긍심을 주는 존재였지만 지금은 지적 오만함에 빠져있는 개별자일 뿐이다. 레니는 테디를 제외한 가족들이 경제적으로 가난하게 살았지만 "그럼에도 불구하고 한 몸을 이루었다"(65)라고 말한다.

> 우리가 뒷마당에서 둘러앉아 밤 하늘을 쳐다보면 둥근 원 안에 있는 빈 의자가 있었어. 그건 형의 의자였어. 그리고 드디어 형이 우리에게 돌아왔을 때, 우리는 우리를 재확인시켜 줄 약간의 자비나 겸손함, 그리고 약간의 관대함, 정신의 자유로움을 기대했어. 우리는 그걸 기대했다구. 그러나 우린 그걸 받았나? 받았냐구? 그게 형이 우리에게 준거야? (65)

레니의 핀잔은 그의 엉뚱한 행위들이 형의 이기적인 독선에서 유발되었음을 암시한다. 테디가 무시하고있는 가족들의 삶이 결코 무의미한 것이 아니라는 것이 그의 주장이다: 그들이 가족관계가 밀접하다는 것이며, 죠이는 권투에 몰두하고, 레니는 자신의 일에, 맥스는 포커와 음식 만들기에, 샘은 운전에 최선을 다하며 가족의 유대를 건전하게 유지해온 것이다. 루스가 테디의 합법적인 아내임에도 불구하고 가족들에게 대지모성으로서 무도덕적인 행위를 하는 것은 기본적인 여성의 손길을 잊고 살아온 이 가족에게 새로운 발견을 하게 한다. 맥스는 "아마 집안에 여자를 두는 것은 나쁘진 않아. 아마 좋을거야. . . . 아마도 그녀를 잡아두어야 할 지 몰라'(69)라고 실토한다. 그들은 루스를 붙잡아두기 위해 필요한 조치에 대해서 논의하기 시작한다. 자신들의 수입을 조금씩 기부하는 방법으로 시작하다가 그들은 풍요의 여신에게 가장 적합한 사업을 구상해낸다. 그녀에게 거리에서 매춘을 하도록 하자는 것이다. 루스는 그들이 방 세 개가 달린 아파트를 요구하고 이에 대한 합법적 보증과 투자계약을 요구한다. 이에 대해 남성들은 가족에게 필요한 여성의 손길을 기대한다. 밤의 여인에게는 낮이 자유롭기 때문에 가족을 위해서 요리를 해주고 잠자리를 만들어 주며 청소를 할 뿐 아니라 모든 사람의 친구가 되어 달라는 것이다. 미국으로 떠나가는 테디에게 조금의 미련도 보이지 않고 루스 주위에는 자력에 끌려오는 철가루처럼 세 남성이 모여든다. 그들은 루스를 통해서 자신들의 불모성을 극복하고자 한다. 마지막 장면에서 시아버지 맥이 자신이 아직 늙지 않았다고 강변하면서 무릎을 꿇고 있지만 루스는 죠이의 머리를 가볍게 애무하듯 쓰다듬는다. 애욕에 굶주린 남성들의 수성들을 순화시켜주고 달래는 그녀는 생명력을 공급하는 풍요의 제의를 수행하는 여신의 모습으로 부각될 수 있을 것이다.

　　루스는 좁은 영역에서 능력이 있지만 진정한 삶의 의미를 보지 못하는 교수인 남편을 버리는 대신에 자유롭고 부도덕적인 풍요의 여신이 되어 극의 마지막을 지배한다. 그녀는 풍요의 여신 다이아나로 승화되고 강력해진다. 테디가 자신이 루스에게 제공했던 물질문명을 강조할수록 그는 더욱 관념화되고 텅 빈 인간(hollow man)의 이미지를 벗어날 수 없다. 테디와 다른 가족 간의 갈등구조는 오스본의 『성난 얼굴로 돌아 보라』의 지식인과 노동계급 사이의 갈등구조를 패로디하고 하는 것으로 루스의 다이아나적 역할이 결국 사회계급의 통합에 실패하고 있음을 암시한다(Peacock 80). 루스가 다른 남성들과 벌리는 부도덕적 풍요 제적 춤과 카니발적 요소는 테디의 가치관을 풍자하고 현대적 삶의 무의미함을 패로디하고 있는 것이다. 헨리 휴(Henry Hewes)가 이 극을 "가장 훌륭한 극작" 또는 "가장 지울 수 없는 극 경험" 등의 긍정적인 평가를 내린 것도 작품 내의 비도덕적인 내용을 사실적으로 해석하기보다는 알레고리적으로 이해하였기 때문에 가능했던 것이다(Schroll 67-8).

참고문헌

Almansi, Guido & Henderson, Simon. *Harold Pinter.* London: & New York: Methuen, 1983.

Baker, William & Tabachnick. *Harold Pinter.* Harris & Row Publishers, Inc., 1973.

Burkman, Katherine H.. *The Dramatic World of Harold Pinter: its Basis in Ritual.* The Ohio State University Press, 1971.

Boulton, "Harold Pinter: *The Caretaker* and other Plays" in *Pinter: A Collection of Critical Essays,* ed. by Arthur Ganz (Eaglewood, N.J.: Prentice Hall, Inc., 1972

Dukore, Bernard F. *Harold Pinter.* London: Basingtoke: The Macmillan Press, Ltd., 1982.

Gillen, Francis, "Menace Reconsidered," *Harald Pinter: Critical Approaches.* ed. by Steven H. Gale London and Toronto: Associated University

Press, 1986.

Gordon, Lois G. Gordon, *Stratagems to Uncover Nakedness: The Dramas of Harold Pinter*. Columbia. Missouri: University of Missouri Press, 1969.

Hutchinson, Peter. *Games Authors Play*. London & New York: Methuen, 1983.

Kluckhohn, Clyde "Myth and Ritual: A General and Theory," in *Myth and Literature: Contemporary Theory and Practice,* ed. John B. Vickery, Methen, 1983.

Minogue, "Taking of the Caretaker," in *Pinter: A Collection of Critical Essays.* ed. by Arthur Ganz. Englewood, N.J.: Prentice Hall, Inc., 1972.

Morrison, Kristin. *Canters and Chronicles: The Use of Narrative in the Plays of Samueal Beckett and Harold Pinter.* Chicago & London: The University of Chicago Press, 1983.

Peacock, D. Keith. *Harold Pinter and the New British Theatre.* London: Greenwood Press, 134

Quigley, Austin E. *The Pinter Problem.* Princeton, N.J.: Princeton Univ. Press, 1975.

Schroll, Herman T. *Harold Pinter: A Study of His Reputation(1958-69) and the Checklist.* Methuen, N.J.: The Scarecrow Press, Inc., 1971.

Trussler, Simon. *The Plays of Harold Pinter.* London: Victor Gollancz Ltd., 1973.

● Works by Harold Pinter

The Caretaker and The Dumb Waiter. New York: Grove Press, Inc., 1960.

The Homecoming. London: Methuen Drama, 1988.

박 정 근

1975년 서울교육대학 졸업
1981년 서경대학교 영어영문학과 졸업
1985년 서강대학교 대학원 석사과정 영어영문학과 졸업
1991년 고려대학교 대학원 박사과정 영어영문학과 졸업
현 대진대학교 영어영문학과 교수

논 문 「유진 오닐 극에 나타난 긍정적 의미」
　　　「유진 오닐 극에 나타난 분열과 통합」
　　　「버나드 쇼 극에 나타난 구원을 위한 리얼리티 추구」
　　　「해롤드 핀터 극에 나타난 비결단적 존재의 부정적 불확신성」
　　　「로레인 한스베리의 『태양 속의 건포도』:
　　　　성인식 제의에 의한 비극적 영웅 이미지」

현대드라마
로 읽는 아폴로 사회와
디오니소스 제의

초판2쇄 발행일/2013. 3. 13
지은이/박정근
펴낸이/이성모 · 펴낸곳/도서출판 동인
주 소/서울시 종로구 명륜2가 아남주상복합아파트 118호
전화/(02) 765-7145 · 팩스/(02) 743-8210
HomePage/www.donginbook.co.kr
E-mail/dongin60@chol.com
등록번호/제 1-1599호
ISBN 89-86175-93-2
정가 8,000원
※잘못 만들어진 책은 바꾸어 드립니다.